Era UMA VEZ, Talvez

K. L. WALTHER

Tradução de Natalie Gerhardt

Título original
MAYBE MEANT TO BE

Copyright do texto © 2020, 2023 *by* K.L. Walther
Capa e design de miolo © 2020 *by* Sourcebooks
Arte de capa © Monique Aimee
Design de capa *by* Liz Dresner/Sourcebooks
Design miolo *by* Ashley Holstrom/Sourcebooks

Todos os direitos reservados.
Nenhuma parte desta obra pode ser reproduzida ou transmitida
por meio eletrônico, mecânico, fotocópia ou sob
qualquer outra forma sem a prévia autorização do editor.

Direitos para a língua portuguesa reservados
com exclusividade para o Brasil à
EDITORA ROCCO LTDA.
Rua Evaristo da Veiga, 65 – 11º andar
Passeio Corporate – Torre 1
20031-040 – Rio de Janeiro – RJ
Tel.: (21) 3525-2000 – Fax: (21) 3525-2001
rocco@rocco.com.br | www.rocco.com.br

Printed in Brazil/Impresso no Brasil

Preparação de originais
MARCELA ISENSEE

CIP-BRASIL. CATALOGAÇÃO NA PUBLICAÇÃO
SINDICATO NACIONAL DOS EDITORES DE LIVROS, RJ

W194e

    Walther, K. L.
        Era uma vez, talvez / K. L. Walther ; tradução Natalie Gerhardt. - 1. ed. - Rio de Janeiro : Rocco, 2025.

        Tradução de: Maybe meant to be
        ISBN 978-65-5532-513-3
        ISBN 978-65-5595-324-4 (recurso eletrônico)

      1. Ficção americana. I. Gerhardt, Natalie. II. Título.

24-95063   CDD: 813
                             CDU: 82-3(73)

Gabriela Faray Ferreira Lopes - Bibliotecária - CRB-7/6643

Personagens e acontecimentos retratados neste livro
são fictícios ou foram usados de forma ficcional. Qualquer semelhança
com pessoas reais, vivas ou não, é mera coincidência.

*Para meus pais:
mãe, por todos os longos passeios
e horas no centro de comando.
E pai, já que, sem você e os anuários,
Bexley não existiria.*

UM
SAGE

Havia guimbas de cigarro enfiadas nas frestas do peitoril da janela, e minha mãe percebeu na hora.

— Isso não é meu! — exclamei assim que ela pegou duas, as pontas queimadas e escuras.

Aquilo era bem óbvio, já que eu estava morando naquele quarto havia apenas dez minutos e ainda nem tinha arrumado a cama.

Ela franziu a testa e balançou a cabeça.

— Só usa um cinzeiro da próxima vez.

— Talvez tenha um aqui — brincou meu pai, abrindo uma das gavetas da escrivaninha.

Achei estranho a equipe de faxina não ter visto as guimbas ali. Minha mãe abriu a janela porque o cheiro de produto de limpeza estava forte demais.

— Quem morou aqui no ano passado? — perguntou ela.

— Schuyler Cole — respondi, e não consegui segurar o riso quando ela tirou outra guimba do peitoril.

Quase pedi para ela parar, porque eu meio que queria mostrar para as meninas mais tarde. Lá do terceiro andar, minha amiga Reese já tinha mandado uma mensagem dizendo que a última moradora deixou o vestido de formatura no armário.

Uma noite para esquecer?, escrevi em resposta.

— Schuyler Cole... — repetiu minha mãe, hesitante. — Ela não é...?

— É. Ela é a ex do Charlie.

Ela assentiu.

— Ele vai vir te dar um oi mais tarde? E ajudar? Porque sabemos o quanto você *ama* desfazer as malas.

— Quem me dera. — Dei um sorriso. — Ele ainda está no ensaio.

Charlie tinha começado uma semana antes na Bexley e se mudou para o alojamento mais cedo por causa da "pré-temporada" do musical. O espetáculo deste ano era uma montagem de *Into the Woods*, e ele seria nada mais nada menos do que o Príncipe Encantado.

Minha mãe suspirou.

— E o Nicky?

Balancei a cabeça em negação.

— Futebol.

— Andrea — disse meu pai, rindo. — Não precisamos de mais gente para fazer isso. É o último ano da Sage. A gente consegue.

Dou um sorriso. Meus pais eram divorciados, mas eu amava o fato de sempre irem juntos me ajudar nas mudanças.

— Que alívio. — Fingi bocejar. — Esse cheiro está me deixando um pouco tonta. — Me joguei no colchão e fechei os olhos. — Por favor, me acordem quando a equipe de decoração chegar para a sessão de fotos.

Eu estudei em um colégio interno, mas, antes de isso acontecer, nunca tinha me passado pela cabeça que estudaria em um. Quando eu estava no ensino fundamental, sonhava em um dia usar o azul e o branco nos jogos do time de futebol americano da Escola Darien High e talvez até ser eleita como rainha do baile. Mas tudo foi pelo ralo anos depois. Em meio aos amigos no fundo do ônibus, Charlie me disse que não poderia ir lá em casa se empanturrar de sorvete e assistir à Netflix porque precisava preencher os formulários de candidatura da Bexley.

— Minha mãe pediu para que eu e Nick começássemos a preencher hoje mesmo — explicou ele. — Não quer que a gente fique para trás.

— Espera um pouco. Bexley? — perguntei. — *A escola Bexley?* Tipo, onde Kitsey estudou? Vocês vão para lá?

— Vamos. — Charlie deu de ombros. — Todo mundo da família foi. Meu avô, meu pai, Kitsey... É claro que Nicky e eu vamos também.

Então, naturalmente, eu também comecei a preencher os formulários de candidatura assim que cheguei em casa e depois terminei de assistir a um episódio de *Gossip Girl*, enquanto comia uma tigela de sorvete Ben & Jerry's sabor chocolate e baunilha. Se Charlie ia para a Bexley, eu ia também. Eu não podia permitir que a gente se separasse.

Sorri enquanto pendurava uma foto nossa em cima da minha cama. Na imagem, estou com uma camisa de hóquei de Charlie, tinta preta embaixo dos olhos, usando os patins dele, enquanto ele me puxa em uma dança do lado de fora do vestiário. Eu a coloquei bem ao lado de uma foto de quando estávamos no ensino fundamental, tirada logo depois da peça de *A fantástica fábrica de chocolate*. Nós dois segurávamos grandes buquês de flores.

Meus pais já foram. Minha mãe está a caminho de Connecticut, e meu pai, de Nova York. As meninas e eu estamos nos preparando para ir ao Pearson Arts Center para a reunião do dia de mudança.

— Tá legal, já chega de fotos — disse Reese, balançando o celular. — Jennie já mandou o relatório completo.

— Ah, sim! — Nina se levantou da cadeira da escrivaninha. — Algum britânico?

Eu ri.

— Você não está mais a fim do Jamie, né?

Nina enrubesceu.

— Ah, ele era *muito* gente boa.

— Mas ele tinha aquela namorada *chique*, a srta. Davies — lembrou Reese, indicando a porta com um gesto da cabeça.

Nina e eu seguimos logo atrás, atravessamos o corredor e descemos as escadas e, assim que saímos, fomos engolidas pelo mar de alunos. A Bexley tinha preparado uma recepção animada: o auditório estava decorado com as bandeiras da escola em preto e azul tremulando pelas janelas, e havia uma grande chance de que o diretor Griswold, com seu bigodinho antiquado, estivesse na porta para cumprimentar os alunos à medida que entravam. Era tudo sempre igual, e, embora eu estivesse bem animada no caminho para cá, de repente senti algo murchar dentro de mim, como se eu tivesse alguma esperança, lá no fundo, de que dessa vez as coisas fossem diferentes.

Mas tudo indicava que seria a mesma história de sempre.

— Está bem, me passa a lista de Jennie — pedi enquanto andávamos de braços dados.

Jennie Chu era a nossa quarta mosqueteira e, como presidente do conselho estudantil, ela conseguira uma lista dos alunos do Curso Preparatório de Extensão. Eram os alunos novos do último ano, e a maioria vinha para a Bexley por causa dos esportes, depois de já ter se formado no ensino médio. Nós os chamávamos de CPEs. Nina adorava o Jamie, que foi um dos jogadores de futebol do CPE do ano passado.

Reese deu uma olhada no celular.

— Não tem nenhum britânico — concluiu ela. — Mas tem dois jogadores de futebol aqui. Ambos do Texas, um jogador de lacrosse de Long Island... — Ela olhou para mim e riu. — Sage, você tem *tanta* sorte.

— Por quê? — perguntei. — O Shawn Mendes veio estudar aqui?

Minha amiga fez que não com a cabeça.

— Não, mas tem um cara chamado Luke Morrissey, e já, já você vai conhecê-lo.

Luke Morrissey, pensei. *Por que esse nome é tão familiar?*

— Ai, meu Deus — disse Nina. — Vocês vão sentar juntos na reunião. Morgan e Morrissey. Ordem alfabética de sobrenomes!

— Esse nome não me é estranho — comentei. — Mas o que ele está fazendo aqui?

— Cross-country — respondeu Reese. — Ele é de uma cidade de Michigan chamada Grosse Pointe.

— Fica perto de Detroit — explicou Nina depois de olhar no Google Maps.

Ela olhou para mim, e eu encolhi os ombros.

— Grosse Pointe também me parece familiar.

Mas por quê?

— Procure o Insta dele — sugeriu Reese.

Essa era a resposta dela para tudo. Instagram.

Eu ri.

— Acho melhor não. Não quero saber que a família dele tem um goldendoodle chamado Waffle antes de conhecê-lo.

Ela levantou uma das sobrancelhas.

— Waffle?

— Isso! Ia ser fofo, né?

— Tão fo... — Nina começou a responder, mas vários alunos chegaram empurrando, e acabamos nos separando no caminho para o auditório.

Milhares de vozes ecoavam nas paredes brancas enquanto eu abria caminho pela horda de garotos do último ano vestindo polos listradas. Na mesma hora fiquei ansiosa para encontrar meu lugar no auditório.

Porque, depois de quase tropeçar nos balões do lado de fora, eu descobri quem era Luke Morrissey. Em maio, tive uma conversa com Charlie que havia começado assim: "Minha tia Caroline ligou ontem à noite e disse que o cara que toma conta dos meus primos vai estudar na Bexley ano que vem. O cara por quem Tater Tot está apaixonada..."

— Você é babá dos primos dos gêmeos Carmichael! — exclamei no segundo em que entrei na fila e, ao ouvir isso, um rosto se virou para mim...

Um rosto *lindo*.

Mas um rosto lindo que parecia ter levado uma bofetada. Vi suas bochechas corarem e, quando eu me sentei ao seu lado, ele passou a mão pelo cabelo preto. ("O tipo de cabelo no qual você quer mergulhar os dedos", eu diria mais tarde para as minhas amigas). Os olhos se agitaram atrás dos óculos de armação de tartaruga.

— Hum, o que foi que disse?

— Você é babá dos primos dos gêmeos Carmichael — repeti.

— Sabe, você pode me chamar de Luke. — Ele assentiu. — Meu nome é Luke. É bem mais fácil de dizer.

Eu sorri e estendi a mão para ele.

— Eu sou a Sage.

Demos um aperto de mão.

— Prazer em conhecê-la — cumprimentou Luke, antes de ficar calado. Não tinha sido um silêncio constrangedor, mas sim tímido.

Porém isso não me deteve.

— Então, o que te trouxe à Bexley? — perguntei, mesmo sabendo que ele era do cross-country.

Eu queria me beliscar por soar tão animada. *Pelo menos Charlie não está aqui.* "Você e o Charlie assustam as pessoas", declarara Nick certa vez. "Vocês são como raios de sol com esteroides."

— Ah — disse Luke. — Foi a minha indecisão.

Eu fiquei sem reação.

— Como assim?

Luke riu, e eu senti uma palpitação.

— Minha indecisão.

Franzi as sobrancelhas.

— Você *não* está aqui por causa do cross-country?

— Não. — Ele fez que não com a cabeça. — Quer dizer, sim. Eu *faço* cross-country, mas não é por isso que estou aqui. Eu me formei ano passado no ensino médio, mas não tenho a menor ideia do que quero fazer na faculdade. — Ele hesitou. — Hum... Talvez pareça idiota, mas eu ainda não me sinto pronto para isso.

— Bem, sem querer ofender — comentei com uma risada —, mas você realmente não *parece* pronto.

Luke sorriu e revirou os olhos.

— É, eu sei que eu pareço ter catorze anos. Minha irmã, Becca, que *tem* catorze anos, parece mais velha que eu.

— Você se inscreveu em outro lugar? Ou só para cá?

— Tentei a Lawrenceville, Taft e Kent. Mas essa era a minha primeira opção.

Assenti.

— Então, você já conheceu o Charlie e o Nick?

Ele negou com a cabeça.

— Ainda não. Você conhece bem os dois?

— Pode-se dizer que sim. — Eu ri. — Crescemos praticamente juntos.

— Como eles são?

— Ah, Charlie é o melhor! — disse eu, mas naquele momento as luzes do auditório se apagaram e a grande tela de projeção desceu na frente das cortinas de veludo azul do palco.

Sorri e me ajeitei no assento. *Esse* foi o motivo da correria para entrar no auditório. Pela tradição, todas as reuniões eram apresentadas pelo conselho estudantil, e a primeira era sempre em *grande estilo*.

— Prepare-se — cochichei para Luke. — Você vai *amar* isso.

Isso era um vídeo de dez minutos apresentando a Bexley no estilo *The Office*, e por mim o vídeo poderia facilmente concorrer ao Emmy. A esquete mostrava uma reunião de mentira do conselho em que cada membro representava sua posição. A presidenta Jennie estava batendo na mesa oval, demonstrando frustração com o fato da Bexley já ser uma boa escola, mas que, neste ano, o trabalho deles era transformá-la em uma *ótima* escola.

— É bom ver o entusiasmo de Jennie — disse o vice-presidente Samir Khan em seu relato para as câmeras. — Mas, para que esta seja uma ótima escola, ela precisa apoiar as minhas ideias para o desenvolvimento de um sistema de tutoria mais forte, em vez de se concentrar apenas nos departamentos de atletismo e teatro...

O vídeo corta para uma imagem de Jennie na biblioteca, com os gêmeos ruivos Carmichael papariando-a de todas as formas.

— Nossa, como você está tensa, senhora presidenta — disse Nick, com sua camisa de hóquei, enquanto massageava os ombros de Jennie.

— Ah, Nick, eu *sei*. Pode ficar à vontade para massagear com mais *força*...

Ela suspirava de felicidade enquanto Charlie pegava um bombom de uma caixa enorme no colo. Ele sorria no seu figurino de Príncipe Encantado. ("O sorriso desse menino brilha mais que fogos de artifício", minha mãe sempre dizia.)

— E esse aqui, querida Jen, tem recheio de *creme* de framboesa. — Ele deu uma mordida lenta e sensual no bombom e lambeu os lábios antes de enfiar o restante na boca de Jennie.

— São eles — cochichei para Luke.

Luke assentiu, mas não disse nada. Ele assistiu a tudo em silêncio e prestou atenção quando Jennie entrou no palco e deu as boas-vindas a todos, para o início do novo ano letivo, antes de apresentar o restante da equipe.

— E, por fim, mas não menos importante, nosso representante do Departamento de Artes, Charlie Carmichael — anunciou ela. — Sua cor preferida é azul e ele ama Doritos. E antes que vocês perguntem, *não*, ele não é modelo profissional.

Pelo canto dos olhos, vi Luke se inclinar para a frente.

— Vem jantar comigo? — perguntei assim que as luzes se acenderam. — Quero que você conheça meus amigos.

Gostaria que Luke conhecesse principalmente o Charlie, mas ele, Nick e Jennie não iriam, já que o conselho estudantil tinha um jantar com o diretor Griswold e os reitores naquela primeira noite.

Vai ser na conta da Bexley, ele escrevera para mim. Vou pedir carne.

— Claro — concordou Luke, seguindo-me para sairmos da fileira de cadeiras. — Vou adorar.

— Então, são dois refeitórios — expliquei assim que saímos. — Tem o Leighton, que é o maior e para todos os alunos. E o Addison, que é menor e só para os formandos. Estamos indo pra lá agora.

— Certo. — Luke assentiu. — É o prédio ao lado do meu alojamento. Onde você mora?

— Por ali. — Gesticulei com as mãos para trás. — Na Simmons. O alojamento das meninas do último ano.

Luke assoviou.

— Parece longe.

— E é mesmo, mas eu tenho uma bicicleta.

Minha linda bicicleta de trilha que foi adaptada para as ruas de paralelepípedo da Bexley. Dois verões antes, Nick tinha dado o nome de *Abelhinha* para a bicicleta antes, por causa da pintura chamativa preta e amarela.

Eva Alpert segurou a porta para nós quando chegamos ao Addison.

— Oi, Sage!

— Oi, Eva. — Dei um sorriso e apresentei o Luke. — Esse é o Luke. Ele é aluno do CPE.

E então Eva se derreteu todinha na nossa frente.

— Ah, que óti... que maravilha conhecer você — disse ela, enrolando um cacho no dedo. — Você vai amar tudo aqui. — Ela o olhou da cabeça aos pés.

Pare com isso, eu queria dizer, já me sentindo dona de Luke. Peguei o braço dele e o puxei para dentro.

— Confesso que me senti um pouco invadido — cochichou ele assim que entramos na longa fila que dava voltas no piso de ladrilhos preto e branco.

Vi as tranças escuras de Reese logo à frente. Ela não passava despercebida.

— Aquela é a Eva Alpert — sussurrei. — Ela é legal, mas sempre fica desse jeito perto dos garotos. — Dei uma risada. — E você é *bem* o tipo dela.

Pensei em Jeremy Tanaka, o colega de quarto de Nick no primeiro ano. Eva o namorou por um tempo no ano passado. Ele não era tão bonito quanto Luke, mas os dois eram parecidos; ambos tinham aquele ar intelectual e artístico.

— Ah, que pena — respondeu Luke, enfiando as mãos no bolso.

Levantei uma das sobrancelhas.

— Ela não faz o *seu* tipo, então?

Luke riu e balançou a cabeça.

— Não exatamente.

— Que bom, porque ela já disse uma vez que o Charlie é um ator superestimado. — Olhei em volta para me certificar de que ninguém estava ouvindo. — Mas acho que ela só disse isso porque tem inveja da Greer Mortimer.

— E por que ela teria inveja de Greer Mortimer?

— Porque a Greer já beijou o Charlie em três musicais seguidos. Eles sempre formam um casal, e a Eva sempre fica com o papel de vilã. Ela vai ser a bruxa este ano.

— O Charlie é o tipo da Eva também?

Eu sorri.

— O Charlie é o tipo de *todo mundo*.

Charlie finalmente chegou à porta da Simmons um pouco antes das nove da noite. Estava usando uma camisa de botão xadrez azul-clara com as mangas dobradas até os cotovelos, calça azul-marinho e o cinto verde e preto da Sperrys que dei para ele no último Natal.

— O Príncipe! — Reese acenou para Charlie, e cinco minutos depois ele estava na rede comigo.

Eu lhe dei um abraço apertado, sentindo o cheiro familiar do seu sabonete enquanto ele me abraçava. Os Carmichael passaram o verão todo em Martha's Vineyard, então a sensação era de que não nos víamos havia éons. Eu tinha ido à ilha visitá-los durante algumas semanas em julho, mas não foi o suficiente.

— Só estou dando uma passadinha rápida — avisou Charlie. — Tenho que voltar pro alojamento logo. Os eventos já estão a todo vapor...

Nós rimos. Charlie era monitor de um dos alojamentos dos alunos mais novos, a Casa Daggett, e coordenava uma série de atividades para os alunos se conhecerem esta noite.

Aumentamos o aquecimento da sala comum para poder fazer aula de hot ioga, ele brincou mais cedo por mensagem.

— Ah, que pena, o Luke acabou de sair — disse Reese enquanto eu fazia carinho no cabelo louro-avermelhado de Charlie.

— Luke? — perguntou Charlie, se inclinando um pouco para a frente.

— Luke Morrissey — esclareceu Nina. — O aluno do CPE que mora na rua dos seus primos. — A gente reuniu todos os detalhes enquanto comíamos espaguete.

"É, conheço os Hopper desde sempre. Adelaide, Tate e Banks. Eu me divirto muito com eles", dissera Luke.

— Ele ficou o dia todo com a gente — acrescentou Reese. — Saiu daqui há uns dez minutos. — Ela deu de ombros. — Reunião obrigatória no alojamento dele.

— Mas vocês *têm* que se conhecer, Charlie — disse eu. — Ele é muito maneiro. — Olhei para as meninas em busca de reforço. — Não é?

Eu sabia que elas iam concordar comigo. Nós todas ficamos apaixonadas durante o jantar. "Viva a ordem alfabética!", sussurrara Nina enquanto Luke explicava por que tinha entrado para o CPE. ("Estou chamando isso de minha 'volta da vitória' do ensino médio!").

— Com certeza — concordou Jennie. — Ele é tão legal e interessante. E muito viajado! Acabou de voltar de Tóquio. A mãe dele é japonesa, então ele já foi para lá algumas vezes.

— O senso de humor dele é maravilhoso também — acrescentei. — Sarcástico na medida certa.

— Parece que vocês vão começar a brigar por ele daqui a pouco — brincou Charlie enquanto se levantava. — Melhor eu correr agora. Está na hora do karaokê com a galera.

— Você disse que iam assar biscoitos — retrucou Nina.

— Achei que iam fazer as unhas — disse Reese.

Eu me levantei também.

— E você me disse que seria hot ioga.

Charlie deu uma piscadinha.

— Pois é, temos muitos planos.

— A gente se vê amanhã! — disseram as meninas assim que ele pegou a minha mão.

Eu sempre ia com ele até o meio do caminho para colocarmos o papo em dia. Demos "oi" para algumas formandas sentadas em cadeiras de madeira no jardim e elas começaram a cochichar entre si depois que Charlie lhes dirigiu um sorriso amigável.

Mas o sorriso desapareceu assim que chegamos à capela, e Charlie se apoiou em mim.

— Cansado? — perguntei.

Ele suspirou.

— Só preciso recarregar as baterias.

Eu o abracei pela cintura.

— Mas você ficou feliz de estar de volta?

Estranhamente, ele se esquivou de responder.

— Parece que vocês estão totalmente obcecadas por esse cara novo — disse ele. — Devo me preocupar?

— Charlie, eu o conheço há... — eu fiz uma pausa para fingir olhar no relógio — ... pouco mais de quatro horas. Não estou *totalmente* obcecada. — Dei um sorriso. — Só obcecada.

— Bem, pelo menos você é sincera.

Eu ri.

— Mal posso esperar para vocês se conhecerem.

— Você já disse.

— Ah, para com isso. Ele vai ser seu novo melhor amigo.

— Eu não preciso de um novo melhor amigo — afirmou Charlie. — Eu tenho você. — Então levantou o celular para me mostrar várias mensagens não lidas. — Além de toda essa gente.

Dei um soquinho no braço dele.

— Você se acha muito.

Charlie sorriu.

— Eu tenho que ir.

— Tá. — Suspirei. — Eu te amo.

— Eu sei — respondeu ele, já se afastando.

Revirei os olhos e comecei a andar de volta para a Simmons, mas a voz de Charlie me fez parar quando ele gritou na noite:

— Eu também te amo, Sagey Baby!

Eu ri e balancei a cabeça.

Sim, disse para mim mesma, fingindo não ter visto os ombros dele se curvarem para a frente. *Ele está feliz de estar de volta.*

DOIS
CHARLIE

Meu quarto estava com um cheiro podre quando acordei. O celular despertou às seis da manhã, hora da minha corrida matinal com Sage. Eu me levantei da cama, vesti uma camiseta e o short antes de calçar o tênis.

— Como é que foi lá? — perguntou Sage enquanto seguíamos em direção ao Reino Muito, Muito Distante, o apelido que tínhamos dado para as quadras de atletismo mais afastadas do campus principal, inspirado na melhor continuação de uma animação: *Shrek 2*. — Você vomitou?

— Vomitei — respondi. — Todos os meus pecados foram oficialmente expurgados.

Noite passada, depois do evento padrão de confraternização do novo ano letivo, eles fizeram uma competição para ver quem comia mais nuggets. Eu cheguei às semifinais, mas um cara do segundo ano chamado Dhiraj Bagaria acabou ganhando depois de comer sessenta sem esforço algum.

Sage começou a rir quando contei a história toda.

— Não acredito. — Ela balançou a cabeça. — Achei que esse prêmio era do Paddy.

— Bem, se ele tivesse na velocidade máxima, talvez tivesse ganhado. — Paddy Clarke era o outro monitor da Dag, e ele nunca se sentava no refeitório com *menos* de três pratos.

Sage se virou e sorriu para mim, os olhos castanhos brilhando.

— Acho que o Paddy precisa de uma namorada.

— Por quê? Você está interessada? — perguntei, meio querendo acrescentar *"porque ele está!"*.

E exatamente como eu sabia que ela faria, Sage apenas riu. Ela sempre agia da mesma forma quando falávamos de coisas assim. Às vezes, eu a provocava: "Se a Bexley fosse como *Bachelorette*, quais seriam os quatro finalistas?", mas hoje eu não a pressionei. Em vez disso, eu a acompanhei quando ela aumentou o ritmo, e então corremos em silêncio por um tempo, passando pelos pinheiros.

— Pandora's ainda está de pé hoje? — perguntei quando ela diminuiu o ritmo e saímos dos campos, entrando na Ludlow Lane. Todos os anos, no primeiro dia de aula, um dia *completamente exaustivo*, Sage e eu sempre íamos almoçar no Pandora's Café, que fica do outro lado do campus.

— Claro. — Sage assentiu, e, enquanto eu começava a repassar mentalmente o menu quilométrico, ela acrescentou: — Eu estava pensando em convidar o Luke, se não tiver problema para você.

Minha reação imediata foi fingir que eu nunca tinha ouvido aquele nome.

— Que Luke? — perguntei, distraído.

Mas tive que controlar o riso quando Sage respondeu me dando um empurrão.

Minha mãe chorou quando ela e meu pai levaram Nick e eu para o começo do nosso último ano escolar. Ficávamos em alojamentos diferentes, então precisamos nos separar para realizar a "Operação Mudança" antes de nos reunirmos na Praça Central para a despedida.

— Eu simplesmente não consigo acreditar — sussurrou ela, abraçando a mim e a Nick ao mesmo tempo. — Não acredito que meus gêmeos são *formandos*.

Meu pai, por outro lado, não conseguia esconder o sorriso.

— É isso, então — disse ele. — Eu me lembro de quando estava no meu último ano... — Ele deu um tapinha nas minhas costas. — Aproveitem.

Sendo bem melodramático, a Escola Bexley estava no meu sangue. Desde 1816, o colégio interno, que já lidara com várias gerações de Carmichael causando estragos no campus, corre nas veias da família. Meu bisavô escondeu aguardente caseira embaixo de uma tábua solta na Casa Mortimer, durante a Lei Seca nos Estados Unidos; meu avô foi responsável pelo grande incêndio em 1956; e meu pai quase dormiu durante a formatura nos anos 1980. A última a se formar foi minha irmã, Kitsey. Nick e eu sempre soubemos que teríamos de nos candidatar e *entrar* na Bexley. As coisas eram assim na nossa família.

Então, ali estávamos nós, de volta para o último ano e, por mais clichê que aquilo soasse, não era muito difícil distinguir os novos dos antigos alunos no primeiro dia de aula. Os calouros se vestiam como se a mãe tivesse escolhido a roupa deles (temendo desrespeitar o código de vestimenta) e carregavam a mochila nas costas enquanto corriam pelo campus como se estivessem em uma caça a ovos de Páscoa. "Não, queridinha, todas as aulas de matemática acontecem no 'Centro Carmichael de Ciências'", ouvi a sra. Leveson dizer a uma garota, e ri sozinho. Meu avô achava que o CCC era sua punição por ter ateado fogo em metade da Daggett.

Passei o tempo livre no Porão da Knowles, o centro estudantil da Bexley. Era um espaço de conceito aberto, com paredes de vidro e decoração em madeira escura. As únicas salas fechadas eram a do jornal e a do anuário, que ficavam em uma das extremidades, e a Tuck Shop, na outra. Eu me encontrei aqui com Dove mais cedo de manhã, durante a reunião de alunos e professores, para fazer um lanche, e, como sempre, o lugar estava lotado, a fila dando voltas e mais voltas. Eu a abracei pelos ombros e fingi dormir enquanto esperávamos para pagar. Ela riu e escondeu o rosto no meu ombro. Notei que o perfume dela lembrava o cheiro de biscoitos amanteigados e que não era difícil fazê-la rir.

Mas agora estava em horário de aula, então o Porão estava bem vazio. Eu me acomodei em um dos sofás pretos perto da área da Tuck Shop, diante da janela panorâmica no canto. Meu lugar de sempre. Às vezes, eu estudava, às vezes eu assistia à Netflix e às vezes eu cochilava. Aquele era dia de cochilo. Deitei-me no sofá e estiquei as costas, desejando não ter esquecido meus fones de ouvido no quarto. Não havia escolha a não ser ficar ouvindo o *clique-claque* dos teclados dos laptops dos alunos.

Uma voz me acordou uns dez, ou talvez quarenta e cinco, minutos depois. Algum aluno estava falando por perto e, mesmo que eu não conseguisse ver quem era, pois o encosto do sofá me ocultava, percebi que ele estava ao celular.

Eu não costumava prestar atenção na conversa dos outros, mas aquele cara tinha uma voz agradável, então fiquei ali, ouvindo.

— Sim, eu dormi bem — disse ele. — Só foi diferente. Dá para ouvir *tudo*. Pessoas andando pelos corredores, dando descarga. — Ele suspirou. — Não, mãe. *Não* mande o cancelador de ruídos da Bec. Eu estou aqui há uma noite. Tenho certeza de que vou me acostumar com o barulho.

Não!, eu queria gritar. *Deixe que ela mande o cancelador de ruídos! Você vai querer um!* Porque eu tinha um e aquilo foi transformador. Eu tinha acabado de entrar no segundo ano e Paddy e eu ficamos em um quarto de merda: segundo andar, bem ao lado do banheiro. Paddy fora cético no início, mas depois da terceira noite, ele mudara de ideia. Também descobrimos que combinar o cancelador de ruídos com circuladores de ar era ainda mais eficaz. Nós chamávamos aquilo de *Vórtex*.

— As aulas são boas — continuou o cara. — Hoje só tivemos metade das aulas, e fomos a todas. Minha professora de química sabe exatamente onde a gente mora. Ela costumava dar aula na...

Em que ano ele está?, me perguntei. Era óbvio que se tratava de um aluno novo, mas ele não falava como um calouro. Além disso, não comentou nada sobre se perder no campus. *Talvez um novo aluno do segundo ano?* Era bem comum que a turma crescesse no segundo ano na Bexley. A maioria dos calouros era da Nova Inglaterra, alunos que não tinham estudado em escolas particulares no ensino fundamental. Na verdade, se minha avó (mãe do meu pai) tivesse alguma influência sobre minha mãe, Nick e eu não teríamos tido essa experiência. Meu pai estudou em escola particular a vida toda, mas minha mãe acreditava no ensino público, e dizia para nossa avó: "Nós moramos em Connecticut em parte por causa do sistema de ensino. É importante para mim e para Jay que eles tenham a experiência dos dois lados." E nós tivemos, e o técnico de hóquei de Darien ficou bem chateado quando soube que íamos mudar de escola no ensino médio.

— Além disso — disse o novo aluno —, gostei muito da professora de matemática, a sra. Shepherd. Ela me lembra muito...

Suave, pensei. A voz dele era suave, mas também sutil, com uma entonação tranquila. E me fazia querer fechar os olhos e dormir de novo. Não porque a voz dele fosse chata nem nada, mas porque era... bem, calma. Eu me senti estranhamente relaxado ouvindo aquele garoto aleatório conversar com a mãe sobre o dia dele, um dia que ainda nem tinha acabado.

— Mas inglês foi um CFS *total* — disse ele em um tom um pouco mais urgente. O que era CFS? — Aquela aula em que me colocaram? É ridiculamente fácil. É uma aula para...

E foi quando eu me dei conta de que eu sabia exatamente do que ele estava falando: seminário de escrita para os formandos da Bexley, sempre com uma tendência à facilidade por causa dos alunos do CPE, uma demografia que era *absurdamente* inclinada aos esportes. Não foi difícil ligar os pontos, e, quando consegui, sorri.

Eu não estava ouvindo o papo de um novo aluno do segundo ano.

— Não, mãe. Você não precisa fazer nada. Eu já resolvi.

Então, é ele, pensei. *Este é o futuro marido de Tater Tot.* "Eu vou me *casar* com ele, Charlie", declarara minha priminha de seis anos, mas que, no último almoço de Ação de Graças, gostaria de ter dezesseis. "E você não pode ser contra!"

— Sim, mãe — continuou o amado de Tate. — Eu fui até a secretaria e pedi para ser transferido para outra turma.

Qual?

— A única que se encaixava no meu horário era Literatura da Fronteira. Torcendo para *Huck Finn* não estar no programa.

Eu ri. *Porque está.*

— Eu tenho que ir agora. Tenho aula de história em quinze minutos. — Ele fez uma pausa e riu. — Não, eu ainda não me perdi. Eu conheci uma garota ontem e ela me mostrou tudo depois do jantar. Anotei tudo no meu mapa do campus. — Outro riso. — Sim, você me conhece.

Sage, percebi. Ela foi guia turística desde o primeiro ano e costumava ser a primeira para quem a secretaria ligava. Era uma das coisas que eu mais amava na minha melhor amiga, como ela era alegre e simpática: um raio de sol ambulante.

Eu o ouvi suspirar, preparando-se para ir à aula de história.

— Tá bom. A gente se fala depois. Eu... Ah, não, eu ainda não esbarrei com eles.

Paciência, jovem Padawan, pensei. *Paciência.*

— Sim, eu sei, mas acho que estão todos ocupados. São famosinhos por aqui.

Somos mesmo.

— Mas vou conhecer o Charlie hoje.

Vai mesmo, pensei, porque era meu dever me certificar de que ele era bom o suficiente para Tate. Ela merecia o melhor.

A Praça Central era onde passávamos o tempo. Todas as casas de tijolos para alunos do segundo ano e alguns prédios acadêmicos davam para o espaço verdejante, que estava sempre lotado de estudantes. Era o atalho principal para literalmente qualquer lugar do campus, e, quando o tempo estava bom, as garotas estendiam cobertores e faziam o dever de casa, enquanto Nick, alguns amigos e eu jogávamos uma rodada de golfe. Aquele dia não foi diferente. Estava ensolarado, fazia uns 27 graus, e havia grupinhos espalhados por todos os lados.

— Oi, Charlie! — Quinn Bailey, minha ex-namorada que ainda não tinha *sacado* que era ex-namorada, gritou da escada da frente do Wexler Hall. Pelo visto, estava trocando a rede do taco de lacrosse. Acenei para ela, sentindo as pessoas olharem para mim. Sim, a Praça Central era, sem sombra de dúvidas, o palco da Bexley.

Então eu fiz o que eu fazia de melhor: dei um show.

— Noivinha! — gritei quando vi Sage; o cabelo loiro, comprido e ondulado, estava preso no rabo de cavalo de sempre.

Comecei a correr de um jeito cafona em câmera lenta. Ela abriu um sorriso e, um segundo depois, estava seguindo na minha direção, a velocidade no ponto certo.

— Meu prometido! — exclamou ela.

Quando nós éramos pequenos, costumávamos dizer que nos casaríamos um dia. Passávamos tardes inteiras planejando nosso casamento, discutindo sobre o bolo de coco e a lua de mel no Havaí. Às vezes nós ainda falamos sobre isso (mas agora eu estou tentando convencê-la de passar a lua de mel nas Bermudas). A ideia sempre fez meus pais sorrirem.

Assim que nos encontramos no meio do caminho, eu a peguei no colo e a girei no ar.

— Vou te apresentar ao Luke. — Sage puxou minha manga.

Luke.

— É só me dizer o caminho.

Passei o braço em volta dos ombros dela enquanto caminhávamos. Sage respirou fundo e iniciou as apresentações, exclamando:

— Luke Morrissey, quero que conheça Charlie Carmichael, meu melhor amigo desde a *maternidade*!

Ele parecia mais novo, mas era alto. Ray-Ban preto clássico combinando com o cabelo preto bagunçado. Magro, com camisa azul-escura de botão, bermuda e tênis Samba Adidas. Os pés estavam voltados um pouco para dentro, como um pombo.

Aqui está ele, pensei, e percebi que fiquei olhando por mais tempo do que o usual quando senti Sage me cutucar.

Faça alguma coisa.

Segui o exemplo de Nick e fechei os punhos para uma batidinha de cumprimento.

— Bom te conhecer — disse. — Sage literalmente não parou de falar de você.

Luke olhou para o meu punho antes de bater com o dele no meu, tão rápido que nem senti o toque.

— Bom te conhecer também.

Ele ajeitou os óculos e meio que parecia que queria dizer mais alguma coisa, mas não disse.

— Então... — Sage bateu palmas. — Estou morrendo de fome. Partiu Pandora's!

— Então, Morrissey — comecei depois que pedimos a comida —, por que fazer essa volta da vitória ao ensino médio? — É assim que eu falaria se eu tivesse que voltar para o CPE.

Ao lado de Sage, Luke desenrolou os talheres do guardanapo e contou o que eu já sabia. "Ele não sabe bem o que ele quer fazer na faculdade", explicara-me tia Caro na primavera. "Então eu sugeri um ano de CPE para que ele pudesse viver novas experiências até entender o que quer. Você vai ajudá-lo, não vai?"

— Ou seja, você não conseguiu nota para entrar onde queria? — perguntei sem nem pensar.

Sage chutou minha canela por baixo da mesa.

Luke olhou para mim e, de repente, fiquei inquieto no meu lugar. Parecia que alguma coisa estava descendo pela minha espinha.

Tentei voltar atrás e meio que comecei a me desculpar.

— Foi mal. É só que pensei no Nick, meu irmão gêmeo. Bem, as notas dele não eram tão boas. Ele pretende jogar hóquei em Yale, e chegamos a pensar que ele talvez precisasse fazer um ano de CPE em algum lugar para melhorar um pouco as notas. Mas ele mandou bem no vestibular e deu tudo certo.

Eu me reprimi em pensamento: *E ele vai ficar puto por eu ter te contado a maior fonte de estresse dele do último ano!*

Luke assentiu.

— Você já sabe para onde quer ir agora? — questionei, me perguntando se o Pandora's tinha trocado a marca das lâmpadas ou algo assim.

O calor estava queimando minha pele.

Luke mexeu o chá gelado.

— Ainda não. Terei uma reunião de orientação universitária amanhã.

Assenti.

— Ah, boa ideia... — Parei de falar quando meu celular vibrou em cima da mesa.

Sage riu.

— Tá legal, conte quem é a primeira da fila.

— Primeira da fila? — perguntou Luke, tentando entender.

Sage abriu um sorriso lindo para mim antes de se virar para Luke.

— A primeira da fila neste semestre. Charlie começa a namorar e termina tudo depois de algumas semanas.

Revirei os olhos.

— Ah, claro, me chame de rei Henrique...

— Oitavo. — Luke se apressou a completar.

E Sage disse:

— Mas é verdade! Catherine Howe *ainda* está com dor de cotovelo depois do *turbilhão* de emoções das duas semanas que passaram juntos!

— Olha só — disse eu para Luke. — Ela gosta de exagerar.

Sage fez que não.

— Então, quem é?

Eu suspirei.

— Dove McKenzie.

— Quem é ela? — perguntou Luke.

— Uma aluna do terceiro ano. — Sage voltou a atenção para mim. — Ela é a Rapunzel no musical *Into the Woods*, não é?

— *Oui* — respondi.

— Ah — disse Luke, olhando para Sage com um sorriso debochado. — Misturando negócios e prazer... Uma decisão ousada.

Quando ele inclinou a cabeça, levei um segundo para entender o que estava acontecendo. Sage soltou uma gargalhada, mas eu só peguei minha Coca-Cola.

— *Touché*, Morrissey — ouvi-me dizer. — *Touché*.

Eu estava certo, ele tinha as pernas arqueadas.

Não de um jeito muito acentuado, apenas sutil, e aquilo era encantador. Eu só conseguia olhar para os pés dele enquanto voltávamos para o campus. Eu me esforcei muito para ignorar a sensação que cada passo de Luke despertava em mim.

Mas eu estava fracassando.

Luke pigarreou.

— Então, como é o sr. Magnusson?

Ergui o olhar bem na hora que Sage esbarrou em mim, como sempre. Um dos grandes desafios dela era andar em linha reta. Ela sempre andava em zigue-zague.

— Sr. Magnusson? — Eu me virei para ele.

Luke assentiu e nos entreolhamos. Ele tinha tirados os óculos escuros, e eu fiz uma anotação mental: *nunca* dizer para Nina que ela estava certa, que os olhos dele eram realmente incríveis. Um castanho intenso, como as bagas de zimbro de Martha's Vineyard.

— Isso — disse Luke. — O sr. Magnusson. Como ele é? Tudo que a moça da secretaria me disse foi que eu precisava me preparar para uma *experiência.*

Sage e eu rimos.

— O sr. Magnusson é o tesouro da Bexley. — Usei as palavras do meu pai. — Ele está aqui desde sempre, mas ninguém sabe quantos anos ele tem...

— Nosso melhor chute é que ele tem 77 — contou Sage.

— Certo — concordei, porque Gus Magnusson *devia* estar perto dos oitenta. Ele foi professor de inglês de Kitsey no primeiro ano *e* do meu pai.

Quando havia entrado na aula dele naquela manhã, o professor Gus dissera: "Ah, Charles Carmichael. Eu sabia que sua jornada o traria até aqui." Ele me lançara um olhar sério. "Se o padrão se confirmar, *você* é o Carmichael mais inteligente até agora."

Luke arregalou os olhos quando Sage e eu acabamos de falar.

— Ele realmente corrige os trabalhos bêbado?

Dei de ombros.

— É só um boato, mas eu acho que é verdade. Minha irmã manteve contato com ele, e ele enviou para ela uma caixa com todas as suas bebidas favoritas quando ela se formou na faculdade.

— Destilados? — perguntou ele.

— Isso — confirmei. — Uísque, gim, tequila e *muita* vodca.

— Uau, que pena que ele não é o responsável pelo meu alojamento — brincou Luke bem na hora que alguém chamou Sage, fazendo-a sorrir e se afastar de nós em zigue-zague. — Isso seria perfeito.

Levantei uma das sobrancelhas. *O que faria* o que *perfeito?*

— É aqui que eu fico. — Ele fez um gesto em direção ao alojamento dele. — A mansão do Gatsby.

Senti um tremor no corpo. *A Sage tinha contado para ele? Ou ele simplesmente pensou naquilo?* A Casa Brooks era facilmente o maior alojamento do campus e não se parecia em nada com as outras construções. Bexley tinha basicamente prédios de tijolos no estilo greco-romano, mas a Brooks era um prédio de três andares de pedras cor de areia, com duas torres em cada lado e diversas chaminés, além de uma varanda enorme na frente. Era uma monstruosidade imensa que eu costumava chamar de "Mansão Gatsby" desde que eu lera *O grande Gatsby* no primeiro ano.

Luke enfiou as mãos nos bolsos.

— É melhor eu ir. Tenho treino daqui a meia hora.

Assenti.

— É, eu também. Ensaio em... — olhei o celular — ... dez minutos.

Ele riu, e senti o canto dos meus lábios se levantarem em um sorriso. Quando ele dava risada parecia que o restante de seu corpo ria com ele.

— Bem, acho que a gente se vê por aí...

— No jantar? — perguntei.

Luke me lançou um olhar questionador.

— Você não vai jantar com a pombinha?

Pombinha? Ah... sim. Dove é pomba em inglês. Eu tinha mesmo combinado de jantar com ela.

Mas dei de ombros e disse:

— A distância só faz o amor crescer.

— Não sei se a Andorinha pensa o mesmo que você.

— Tenho certeza de que a Passarinha vai se recuperar.

— Espero que sim. Rolinhas são tão frágeis.

— Não se preocupe. *Pombos* pisam para dentro, mas são mais fortes do que parecem.

Luke olhou para os pés e, sem dizer nada, se virou para entrar.

— Ei, só mais uma coisa! — chamei.

Ele se virou.

— O quê?

Engoli em seco e disse:

— Melhor aceitar o cancelador de ruídos.

Ele mal reagiu. Só me lançou um olhar com uma das sobrancelhas ligeiramente arqueada.

— Você acha?

— Na minha opinião profissional, sim.

Luke riu.

— Então, eu devo pedir para minha mãe mandar o cancelador de ruídos?

Eu me vi assentindo.

— Ah, legal. Valeu pela dica.

— Sem problema — disse eu mais baixo do que pretendia. Pigarreei e comecei a descer os degraus da varanda. Com certeza, eu ia me atrasar.

— Até mais tarde...

Luke se apoiou na parede do dormitório, ainda sorrindo:

— Mande um oi para a Águia.

Balancei a cabeça.

— Ela vai fazer a Rapunzel.

— E isso significa...?

Dei de ombros para disfarçar o fato de que eu estava tremendo.

— Melhor você pesquisar.

Ele riu.

— Isso tá valendo nota?

— Por dar uma olhada em uma página da Wikipédia?

— Você realmente considera a Wikipédia uma fonte confiável?

Fingi ficar chocado.

— Você quer dizer que essa não é a *melhor* fonte do mundo acadêmico?

Luke revirou os olhos e pegou o celular no bolso. Olhei para Sage conversando com Cody Smith. Ela gesticulava para contar uma história, e Cody estava totalmente concentrado, assentindo enquanto ela falava. Pensei no programa *The Bachelorette*, e fiquei imaginando o que Sage acharia de *Larchmont, Nova York*. Porque eu achava que Cody teria boas chances de chegar à semana em que conheciam os pais dos concorrentes. Ele não receberia a rosa final, mas ficaria entre os quatro finalistas? Sim, definitivamente era um cenário possível.

— Ah, entendi — disse Luke. — Rapunzel é realmente a princesa, mas... — ele ergueu o olhar do celular e olhou direto nos meus olhos —, mas ela *não* é o interesse amoroso do Príncipe Encantado, ou melhor, Charmoso.

TRÊS
SAGE

— Então, o que vocês vão fazer amanhã à noite? — perguntou Luke no jantar de sexta-feira, quando nossa primeira semana estava quase no fim.

Como a maioria das escolas internas, a Bexley tinha aulas no sábado de manhã, então nosso "fim de semana" só começava mesmo à noite.

— Coisas escandalosas — respondeu Charlie, dando uma mordida no hambúrguer.

Sentada ao seu lado, usei uma das mãos para fazer cócegas nele por baixo da mesa e ri quando ele tomou um susto.

— Depende da pessoa para quem você está perguntando — disse Reese. — Se você é tipo o Charlie ali — ela fez um gesto com a cabeça em direção a ele —, então você vai levar uma garota para algum lugar discreto no campus...

— Ele já entendeu, Reese — cortou Charlie, sem paciência.

— E se você é mais tipo o Nick Carmichael — acrescentou Jennie, sem saber que Luke ainda não tinha sido oficialmente apresentado ao Nick —, você vai passar a noite toda jogando hóquei de mesa ou video-game na sala comum da Mortimer com os amigos.

Charlie riu.

— Você é *tão* precisa.

Ri também. A imagem se formou facilmente na minha mente. Nicholas Carmichael, com o cabelo bagunçado e usando a calça de moletom de sempre, vestindo um casaco com uma estampa horrenda (uma estampa tribal em um monte de cores contrastantes: verde-azulado, vermelho, marrom e amarelo-mostarda), relaxando no sofá gigante da sala da Mortimer e segurando um controle de Xbox. Nick gostava de pegar leve e relaxar nos fins de semana com os melhores amigos, sem dar a mínima para a vida social da Bexley, para decepção de suas fãs. Quando uma garota não era a fim de Charlie, era bem provável que fosse a fim do irmão gêmeo dele, apesar de ele nunca dar o ar da graça nas festas de sábado à noite.

— E vocês? — perguntou Luke, enrolando o macarrão no garfo. Ele tinha preparado o próprio ensopado na área da cozinha, e parecia *delicioso*. Eu estava de olho havia alguns minutos, perguntando-me se eu deveria pedir para provar ou não. — O que vocês costumam fazer? Eu ouvi falar sobre uma boate...

— Você quer ir com a gente amanhã?! — Nina ofegou como se Luke fosse o próprio Harry Styles dizendo que preferia passar a noite com a gente em vez de ir para algum iate cercado por supermodelos.

— Bem, para ser sincero — respondeu Luke —, eu já recebi um monte de convites para amanhã à noite. Os jogadores de futebol do meu andar estão praticamente *implorando* para eu ir ao jogo de pôquer... — Charlie soltou uma risadinha ao meu lado. — Mas talvez eu possa agraciar vocês com a minha presença, se conseguirem me convencer.

Ele encolheu os ombros enquanto nós ríamos.

— Então, olha o que vamos fazer... — começou Nina, dando palminhas e abrindo um sorriso. — Nós...

— Psiu! — interrompi. — Não conte nadinha para ele, Nina Davies!

Nina me lançou um olhar confuso, mas ficou calada.

Reese entendeu aonde eu queria chegar e disse para Luke:

— Por mais *maravilhoso* que esse jogo de pôquer pareça, imagino que você *vá* sair com a gente amanhã à noite, não é?

Ele suspirou.

— Vou. Eu não quero extorquir meus colegas de alojamento na minha primeira semana. Então, sim, se não se importarem, vou sair com vocês.

Reese e eu trocamos sorrisos maliciosos.

— Maravilha — disse ela. — Mas você tem que prometer que vai participar de *toda e qualquer* atividade que fizermos. Combinado?

— Reese... — disse Charlie em tom de aviso, mas ela o dispensou com um gesto.

— Combinado, Luke? — repetiu ela com a expressão da mais pura inocência.

— Não vamos roubar um banco, né? — perguntou ele.

— Não, isso não está na nossa agenda ainda.

Ele assentiu.

— Então, podem contar comigo. Estou dentro.

Charlie resmungou quando eu dei prosseguimento ao que Reese estava dizendo.

— Encontre com a gente amanhã na sala comum do seu alojamento, às 20:30. *Em ponto*. Temos um cronograma apertado.

— Podem me dar alguma dica do que vamos fazer?

As meninas e eu negamos com a cabeça.

— Carmichael? — apelou ele, virando-se para Charlie.

— É melhor fazer o que elas mandam, Morrissey — aconselhou Charlie. — É melhor aceitar.

Como prometido, Luke estava esperando por nós na gigantesca sala comum da Brooks na noite seguinte. O lugar estava bem vazio, já que a maioria dos caras tinha saído para o que quer que tivessem planejado para a noite.

Esparramado em um dos sofás, Luke estava com o celular no ouvido.

— Não, Bec, não é nada como na TV — ouvi-o dizer em voz baixa. — Tem muito estudo envolvido e muitas regras também.

— *Luke...* — cantarolou Nina e, quando ele se virou para nós, arregalou os olhos atrás dos óculos grande.

— Becca, eu tenho que ir — avisou ele à irmã, a caçula da família Morrissey. Luke também tinha duas irmãs mais velhas. — Manda um beijo para a nossa mãe — acrescentou antes de desligar.

— Eu sei que estamos *incríveis* — comentou Reese quando ficou claro que o deixamos sem palavras.

— Esse lance de noite temática é sério mesmo? — perguntou ele, levantando-se do sofá e enfiando as mãos no bolso da frente do casaco de moletom.

— Não — respondeu Nina. — Mas nós levamos muito a sério!

— E você também — disse Jennie.

Luke abriu a boca para protestar, mas Reese o lembrou:

— Toda e qualquer atividade.

Ele suspirou.

— Tudo bem. Mas eu garanto a vocês que eu não tenho nada para combinar com...

— Mais um verão quente americano — completou Jennie.

E, com certeza, todas nós estávamos representando muito bem o tema. Eu estava com short vermelho de ginástica com estrelas azuis espalhadas, regata vermelha, meias azuis até a altura do joelho e meu tênis branco favorito da Nike. Jennie e Nina estavam com uma roupa parecida, enquanto Reese tinha sido um pouco mais ousada na escolha, usando um biquíni vermelho por baixo de um top branco de tule, leggings azul metálica e um *All Star* branco. Éramos um grupo e tanto.

— Não tem o menor problema você não ter nada — respondi para Luke. — Porque eu conheço quem *tem*.

Dez minutos depois, Luke e eu nos esgueiramos pela porta da Daggett. As garotas se ofereceram para esperar do lado de fora, na varanda.

— A gente pode fazer isso? — sussurrou Luke enquanto eu o levava até a escada dos fundos da casa.

— Sim e não — sussurrei de volta. — Você pode porque é homem, mas as meninas precisam da autorização do responsável de plantão para subir até o alojamento dos garotos. Mas acho que, tecnicamente, como não estamos *ficando* com ninguém da Daggett, essa pequena missão não vai dar muito trabalho.

Subimos até o segundo andar e corri para o fim do corredor com Luke bem atrás de mim. Parei diante da porta com uma plaquinha indicando:

Charles Carmichael
Monitor Sênior
Darien, Connecticut

Sem pensar duas vezes, girei a maçaneta do quarto de Charlie e fui recebida por um ambiente organizado e claramente vazio. Eram quase nove da noite, então ele provavelmente já tinha saído com Dove. Nem mandei uma mensagem avisando o que eu ia fazer, conclui que ele não se importaria, desde que eu deixasse o quarto inteiro.

Comecei a procurar na cômoda e, depois, fui pegar algumas coisas no armário. Durante todo o tempo, ouvi Luke andando devagar pelo quarto. Quando encontrei a última coisa da lista, virei e o vi observando a decoração de parede de Charlie, o olhar passando da bandeira preta e dourada da Daggett pendurada ao lado da bandeira triangular vermelha, branca e azul do Edgartown Yacht Club, de Martha's Vineyard. Finalmente, ele se virou.

— Então, o que você tem aí?

Eu sorri e entreguei as roupas para ele.

— Te espero lá fora.

As meninas assoviaram quando saí da Daggett com Luke usando lantejoulas.

— Que Deus abençoe o Charlie! — declarou Reese.

— Você está *demais*. — Nina arfou.

— Tá bem no tema. — Jennie assentiu.

— Estou me sentindo pronto para o Halloween — disse Luke.

— Você está bem, acredite em mim. — Dei um aperto tranquilizador em seu braço.

Embora Luke fosse magro, as roupas de Charlie serviram direitinho. Escolhi para ele algumas das peças mais patrióticas, e a estrela principal era um short com estampa da bandeira americana.

— Então — começou Jennie —, vamos para a primeira parte da noite?

Saímos da varanda da Daggett e viramos à direita em direção ao ginásio, onde a festa ia acontecer.

— Tem mais de uma parte? — perguntou Luke.

— Ah, tem — confirmei. — Com certeza mais de uma parte.

— Quantas?

— Três — respondeu Reese. — São três partes.

— Está bem. — Luke se empertigou. — Vamos nessa.

Assim que entramos no ginásio, eu soube que nós cinco éramos os mais bem caracterizados para o tema. Embora eu tenha visto meninas que honrassem as cores, qualquer um poderia achar que os caras acabaram naquela festa por acaso. Todos estavam usando variações de alguma roupa esportiva em preto, azul ou cinza.

Que decepção, cavalheiros!

Reese, Jennie e Nina desapareceram imediatamente na multidão da pista de dança, mas Luke ficou do meu lado, absorvendo toda a cena. Toquei no braço dele e, quando ele olhou para mim, gritei que tínhamos que dançar. Era uma regra entre nós quatro: sempre que íamos a uma festa, as meninas e eu tínhamos que dançar como se não houvesse amanhã.

Luke levantou uma das sobrancelhas e respondeu alguma coisa, mas a música estava alta demais para eu ouvir. Por sorte, porém, consegui ler os lábios dele: *Temos mesmo?*

Assenti com entusiasmo.

Ele olhou em volta, e eu percebi que dançar não era muito a sua praia. Fiquei na ponta dos pés e fui me aproximando, cheguei tão perto que meus lábios roçaram em sua orelha.

— Você não sabe dançar ou algo do tipo? — perguntei.

Luke se afastou com uma expressão que me dizia: *É isso mesmo que você acha?*

Em resposta, eu ri, agarrei o braço dele e o puxei comigo para a multidão de pessoas suadas.

E, cara, Luke *sabia* dançar. Ele estava totalmente absorto na música, movendo o corpo, sem nenhuma dificuldade, no ritmo das batidas. Depois de um tempo, puxei a gola de sua camisa na minha direção. Nós dois estávamos sorrindo, e, quando a música pediu, eu me virei e rebolei. Só quando ouvi a voz de Jack Healy me dei conta de que tinha um monte de gente ao nosso redor, e que não éramos só nós dois.

— Tá gata, hein, Sage! — gritou Jack, passando por nós. — Você? Eu? Campo sintético? Dez minutos?

Ainda dançando com Luke, fiz que não com a cabeça e mostrei o dedo do meio para ele. Eu *planejava* dar uma passadinha no campo esta noite, mas *não* com o Jack.

— Para onde estamos indo? — sussurrou Luke.

— Para o campo sintético — sussurrei em resposta, sorrindo na escuridão. — É o melhor lugar para uns amassos no campus.

Na minha frente, Reese deu uma risada.

— Eu chamaria o campo sintético de qualquer coisa, menos de o melhor lugar — afirmou ela.

Jennie e Nina começaram a rir.

— Não se preocupe, não vamos obrigar você a ficar com nenhuma de nós — apressei-me a dizer, dando um apertãozinho na mão dele.

Uns quinze minutos depois do convite de Jack, Nina se aproximou rodopiando enquanto Luke e eu debochávamos dos garotos do terceiro ano, imitando o cumprimento favorito deles. Com o cabelo castanho voando para todos os lados, ela anunciou que havia chegado *a hora*, então agarrou a camiseta suada de Luke e o tirou do meio da galera.

— Tudo bem, aqui está — disse Jennie em um tipo de sussurro gritado a alguns metros de distância.

O campo sintético estava na mais completa escuridão, então, seguimos a voz dela até a quadro de luz metálico que abrigava o disjuntor dos refletores.

— Merda! — resmungou Reese depois que eu ouvi o som do pé dela batendo no poste de metal.

Nesse meio-tempo, Jennie acendeu a luz do iPhone para conseguir digitar o código de quatro dígitos no teclado do quadro de luz e abri-lo. Ela começou a contar:

— Um, dois...

E, no *três*, ela acionou o disjuntor.

Acendendo *todos* os refletores do campo.

Não precisei nem perguntar para saber que Luke nunca tinha se deparado com algo assim antes. Era como no filme *Ratatouille*, quando os chefs entram na cozinha e os ratinhos rapidamente correm para todos os lados. Havia casais por *todos* os cantos em estágios variados de nudez. Vi Lucy Rosales empurrar um cara para longe dela para que pudesse pegar a blusa e sair correndo. E, perto de uma das traves de hóquei, vi mais partes de Jack do que eu precisava — ou queria — ver.

Depois de dez segundos observando nossos colegas correndo para se salvar, Jennie apagou os refletores, e eu agarrei a mão de Luke de novo.

— Corra! — sussurrei alto antes de seguir na direção do bosque para nos esconder. Quando chegamos e nos escondemos sob as árvores, todo mundo estava ofegante e eufórico.

— Que... porra... foi... *aquela*? — perguntou Luke.

As meninas e eu rimos.

— Aquele é o uso favorito do campo sintético da Bexley — respondeu Reese.

— Aquilo foi literalmente a coisa mais nojenta que eu já vi! — exclamou ele. — Estou embrulhado! Nem quero pensar no que minha mãe vai dizer quando eu contar a ela que fui corrompido! — A gente continuou rindo e Luke logo se juntou a nós. — Como você conseguiu o código do quadro de luz?

Jennie foi a primeira a se recompor.

— Quando fui presidente da Hardcastle no ano passado, eu organizei um jogo noturno de ultimate frisbee, então, obviamente, os refletores precisavam estar acesos. Calder, o assistente do diretor, me deu o código que dá acesso ao quadro de luz. E ninguém mudou desde então.

— Quantas vezes vocês já fizeram isso?

— Só três, contando com essa — disse Nina. — Não fazemos com muita frequência para as pessoas não desconfiarem.

— A próxima vez provavelmente vai ser no inverno — acrescentei.

Luke estava incrédulo.

— As pessoas vêm aqui quando está frio?

— Elas enfrentam até o frio por uma pegação — respondeu Reese.

Houve alguns momentos de silêncio, antes de Luke declarar:

— Totó, acho que *não* estamos mais em Michigan.

— Nem de perto — respondi, meu sorriso invisível na escuridão, e muito feliz por Luke estar ali com a gente. — Chegou a hora do grande final.

Algumas pessoas diriam que o grande final foi anticlimático, mas, depois de gastarmos tanta energia na pista de dança e de colocarmos um ponto-final nas atividades ilícitas de alguns alunos azarados da Bexley, nós só queríamos recuperar o fôlego e relaxar.

Antes do destino seguinte, nós cinco demos uma passadinha na Casa Simmons, e Nina subiu correndo para pegar uma bolsa com as coisas essenciais de que precisávamos. Depois, partimos para a Casa Thayer, onde ficavam os alojamentos dos calouros. Como era de se esperar, a sala comum mais parecia uma cidade fantasma, já que os moradores ainda estavam ocupados mostrando seus talentos na festa.

— Tudo bem, então *Mamma Mia* ou *Mamma Mia 2*? — perguntou Nina, tirando o notebook da bolsa, junto com alguns doces: M&Ms, balas de goma azedinhas e o meu favorito, chocolate mentolado.

— Ah, por favor, não vamos ver o primeiro — disse Luke. — Eu já assisti umas *mil* vezes.

Nós lançamos um olhar questionador para ele.

— Eu tenho *três* irmãs!

— Então vamos de *Mamma Mia 2*! — decidi pegando o computador que estava com Nina e me agachando em frente à TV para conectar o cabo HDMI.

Minhas amigas e eu terminávamos quase todas as noites de sábado assim. Íamos a um dos alojamentos masculinos e usávamos a sala deles para assistir a um filme bem mulherzinha, relaxar no sofá e comer besteira.

A gente variava de alojamento a cada semana, mas não importava qual fosse, aquilo sempre provocava um misto de reações quando os caras voltavam à noite; alguns mandavam a gente se mandar, já outros riam e se juntavam a nós no sofá. Os calouros, porém, principalmente porque aquela era a *primeira* noite de sábado, entrariam na sala e trocariam olhares de "o que está rolando?", antes de resolverem sair de novo.

Depois de dar o play, vi que todo mundo tinha se acomodado em suas posições favoritas para assistir ao filme. Reese pegou uma cadeira reclinável de couro, e Jennie escolheu a poltrona bem ao lado do sofá e abraçou os joelhos. Eu me afastei alguns passos para me acomodar no sofá com Luke... e Nina. Ela estava na ponta da esquerda, usando o descanso de braço como encosto, enquanto esticava as pernas e as apoiava no colo de Luke.

É oficial, pensei, *Nina Davies está a fim de Luke Morrissey.*

Mas Luke ignorou o convite silencioso e manteve as mãos longe das pernas dela, cruzando os braços. Para mim, a mensagem foi clara: ele não estava interessado. E, no fundo, eu tinha a sensação de que, mesmo que eles ficassem superpróximos e Nina continuasse dando mole para ele, Luke *continuaria* sem o menor interesse nela.

Senti meu celular vibrar quando o filme já estava acabando, bem na hora em que o fantasma de Donna canta "My Love, My Life", com a voz carregada de emoção, para a filha, Sophie. Antes de olhar quem era, fitei Luke para ver se ele estava chorando.

— Eu não preciso de lenço de papel — esclareceu ele, quando ofereci um de brincadeira. — Eu já vi este filme também... mas só umas cem vezes, não mil.

Seu rosto realmente não estava molhado de lágrimas e a expressão era completamente neutra. As pernas de Nina ainda estavam em cima dele e, com certeza, Luke ainda não tinha mordido a isca; os braços agora descansavam no encosto do sofá. Eu olhei para o meu iPhone e pisquei para conferir o nome que apareceu na tela. Abri para ler a mensagem:

Estão dizendo por aí que o campo sintético viu mais ação do que o normal esta noite...

Controlei o impulso de sorrir.

Total, digitei em resposta. Foi o show de luzes mais épico!

Épico?, veio a resposta dele. Impossível!

Estou prestes a responder *Tem certeza?*, mas antes de conseguir, meu celular vibrou:

Porque você e eu sabemos que só existe UM show épico de luzes.

E uma terceira mensagem em sequência: Pronta para uma aventura?

Senti algo se agitar dentro de mim. Pronta para uma aventura? Eu sempre estava pronta para uma aventura, e ele sabia disso. Então, meus polegares digitaram depressa, mas hesitei por alguns segundos antes de pressionar o botão de enviar: Manda ver...

Alguns minutos depois, eu estava correndo pela Belmont Way em direção à Praça Central.

— Aonde você vai? — perguntara Jennie, quando eu me levantara para sair da Thayer.

— Ah, o Charlie precisa de uma coisa. — Tinha sido minha resposta, enquanto eu ajeitava meu boné com os dizeres "MERICA". — Vejo vocês amanhã? No café da manhã?

Esperei Reese assentir antes de sair. Mas eu consegui ouvir Nina contando para Luke:

— A gente acha que ela é apaixonada por ele. Eu sei que você só está aqui há uma semana, mas você também notou, né?

Já eram quase 23 horas, então não era de se estranhar que houvesse vários alunos nas varandas, tentando fazer valer cada segundo de liberdade antes do toque de recolher.

As luzes automáticas pontilhavam todo o campo de golfe da Bexley, iluminando o caminho enquanto eu corria a reta final até o nosso ponto de encontro: o sexto buraco. Preferia estar pedalando a Abelhinha, mas deixar marcas de pneu na grama bem-cuidada não era uma boa ideia. Com a respiração ofegante e um zunido no ouvido, suspirei ao ouvir o balanço das águas calmas do lago Perry. O sexto buraco ficava em um lugar pequeno e isolado, bem à beira do lago. Eu me encostei em um poste de luz, achando que eu tinha sido a primeira a chegar, já que eu não o vi em lugar algum, mas, quando minha respiração acalmou e o zunido diminuiu, ouvi alguém perguntar:

— Que roupa é essa?

Saindo da escuridão e entrando na luz, com o casaco horrendo de estampa tribal e tudo, estava Nicholas Carmichael.

Senti de novo aquela agitação. Era nova e um pouco estranha, mas também de puro entusiasmo.

— É a roupa que usei na festa de hoje — expliquei, notando o cobertor da Hudson's Bay no ombro dele.

— Ah, tá. — Nick assentiu. — Qual era o tema mesmo?

— Mais um verão quente americano. — Inclinei a cabeça. — Você *realmente* não sabia?

Ele deu um sorriso de lado.

— Ah, fala sério, Sage. Você sabe que eu não curto essas coisas.

Observei enquanto ele abria o cobertor e o estendia na grama verde.

— Ah, é! Como eu poderia esquecer? Os gêmeos Carmichael são bons *demais* para as festas da Bexley.

— Você quer dizer que o *Charlie* é bom demais para as festas — corrigiu Nick enquanto se sentava no chão. — Eu não vou porque meu sofá é confortável *demais*.

Revirei os olhos.

— Você só pode ter sido um cachorrinho de madame em outra vida.

Ele riu e deu um tapinha no chão ao lado dele.

Hesitei por um segundo, mas acabei aceitando o convite.

— Você está certo — afirmei depois de alongar as costas. — Não existe nada mais épico do que isso.

O céu estava lindo de morrer naquela noite, as estrelas brilhavam forte sem nuvens para encobri-las.

— Aquela é a Estrela Polar — explicou Nick, depois de um tempo, apontando para a estrela em forma de diamante. — Também conhecida como "Estrela do Norte". E se você olhar para lá, vai ver a Andrômeda.

O dedo dele traçou a constelação.

Sorri na escuridão. Nick se considerava uma espécie de astrônomo, lia vários livros e era obcecado por um aplicativo de observação de estrelas.

— E aquela é Perseus — apontei, traçando no ar algumas estrelas com o dedo. Eu tinha baixado o mesmo aplicativo. — Não é?

Nick não respondeu. Em vez disso, ele disse:

— Eu não consigo parar de pensar no que aconteceu.

Meu coração disparou.

— Naquela noite — continuou ele. — Na praia...

— Naquela noite... — repeti, puxando o elástico de cabelo no meu pulso. — Na praia... — Parecia que eu não fazia ideia do que ele estava falando.

Mas eu sabia, e fechei os olhos por um segundo. Para ver de novo. Para estar lá de novo: em Martha's Vineyard, em julho. A praia, a fogueira, os marshmallows com chocolate e a cerveja "emprestada".

— Ei, vamos girar a garrafa — gritara alguém.

Então, eu havia girado. Eu me lembrava de ter sido a primeira a rodar, a garrafa vazia de Bud Light tinha parado no espaço entre os dois gêmeos.

— Prepare-se, noivo.

Eu tinha dado um sorriso para Charlie, ao mesmo tempo que os amigos dele disseram:

— Nem vem, Sage. A garrafa está claramente apontando para o Nick...

Apontando para o Nick.

Percebi que ele estava sorrindo para mim do outro lado da fogueira, e, apesar do calor que emanava dela, eu congelei. Beijar o Nick? Beijar *Nick* Carmichael? Uma parte de mim nem conseguiu conceber aquilo. Éramos amigos. Apenas amigos. Sempre fomos *apenas* amigos.

Mas o gelo rachou. E uma pequena rachadura começou a se romper dentro de mim.

Porque, de alguma forma, outra parte *conseguia* imaginar aquilo: um beijo entre mim e Nick.

Só uma vez, dissera eu para mim mesma. *Só para saber como é.*

De volta ao campo de golfe, soltei o elástico de cabelo contra o pulso e me sentei. Nick fez o mesmo, e estava tudo tão silencioso que eu o ouvi engolir em seco antes de dar um puxão implicante no meu rabo de cavalo.

— O que você acha? — perguntou ele.

— Nick... — comecei, mas não terminei.

Nick, de repente, segurou meu rosto e começou a me beijar. E foi como se eu estivesse de volta à fogueira. Nervoso e sem jeito no início, mas então intenso e profundo — e completamente avassalador. Depois, eu estava tão leve que achei que fosse sair flutuando para longe, e na mesma hora segurei sua mão para me certificar de que isso não aconteceria.

Nick sorriu.

— Você está com gosto de chocolate mentolado.

Sorri para ele.

— E você está com gosto de chocolate com caramelo.

— Não é uma boa combinação — retrucou ele, a covinha surgindo na bochecha. Eu amava aquela covinha.

Então, eu me inclinei para ele de novo.

— Uau. — Ele suspirou alguns minutos depois. — Dessa vez...

— Uma garrafa. — Eu ofeguei, voltando para a realidade. Para o momento presente na Bexley. Endireitei a coluna. — Dessa vez não tem uma garrafa.

Nick riu.

— Bem, precisa ter?

Senti um aperto no peito, sabendo o que ele queria dizer. *Tudo vai mudar*, pensei. *Se fizermos isso*, tudo *vai mudar*...

— Tipo, você quer? — perguntou ele. — Porque eu acho que vai ser muito bom. — Ele apertou minha mão. — Você sabe, vai ser bom estarmos juntos. Eu sempre achei isso, mas nunca tive coragem de dizer...

Fiquei em silêncio, sem saber ao certo como responder. Nicholas Carmichael era romântico e tradicional; ele estava imaginando uma namorada para amar e adorar, para andar de mãos dadas até a aula, para levar ao baile de formatura. A ideia me fez pensar nos meus pais: eles tinham feito exatamente aquilo, muitos anos atrás. Namorados de escola, casados logo depois da faculdade e divorciados quando eu ainda estava no ensino fundamental. "Nós éramos jovens demais", dizia minha mãe. "Nós nos amamos muito, Sage, mas éramos jovens demais para saber o que queríamos. Você não deve namorar sério até ter vivido a própria vida primeiro."

Nick beijou minha mão.

— Sage?

— A gente tem que manter em segredo — disse antes de conseguir me controlar. Tipo, não faria mal nenhum, né? Poderíamos manter as coisas casuais e sem ninguém saber.

Ah, e os lábios dele eram tão quentes e maravilhosos na minha pele.

— Segredo? — Nick me olhou com as sobrancelhas franzidas. — Por quê?

— Porque... — Tentei pensar em um bom motivo, pois não conseguiria contar a verdade para ele. Ele não ia entender. *Pense! Pense, pense, pense!* — Porque as pessoas vão falar — disse, dando uma risada forçada. — Esse lugar é um ovo. — Meu coração estava disparado. — Tipo, você se lembra de quando Charlie estava saindo com a Schuyler Cole? Todo mundo *só* falava nisso, só se interessava por isso.

— Sim, porque aquele relacionamento era absurdo — respondeu Nick. — Parecia até que ele *queria* que as pessoas falassem... — Ele emudeceu, balançando a cabeça e parecendo nada convencido.

— Por favor? — pedi. — Vamos deixar quieto. Assim, vamos ser só nós dois.

— Só nós dois?

— Isso — disse eu, apesar dos alarmes soando na minha cabeça. — Só nós dois. Só você e eu.

— Tá bem, então. — Nick soltou a minha mão, e deixei que ele me puxasse para um abraço. Não havia fogueira naquela noite, mas, de alguma maneira, eu ainda sentia o cheiro nele. Sorri junto ao seu casaco. — Então você vai me beijar de novo? — sussurrou um pouco depois. — Ou não?

E eu beijei. Beijei Nick, e Nick me beijou. Ele me beijou até me deixar tonta e eu ter que me apoiar nele na volta para o campus. Ao redor, só havia estrelas, mas acho que metade delas não era visível para mais ninguém.

QUATRO
CHARLIE

— O que você vai fazer mais tarde? — perguntei para Nick na primeira noite de sábado, enquanto esticávamos a bandeira vermelha do Arsenal. Aquele era o tema do quarto de Nick: bandeiras. Havia uma bandeira dos Estados Unidos, junto com a bandeira rubra e cinza da Mortimer, e um estandarte do New York Rangers. Ele também tinha uma tapeçaria preta com um mapa das constelações que brilhava no escuro (Sage tinha dado para ele de aniversário no ano anterior, dizendo: "Mas não conte para ele que é da seção feminina da Urban Outfitters!"). Até aquele momento, só metade das bandeiras estava pendurada. Nick sempre tinha que esperar a visita do corpo de bombeiros para só então transformar seu quarto em uma tenda de circo ou uma fraternidade. Aquele era o exemplo de risco de incêndio.

— Nada de mais — respondeu meu irmão. — Devo só ficar por aqui mesmo.

Ele fez um gesto para eu entregar outra fita adesiva dupla face. Fiquei observando enquanto meu irmão a colava na parede para depois colocar a bandeira no lugar. Então nós nos levantamos para admirá-la antes de seguirmos para a tapeçaria de constelações.

Nick era monitor da Mortimer, um alojamento de calouros que ficava a duas casas da Daggett. A casa dele mais parecia uma sociedade secreta: os caras se referiam uns aos outros como *irmãos*, andavam sempre em grupos e faziam as refeições juntos; além disso, as pessoas de fora só podiam entrar se soubessem a senha. A desta semana era "Andrômeda".

— Não vai à festa? — brinquei.

As festas eram uma tradição das noites de sábado na Bexley, e o conselho estudantil era responsável por escolher os temas, mas, na reunião de quinta-feira, as pessoas não conseguiam chegar a um acordo. Nick meio que perdeu a paciência depois de um tempo.

— Isso é *ridículo* — dissera ele, entrando no que Sage chamava de persona *mãe exasperada* (ele fechava os olhos, mordia a língua e soltava um suspiro profundo e decepcionado). — Por que não fazemos o básico? Praia nos Estados Unidos ou algo do tipo.

E assim nascera o tema "Mais um verão quente americano" para a festa.

Mas, como sempre, Nick e eu não iríamos.

Nick nunca ia porque dançava muito mal.

— E você? — Ele pegou a tapeçaria que íamos pendurar sobre a escrivaninha. — Algum plano?

Dei de ombros.

— Dove.

E eis o motivo de eu não ir às festas. Tipo, quando você já tem uma namorada, festas eram meio que uma perda de tempo. Você ficava lá até a hora mágica (dez horas da noite), e depois saía para "caminhar". Era sempre a mesma coisa.

Nick assentiu.

— Você gosta dela?

— Gosto. — Nós dois estávamos em cima da escrivaninha. Éramos bem altos, mas o pé-direito da Mortimer era extremamente alto. — Ela me faz rir.

— Sério? Ouvi dizer que ela é meio grudenta.

Revirei os olhos.

— Você está de conluio com a Sage?

Nick riu.

— E se eu estiver?

Continuamos pendurando as bandeiras e, depois, quando peguei minha mochila para ir embora, perguntei se íamos nos encontrar para o café da manhã. Sempre tomávamos café da manhã juntos aos domingos. Chamávamos isso de *refeição em família*.

— Eu não perderia por nada — confirmou ele. Quando eu já estava virando a maçaneta, ouvi meu irmão pigarrear. — E o que a Sage vai fazer hoje à noite?

— Ah, você sabe. — Eu me virei para ele e encolhi os ombros. — O que ela sempre faz. Sage vai dar uma de Sage.

⌒

Dove e eu decidimos ficar na varanda da Hardcastle, já que eu não tinha permissão para entrar no alojamento. E, não, não tinha nada a ver com o fato de eu ser um cara. Tecnicamente, meninas e meninos podiam frequentar a sala comum dos outros alojamentos, mas a monitora responsável da Hardcastle me baniu de entrar. "Só na varanda da frente, sr. Carmichael", disse a sra. Collings na última primavera depois de me flagrar no sofá da sala com Catherine Howe. Basicamente não estávamos prestando a mínima atenção no filme ao qual estávamos assistindo.

Ficamos sentados nas cadeiras de balanço enquanto a voz de Blake Shelton soava pela caixa de som de Dove. A cadeira dela estava virada para a minha, e suas pernas estavam apoiadas nos meus joelhos. Eu não era particularmente fã de música country, mas tinha aprendido a tolerar, já que Nick era obcecado. A playlist favorita dele era composta de 24 horas das melhores de Nashville.

— Me conta um segredo — pediu Dove depois que a música acabou.

Estávamos em um momento de calmaria após passar a última meia hora falando sobre o musical e como Taylor Swift deveria realmente voltar ao country (do que Dove era 100% a favor, mas eu apenas concordei com a cabeça).

— Espera, o quê? — Ergui o olhar do meu celular.

Você gosta de música country?, digitei alguns minutos antes, com os dedos meios trêmulos, mas ainda não tinha recebido resposta. Isso não me surpreendia. Eram quinze para as dez da noite, então, ele estava com Sage, e no itinerário de sábado à noite de Sage não sobrava muito tempo para troca de mensagens.

"Tem certeza de que não quer vir?", perguntara ela mais cedo, como sempre fazia. E eu a amava por isso, por nunca perder a esperança de que eu talvez dissesse sim.

— Um segredo — repetiu Dove. — Vamos trocar segredos.

Bloqueei a tela do celular e o virei.

— Eu topo. — Forcei um sorriso enquanto tentava ignorar o calor que subia pelo pescoço. — Primeiro as damas.

Ela sorriu e fez que não com a cabeça.

— Não mesmo. *Eu* perguntei primeiro.

Controlei a vontade de revirar os olhos. Não estava a fim de joguinhos.

— Tudo bem. Eu tenho uma garrafa de Jack Daniels escondida no meu quarto.

Dove riu.

— Onde?

— No meu armário.

Mentira. O uísque estava, na verdade, enterrado nas profundezas do meu baú de viagem. Nick e eu ganhamos baús de presente dos nossos avós depois que fomos aceitos na Bexley. Eram grandes e pretos, com nossas iniciais gravadas bem abaixo da tranca, e pesados pra cacete. Minha avó ficara horrorizada ao ver que enchemos a superfície de adesivos. Peguei a mão de Dove.

— Agora é sua vez. Sou todo ouvidos.

Ela respirou fundo.

— Eu colei de Randall Washington na prova de espanhol no ano passado.

Eu ri.

— Acho que você não foi a única.

As mesas das salas da Bexley eram compartilhadas, então eu sentia constantemente o peso do olhar das pessoas conforme elas cuidadosamente se aproximavam de mim. ("Sabe...", dissera eu com a voz carregada de sarcasmo para Eva Alpert depois de uma prova de Cálculo. "Se precisar de ajuda, eu posso te dar umas aulas.")

— Foi culpa minha! — confessou Dove depois que admiti que "Come and Get Your Love", o hit dos anos 1970, era a música que eu escolhia para tomar banho (e, sim, também era o tema de abertura de *Guardiões da galáxia*). — É por minha causa que você foi proibido de entrar no alojamento. Eu contei para a sra. Collings que vi você e a Catherine se pegando. Eu estava com ciúmes. — Ela suspirou. — Eu senti *tanto* ciúme quando você ficou com ela. Eu te achava tão bonito e engraçado e legal. — Ela deu uma risadinha. — Tipo, eu ainda acho, mas...

Dei um aperto na mão dela e sorri para demonstrar que eu entendia. Ficara com Catherine por duas semanas, e aquelas pareceram as duas semanas *mais longas* da minha vida. Eu lembrava de ter dito para Nick que eu ia raspar a cabeça porque Catherine não parava de passar a mão no meu cabelo. "É doloroso", eu dissera para ele, "quer passar a máquina zero comigo?"

Eu estava divagando quando Dove voltou a falar:

— Eu estou muito feliz por você ter pedido meu número — sussurrou ela. — Porque eu nunca sei o que dizer quando eu quero o telefone de um cara.

— Sério? — perguntei, porque grudenta ou não, Dove McKenzie era gata. Ela poderia facilmente chegar em qualquer cara e pedir o telefone dele.

Ela deu uma gargalhada baixa.

— É, eu fico nervosa. Me dá um branco total. — Ela sorriu para mim. — Aposto que isso nunca acontece com você, né?

— Na verdade, acontece. — Eu me ajeitei na cadeira, doido para olhar meu celular. — Uma vez eu fiquei tão nervoso para pedir o número de alguém que eu simplesmente *não pedi*.

Dove franziu as sobrancelhas.

— Então, você nunca conseguiu o número.

Meu coração disparou.

— Não é bem assim. Eu consegui, mas eu não *pedi* diretamente. Em vez disso, convenci a turma inteira de que seria uma ótima ideia se fizéssemos um grupo para conversar. — Dei de ombros. — E foi isso. Missão cumprida.

Dove riu.

— Quando foi isso? Quando era calouro?

Dei de ombros, deixando o gesto aberto para interpretação. Na verdade, o Grupinho da Bexley tinha sido criado menos de 72 horas atrás, depois que eu contara para todo mundo da turma de Literatura da Fronteira como o sr. Magnusson era evasivo. "Ele nunca está disponível para consultas e não responde aos e-mails, então eu acho que deveríamos nos unir e formar um grupo nosso."

Mas obviamente, no segundo em que o grupo foi criado, as conversas explodiram (como quase sempre acontecia), e eu deixara selecionada a opção de Silenciar. Depois, havia olhado para a minha tela e visto Luke mandar uma mensagem só para mim: Você é um idiota.

Missão cumprida.

Eu sorria enquanto digitava a resposta, mas ao mesmo tempo sentia um nó se formando na garganta. *Merda*, pensara tremendo quando o meu celular vibrara de novo. *O que foi que você acabou de fazer?*

— Quem era a garota? — perguntou Dove com expressão fechada quando soltei a mão dela.

Fiquei mexendo na minha pulseira de cordas verdes e brancas.

— Você não conhece. — Eu me levantei e estendi a mão para ela. — Quer dar uma volta?

O rosto de Dove se iluminou com um sorriso, enquanto ela assentia. Ela entrou rapidinho para pegar um suéter quando eu finalmente olhei meu celular. Seis novas mensagens, mas só uma que eu queria ler.

Não, dizia. Então é melhor você dar seu ingresso extra para o show do Blake Shelton para outra pessoa.

~

Existiam muitos lugares para onde eu poderia ir, mas levei Dove até o jardim japonês, seguindo pelas trilhas iluminadas da pista de cross-country. *Já faz um tempo*, pensei com os meus botões quando vi um par de iniciais entalhado no grande plátano próximo: *CCC + NMD*.

Dove se pendurou em mim no caminho de volta, os braços apertando minha cintura e o rosto afundado no meu ombro.

— Por que estamos andando tão rápido? — perguntou ela. Estávamos praticamente correndo pela Belmont Way e nos aproximávamos rapidamente do alojamento Hardcastle.

— Porque já são quase 23 horas — respondi. O toque de recolher para os não formandos era 23 horas aos sábados, e meia-noite para os formandos. Para Dove, a noite estava chegando ao fim, mas eu ainda tinha planos para a minha.

Ela suspirou e acompanhou o meu ritmo, não queria enfrentar a fúria da sra. Collings. Quando chegamos à Praça Central, eu a peguei no colo como se fosse um bombeiro e me esforcei para vencermos o relógio. A risada de Dove ecoou pela noite.

— Não me deixe cair, Charlie!

A varanda do alojamento das meninas estava lotada e, do mar de estrelas e listras, parecia que a ideia de Nick tinha sido um enorme sucesso.

Dove ficou na ponta dos pés e me abraçou pelo pescoço. Eu apoiei as mãos nas costas dela.

— Boa noite, Dove, querida — disse eu, depois de um beijo rápido. — Sonhe comigo.

A sra. Collings estava bem atrás de mim. Ela não tinha mudado nada: usava o mesmo um blusão do time de natação da Bexley, o cabelo grisalho puxado para trás e um sorriso forçado.

— Fico feliz de ver que você não se esqueceu do nosso acordo — comentou ela. — Já está na hora de se despedir da srta. McKenzie.

Concordei com a cabeça, sem que ela precisasse avisar de novo. Na minha mente, eu já estava a caminho da minha próxima parada.

— É claro.

Thayer, dizia a mensagem que Sage enviou-me mais cedo, antes do jantar. Vamos terminar a noite na Thayer. Pode aparecer por lá! Então, não fiquei surpreso quando entrei na sala comum e encontrei meus amigos acomodados nos sofás. Reese, Jennie, Luke com as pernas de Nina no colo dele, e o mais interessante, Sage não estava lá. *Hmmm*, pensei.

Resmunguei quando percebi a que estavam assistindo: *Mamma Mia*.

— Meu Deus, o que estão fazendo com ele? — Acendi a luz e olhei para Luke. — Você perdeu alguma aposta ou algo assim?

Ele abriu a boca, mas as meninas falaram primeiro:

— Ele disse que tudo bem! — exclamou Nina.

— Ele tem irmãs — disse Jennie.

— A Sage te encontrou? — perguntou Reese.

Assenti. Sou rápido para entender as coisas.

— Encontrou. — Vi quando ela levantou uma das sobrancelhas. — Tá tudo bem. — E antes que alguém tivesse a chance de perguntar onde Sage estava *agora* (eu ia mandar uma mensagem depois para descobrir), olhei para Luke e fiz um gesto com o queixo em direção à porta. — Vamos sair daqui.

— O que vocês vão fazer? — perguntou Jennie.

— É um lance de garotos — respondi enquanto Nina tirava as pernas do colo de Luke. — Alguma coisa para...

Ele estava usando as minhas roupas. Eu não notei logo de cara, com Nina em cima dele, mas Luke estava usando as minhas roupas. Eu reconheceria aquela camiseta em qualquer lugar: azul com uma bandeira dos Estados Unidos e a frase BACK-TO-BACK WORLD WAR CHAMPS. Meu irmão, como um bom aficionado pela Segunda Guerra Mundial, me deu de presente de Natal no ano passado. Além disso, usava uma faixa de cabeça e munhequeiras vermelhas, acessórios de uma fantasia antiga de Halloween de alguns anos antes. De repente, me arrependi de ter acendido a luz; estava uns mil graus e eu me senti meio tonto. *Controle-se*, pisquei. *Ignore isso.*

— E o que é esse lance de garotos? — perguntou Luke quando já estávamos do lado de fora, atravessando o bosque dos calouros e seguindo em direção à Darby Road.

Respirei fundo. Sem os alunos mais novos ali, a Bexley estava mais silenciosa, calma e tranquila. Era mais fácil respirar.

— Sei lá. — Dei de ombros. — Eu não pensei em nada específico. Eu só disse aquilo para tirar você daquele lugar. Você *não* deveria passar sua noite de sábado vendo *Mamma Mia*...

— Na verdade, era *Mamma Mia 2*.

— E tem diferença?

Luke riu, e nossos ombros roçaram; eu não tinha percebido como estávamos caminhando próximos um do outro.

— Você ficaria surpreso — disse ele enquanto eu me afastava um pouco.

Assenti, mas, antes de conseguir responder, meu estômago roncou. Parecia que já tinham se passado dias desde o jantar.

— Que tal um lanchinho de fim de noite? — sugeriu Luke.

— Está mais para um *jantar* de fim de noite. — Fiz um gesto para virarmos à esquerda. — Passei o dia todo querendo um churrasco. — Lá em casa, meu pai sempre fazia churrasco nas noites de sábado.

— Qual é o ponto da carne que você gosta?

— Malpassada, claro.

— Que bom, porque só sei fazer assim.

— Você sabe fazer?

— Sim, até de olhos fechados.

Eu ri.

— Não esperava por isso.

— Por quê? — perguntou ele com uma ligeira tensão na voz. — Só porque eu pareço ter catorze anos?

Fiquei feliz por estar escuro, porque senti meu rosto ruborizar. Era verdade que Luke não parecia ser mais velho, mas não se tratava disso.

— Não. É porque eu não conheço ninguém da nossa idade que saiba cozinhar. — Pigarreei. — Tipo, nem um macarrão eu sei fazer direito.

Vi Luke dar de ombros quando passamos sob um poste.

— Eu era muito ligado em comida quando era mais novo — contou ele. — Nessa época você devia querer ser um piloto da NASCAR ou algo assim.

Suspirei.

— Foi só durante *um* Halloween.

Ele riu.

— E você tem fotos?

— Está mais para um álbum inteiro.

Revirei os olhos. Minha mãe era obcecada por álbuns. Havia pelo menos uns vinte no nosso porão.

Luke soltou um assovio impressionado, e nossos ombros roçaram de novo, depois de termos nos reaproximado de alguma forma. Minhas pernas ficaram um pouco bambas, então não consegui me afastar dessa vez.

— Seria tão bom se pudéssemos acender uma fogueira — comentei de forma aleatória, enquanto ajeitava uma das minhas pulseiras de corda. — É uma noite perfeita para marshmallow e chocolate.

Pensei em Nick e nas fogueiras que amávamos acender no verão. Sempre na praia, e com muito marshmallow e chocolate no cooler.

Luke riu.

— Mas isso seria uma "grave violação de regras da escola", né?

Dei uma cotovelada leve nele.

— Você leu *mesmo* o guia...?

Guia do aluno da Escola Bexley. Todos tínhamos um exemplar. Eu usava o meu como peso de papel.

Luke ficou em silêncio, talvez um pouco constrangido, mas depois disse:

— Ah, que pena que deixei meu maçarico culinário em casa. É para fazer crème brûlée, mas às vezes eu uso para tostar marshmallows na cozinha.

Fiquei com água na boca.

— Pede para sua mãe mandar por envio expresso. Junto dos potinhos fofos. Amo crème brûlée.

— Suponho que você esteja se referindo aos *ramekins*?

Dei um sorriso debochado, mas meio que tremi por dentro.

— Claro.

Luke revirou os olhos.

— A gente poderia roubar um cassino.

— Acho que isso talvez seja muito trabalhoso para esta noite — falei, ainda olhando para ele, que estava usando lente de contato, em vez dos óculos que Sage chamava de *óculos hipster*.

Gosto mais dos óculos, eu queria dizer.

— Nós fomos à festa mais cedo — disse ele. — Achei que os óculos iam ficar embaçados, então, desenterrei minhas lentes, embora eu quase não as use.

— Mandou bem — falei, mas senti o coração disparar. *Como foi que ele literalmente leu a minha mente?*

Luke assentiu.

— Então... hum... como foi? — Chutei uma pedra solta. — A festa?

Ele pensou por um segundo.

— Escorregadia.

— Que específico.

— Mas — acrescentou — Sage dança incrivelmente bem.

— Com certeza.

Tentei soar casual, porque em vez de imaginar Sage na pista, fiquei imaginando como o Luke dançaria, se era todo duro e estranho ou se tinha movimentos leves e suaves. Senti um aperto no peito. *Dove*, disse para mim mesmo e respirei fundo, tentando me lembrar do seu cheiro de biscoito amanteigado. Não tive muita sorte... nada me ajudaria naquela situação.

Caminhamos em silêncio por mais um trecho, mas Luke resmungou quando chegamos ao Centro de Atletismo Miller.

— Não mesmo. — Ele fez que não com a cabeça. — Não vou jogar mano a mano com você no basquete. Vamos comer alguma coisa.

Eu ri e peguei a minha chave no bolso. A quadra estava trancada à noite, mas eu tinha a sorte de ter a chave mestra do campus. Uma amiga da família tinha me dado de presente. "Não vou contar como consegui isso", lembrei-me de Leni dizendo com sua piscadinha costumeira. "Mas é sua agora." Enfiei a chave na fechadura e virei.

— Não vamos jogar basquete — disse eu. — Quero te mostrar uma coisa.

Ao lado da sala de equipamentos no segundo andar, havia uma porta trancada e, lá dentro, uma escada que levava para um tipo de sótão, que era usado como depósito de uniformes e equipamentos extras, troféus antigos e todo tipo de coisa aleatória. E, bem acima do sótão, havia a cobertura, as estrelas visíveis por duas claraboias.

— Espero que você não tenha medo de altura — falei quando chegamos lá em cima. Acendi a lanterna do meu iPhone para procurar a escada de madeira.

— Não, eu não tenho *acrofobia* — respondeu Luke. — Então, está valendo.

Sorri.

— Alguém já te disse que você é metido a esperto?

— Não hoje.

Dei risada e arrastei a escada até o lugar onde ele estava, bem embaixo da claraboia.

— Você primeiro. — Fiz um gesto quando a escada estava no lugar.

— Deve estar aberto. — Esperei que ele passasse pela claraboia antes de subir.

O telhado do centro de atletismo tinha a melhor vista do campus. A construção ficava perto da floresta, então todas os prédios iluminados e os postes estavam a uma boa distância, permitindo que apreciássemos todo o brilho do céu.

— Uau! — Luke arfou. — Isso é incrível.

— É, muito maneiro — concordei, tirando o casaco para usá-lo como travesseiro antes de me deitar em uma posição mais confortável para olhar o céu.

Parte de mim queria que Nick estivesse aqui para mostrar a constelação de Hércules, Cassiopeia e Órion. Talvez Luke observasse mais coisas do que eu. Mas nem Nick nem ninguém sabia das minhas visitas noturnas àquele telhado. E eu preferia assim. Este lugar era um refúgio. As pessoas sempre poderiam me achar no meu quarto, mas nunca aqui.

Luke se sentou ao meu lado.

— Mas não tão maneiro quanto aquela orgia gigante no campo sintético.

— Ah, então, elas fizeram *mesmo*.

Dei risada. Eu não era o único na escola que tinha chaves secretas e senhas. Nunca tinha testemunhado, mas, pelo que Sage me contava, era uma loucura. ("Tem gente gritando, berrando, correndo, e *tantas* bundas de fora!", contara-me ela.)

Ele riu.

— Imagino que você e a Flamingo não estavam lá?

— Deixa disso. — Dei um chutinho no pé dele. — É *Dove*.

— Por causa do sabonete?

Estalei os dedos.

— Putz! Sabe que eu não perguntei?

Luke riu de novo e eu também.

— Como foi que você descobriu este lugar? — perguntou ele um minuto depois, quando paramos de rir e estávamos respirando normalmente de novo.

— Uma amiga da família. — Eu virei a cabeça para olhar para ele e senti um frio na espinha, porque ele já estava olhando para mim. Engoli em seco. — Leni Hardcastle.

— A mesma...?

— Sim, a mesma Hardcastle.

Ele assentiu.

— Tudo bem, pode continuar.

— Ela se formou com a Kitsey. E parece que ela gostava de aprontar quando estava aqui, algo que adora falar depois de algumas doses de vodca com tônica.

— Qual é a história deste lugar? — perguntou Luke. — Ela perdeu a virgindade aqui ou algo do tipo?

Abri a boca para responder e a fechei de novo.

Ele gemeu.

— Minha pesquisa não me preparou para isto!

— Então você leu *mesmo* o guia! — brinquei.

Luke balançou a cabeça.

— Quantas garotas você já trouxe aqui?

Minha reação foi congelar, sem conseguir dizer nem fazer nada.

E ele percebeu.

— Ah, merda. Desculpa. Isso foi...

— Não, sem problema. — Eu torcia para que minha voz estivesse calma. — Tá tranquilo. Na verdade — mordi a parte interna da bochecha —, eu nunca trouxe ninguém aqui em cima antes.

Silêncio.

Pelo que pareceram três horas.

Não aguentei.

— Então, minha ex-namorada parece gostar de você — disse eu.

— Sua ex-namorada? — perguntou Luke, confuso.

Senti seu olhar em mim, mas me recusei a fazer contato visual e me concentrei nas constelações acima de nós. Aquela era a Águia ou a Cefeu?

Engoli em seco de novo.

— Nina.

— Ah... vocês dois namoraram?

— Namoramos. — Assenti. — No primeiro ano.

CCC+NMD, as iniciais no plátano eram de: Charles Christopher Carmichael e Nina Michelle Davies. E não vou mentir, era um pouco engraçado. Eu me lembro que Nina e eu tivemos tanta dificuldade de deixar a nossa marca que precisamos chamar o Nick para terminar.

Luke se mexeu ao meu lado.

— E por que terminou?

Suspirei.

— Porque ela não queria magoar a Sage.

O que trazia à tona o fato de que a escola inteira achava que Sage e eu sofríamos de um daqueles casos de *estarmos apaixonados um pelo outro sem ter nos dado conta ainda.*

Nina e eu estávamos juntos havia mais ou menos um mês quando ela havia cismado com a ideia e dito: "Eu não consigo, Charlie. Eu gosto de você de verdade, mas eu *amo* a Sage. Não posso fazer isso com ela."

Nesse momento, pigarreei e disse:

— Eu amo a Sage, mas não desse jeito.

— Bem — murmurou Luke. — Talvez fosse bom você deixar isso claro para as pessoas.

E, dessa vez, fui eu que fiquei em silêncio. *Não posso*, eu queria dizer. *Eu sei que devia, mas não posso, porque eu não quero que nada mude. Eu gosto das coisas do jeito que são. Eu* preciso *que elas continuem sendo como são*.

Mas eu não disse. Em vez disso, apontei para o céu.

— Está vendo aquelas estrelas ali em cima? Aquelas que parecem formar uma casa? Aquela é a constelação Cefeu.

CINCO
SAGE

Charlie me abordou na segunda-feira de manhã, assim que nos encontramos diante da Daggett para nossa corrida. Eu tinha ficado acordada até tarde na noite anterior terminando um trabalho — tudo bem, fazendo o trabalho inteiro —, então eu ainda estava bem sonolenta quando ele me cumprimentou com um:

— E a outra noite, hein?

Mas, ao ouvir aquilo, despertei na mesma hora. As palavras dele foram como um balde de água fria.

— Oi? — Foi a minha eloquente resposta.

Charlie tomou um pouco de água da garrafinha de Gatorade e deu um sorriso.

— A noite de sábado. — O sorriso dele ficou debochado. — Com o que eu precisava de *ajuda* mesmo?

Merda. Gemi por dentro lembrando-me da mentira. "Ah, o Charlie precisa de mim para resolver uma coisa." Mesmo tendo-o convidado para ir à Thayer, não achei que ele realmente fosse aparecer. Ele nunca aparecia.

— Não se preocupe — disse Charlie. — Eu confirmei sua história.

— Valeu — murmurei, tentando entender por que ele *foi. O que tinha de diferente dessa vez?*

Charlie alongou os braços acima da cabeça.

— Então me conta, quem era? Paddy? Cody? Jack? — O sorriso dele ficou mais maldoso. — Ou tem algum garanhão novo na parada?

— Ah, fala sério.

Também comecei a me alongar para as minhas mãos não tremerem. *Garanhão novo*.

— O Charlie não pode saber — dissera eu para o Nick antes de nos despedirmos no sábado. — Não fala nada para ele.

Nick rira.

— Por que não? Ele estava naquela noite na fogueira. Ele viu.

— Eu sei.

Mas eu não tinha conseguido contar o que aconteceu depois do jogo, quando só restavam brasas estalando na fogueira e Charlie me encurralara.

— Oi — dissera eu, notando o uísque na mão dele. — Onde você conseguiu isso?

Ele dera de ombros e tomara um golão.

— Então você beijou o meu irmão — dissera ele. — Você beijou o Nicky.

— Beijei. — Eu abrira um sorriso, sentindo uma palpitação. — Está com ciúmes?

Eu tinha dado uma piscadinha, sabendo que ele não estava. Charlie e eu já tínhamos nos beijado antes e, embora tenha sido *tudo* para um primeiro beijo, também tinha sido *nada*, de alguma forma. Acontecera em um bar mitzvá, quando tínhamos treze anos. E eu nunca vou me esquecer como ele disse "Eu te amo" e eu respondi "Também te amo".

E, depois, nós dois concordamos em silêncio: *só que não desse jeito*.

— Tipo... *cara*... — Charlie tomara mais um gole de uísque. — Ele estava caidinho por você. Eu *sei* quando o traste está amarradão em alguém. — E fizera um gesto frenético em direção ao Nick, que estava nos observando do outro lado da fogueira. Então, Charlie se aproximara mais, tão bêbado que os olhos azuis pareciam distantes. Apesar disso, sua voz era muito baixa e sombria, como se ele estivesse olhando diretamente para mim. — Não magoe o Nick, Sage. Não magoe o meu irmão. Não parta o coração dele.

Tinha sido uma noite quente, mas uma sensação fria começara a correr pelas minhas veias.

— Ah, relaxa — dissera eu para ele. — Foi só um jogo. Um beijinho de nada.

Tipo, *não* tinha parecido um beijinho de nada, mas eu não podia admitir aquilo. Porque aquela era a questão entre mim e Charlie: como melhores amigos, a gente sabia todos os segredos um do outro. Ele sabia que eu não queria um relacionamento sério por causa do que tinha acontecido com os meus pais. "Sim, eu entendo completamente", ele dissera na primeira vez em que lhe contei sobre isso. Depois, ele abrira um sorrisão e completara: "Não vamos nos prender a ninguém até termos trinta anos…"

Então, é claro que ele não ia querer que eu tivesse nada com o irmão dele. Ele não queria que Nick fosse um cara com quem eu ficaria algumas vezes. Não houve muitos caras — nada comparado com a longa lista de namoradas de Charlie —, mas eu percebia como olhavam para mim às vezes, e eu também tinha direito de me divertir um pouco.

Ele não pode saber, pensei de novo agora, chutando o chão com a ponta do tênis. Eu não gostava de esconder nada do Charlie, mas ele não podia descobrir. Não mesmo.

— Pronta? — perguntou Charlie.

E eu assenti bem rápido.

— Vamos pegar o caminho da esquerda hoje — sugeriu enquanto começávamos a correr. — Para passar pela Gatsby.

— Por que precisamos passar na Brooks?

Charlie olhou para mim, mas desviou o olhar rapidamente.

— Para pegarmos o Morrissey…

— Você convidou o Luke pra vir com a gente? — perguntei. Éramos só nós dois sempre.

— Hum, convidei, sim. Tudo bem para você?

— Claro! — Dei um soquinho brincalhão no braço dele. — Quanto mais gente, melhor.

Tudo bem, Sage, por que tanta animação? Vocês só estão correndo.

— Tá legal, então.

Quando nos aproximamos do alojamento dos formandos, vi Luke sentado no muro de pedra que cercava a varanda, as pernas penduradas na beirada. *Ele é muito bonito*, pensei quando Charlie sussurrou:

— Paddy, Jack ou Cody?

Ajustei meu rabo de cavalo.

— Para com essa merda.

— Ah, é outro, então.

De repente, senti aquele frio atravessando meu corpo de novo. *Não magoe meu irmão.*

— Tá bem, escuta... — comecei.

— Vocês estão atrasados! — gritou Luke, batendo com o dedo no pulso.

Dei uma risada, aliviada por Luke ter me resgatado, mas, então, eu fiquei logo alerta porque aconteceu uma coisa estranha quando Charlie deu sua resposta confiante:

— Ah, Morrissey! — gritou de volta. — Está contando os segundos para me ver de novo, não é?

A voz dele falhou.

A voz de Charlie *nunca* falhava.

Na tarde de quarta-feira, eu estava tentando fazer um monte de coisas ao mesmo tempo, andar e enviar mensagem de texto, enquanto eu seguia para a aula de anatomia do corpo humano no CCC, quando ouvi:

— Precisa de uma carona?

Ergui o olhar e observei Nick pedalando na minha direção com a bicicleta mais *ridícula* que já vi. Não era a Ace, sua bicicleta usual, mas uma tandem, daquela que tem dois assentos, e com cores que estavam longe de ser sutis: vermelho-vivo e amarelo-ovo.

— Onde foi que você arranjou essa coisa? — perguntei quando ele parou ao meu lado.

Nick sorriu e tocou a sineta, e a covinha em seu rosto estava mais linda que nunca. Meu coração disparou.

— Deixa eu te apresentar para a Bomba de Cereja — disse ele. — Meus avós estão se livrando de algumas coisas, e eu me ofereci para ficar com essa belezinha.

Dei risada e montei no assento de trás. Começamos a pedalar juntos.

— Que coisa horrível!

— É, eu também adorei... — ele comentou em tom sonhador, enquanto estendia uma das mãos para trás para pegar a minha.

Entrelaçamos os dedos por alguns instantes, o que pareceu estranhamente automático. Dei um beijinho na mão dele antes de soltar. Nick precisava se concentrar no caminho, já que nossos colegas de escola estavam por toda parte.

Andar na Bomba de Cereja com Nick era diferente do que pedalar lado a lado. Nick e eu amávamos apostar corrida em nossas bicicletas na floresta que ficava perto do nosso bairro. Chamávamos aqueles passeios de "Trituradores". Nós ríamos e falávamos besteira, sempre tentando superar um ao outro. A primeira vez que Nick tentara saltar uma pedra com a bicicleta havia sido um clássico. Tínhamos doze anos. "Olha isso!", gritara ele, mas em vez de um pouso suave, ele destruíra a bicicleta e deslocara o ombro. Meu pai, que é médico, colocara o ombro de Nick no lugar na porta da nossa casa.

Mas eu gostei do ritmo mais calmo. Era natural e me fazia sorrir.

Logo paramos diante do prédio que tinha o nome do avô dele.

— Prontinho, senhorita — disse Nick com voz profunda. — O CCC, construído em 2014...

— E nomeado em homenagem à estimada família Carmichael... — brinquei, mas parei de falar quando notei dois caras andando alguns metros à nossa frente, subindo a Belmont Way em direção ao Buck Building.

Charlie e Luke, percebi, apertando os olhos, e vi Charlie dizer alguma coisa enquanto Luke assentia, com a mão no bolso. Mas Luke deve ter feito algum comentário sarcástico, porque Charlie estendeu as mãos e deu um empurrãozinho nele. Quando Luke tropeçou nas pedras, Charlie o segurou pela manga da camisa para evitar a queda. Só afastei o olhar quando Nick falou:

— Acho que o Charlie ainda não decorou o horário dele.

Franzi as sobrancelhas.

— Como assim?

Nick apontou para o irmão.

— Tenho quase certeza de que ele tem aula de francês agora.

— Ah, sim.

Senti um aperto no peito porque Charlie *realmente* tinha aula de francês agora, ao passo que Luke tinha aula de história. E os prédios dessas aulas, o Knowles e o Buck, não ficavam nem um pouco próximos. Charlie ia se atrasar para a aula para poder acompanhar Luke até a dele.

Hum, pensei.

Nick tocou a sineta da Bomba de Cereja, pronto para ir embora.

— Você quer que eu venha te buscar?

Meu coração pulou para a garganta, mas fiz que não.

— Não precisa. Acho que a sra. Collings vai nos liberar mais tarde.

— Eu venho mesmo assim.

— Só se você quiser. — Eu sorri e comecei a andar de costas pela entrada do CCC. — Obrigada pela carona, Nicholas.

Ele tocou a sineta de novo.

— Tudo por você, Morgan.

SEIS
CHARLIE

— Qual o melhor horário para fazermos esse trabalho? — perguntou Luke enquanto seguíamos para as últimas paradas do dia.

O sr. Magnusson tinha passado um projeto para a aula de inglês.

"Quero que vocês façam um fichamento de um dos textos que já lemos até agora", explicara ele. "E que escrevam um artigo curto que explique como o fichamento ajudou a deixar o texto mais claro."

Era uma tarefa complicada, mas eu sabia que Luke ia pensar em algo realmente bom.

— Que tal hoje à noite? — sugeriu ele.

— Que horas?

— Qualquer hora.

Pelo canto dos olhos, vi quando ele enfiou as mãos no bolso.

— Você quer jantar antes? — Luke engoliu em seco. — Tipo no Pandora's ou em outro lugar?

A palavra *jantar* disparou um sinal de alerta.

— Ah, não — disse eu. — A hora do jantar não dá para mim. Dove e eu vamos ao Humpty Dumplings com a galera do musical. — Aquele era o mais novo restaurante da cidade.

Ele assentiu.

— Depois, então? Às oito?

Hesitei.

— Mas foi você que sugeriu hoje à noite... — comentou Luke.

— Tá — disse eu bem rápido. — Podemos nos encontrar às oito. É um bom horário.

— Mas ficou óbvio que você já tem um compromisso às oito.

Suspirei.

— É que um dos meus programas favoritos estreia hoje. Só isso.

Luke olhou para mim com uma das sobrancelhas levantadas. *Que programa?*

— *Survivor*.

Ele meneou a cabeça.

— Não. Não acredito. Você *não* vê *Survivor*.

Dei uma risada.

— Claro que vejo. É maravilhoso.

— Não acredito que estou ouvindo isso.

— O que você quer dizer com isso? — Dei um empurrãozinho nele. Mas, quando ele se desequilibrou nos paralelepípedos da Belmont Way, eu o segurei pela manga para que não caísse.

Ficamos nos olhando sem piscar até que Luke falou. Percebi de repente que eu não tinha soltado o braço dele ainda. Senti um aperto no peito.

— Eu não sabia que esse programa ainda era relevante — comentou ele. — Quando foi que viajamos no tempo de volta a 2005?

Soltei o seu braço.

— Como se atreve?!

Ele deu de ombros.

— Você já assistiu alguma vez?

Luke não respondeu.

— Então isso resolve a questão — afirmei, enquanto saímos da Belmont Way e pegávamos o caminho de ladrilhos até o Buck Building. — Esteja na Daggett às 19:45. Vamos ver *Survivor* e, depois, vamos fazer nosso mapa.

Luke suspirou.

— Vai ter lanchinho?

Eu ri.

— Você *quer* lanchinho?

— Se você vai me obrigar a assistir a um reality show, então a resposta é sim.

— Olha só, é um reality show de *competição* — expliquei. — Como *The Amazing Race* ou *Top Chef*.

— Aos quais imagino que você também assiste?

Sorri.

— *The Amazing Race* estreia na sexta-feira.

Luke revirou os olhos, e eu ri enquanto empurrava a porta de entrada. Andamos pelo piso de mármore gasto do vestíbulo e pegamos o corredor da esquerda, seguindo até a sala do dr. Latham, bem no final. Luke tinha escolhido Teorias da Imigração como matéria eletiva.

— Que tipo de lanchinhos? — perguntei quando paramos diante da porta. — Doces? Guloseimas?

— Que tal uma boa tábua de queijos com salames? — Ele parou para pensar. — E talvez uma seleção de macarons de sobremesa.

Assenti.

— Água com gás ou sem?

— Sem.

— Tá.

— Com uma rodela de limão.

— Gelo?

— Triturado.

— Claro.

— Obrigado por ser tão compreensivo.

— Eu tento.

Luke riu e se virou para entrar na sala.

— Até logo.

— Quinze para as oito — respondi depois de esperar até ele desaparecer na sala.

Voltei pelo mesmo caminho e comecei a correr assim que saí do prédio.

Porque o Edifício Buck era o prédio de história, e eu tinha aula de francês.

E o prédio de francês era o Knowles Hall.

Oito minutos na direção oposta.

E minha aula começava em três.

———

Tomei banho depois do jantar, porque os rumores sobre o Humpty Dumplings eram verdadeiros: a pessoa realmente saía de lá com cheiro de comida chinesa.

Luke mandou uma mensagem quando eu estava acabando de arrumar as coisas, dizendo que já estava me esperando lá embaixo. Coloquei um casaco de moletom e desci para pegá-lo. Ele se levantou de uma das cadeiras da varanda quando abri a porta com o ombro.

— Bem na hora, Morrissey.

— Na verdade, Carmichael, estou adiantado. — Ele mostrou o celular. — São só 19:39.

Eu ri.

— Que ansioso.

Ele deu de ombros.

— Alguém me prometeu uma tábua de queijos.

Eu ri, fiz sinal para ele entrar e fui na frente. A Daggett tinha três andares, e o meu quarto ficava no segundo. Não era muito diferente do quarto de Nick na Mortimer. Eu tinha as minhas bandeiras penduradas, e, como os monitores tinham preferência na hora de escolher os quartos, o meu era um dos maiores. Meu pai e eu havíamos prendido a cama no alto, para que eu conseguisse aproveitar ao máximo o espaço, e depois carregado o sofá marrom de couro pelas escadas. Nick tinha um sofá igual, outro presente da nossa avó, que sempre falava sobre os móveis que tinha no depósito. Então, depois que Nick e eu tínhamos jogado umas indiretas leves, conseguimos que ela nos desse de presente. Em frente ao sofá, ficava a TV.

— Olha só — eu abri a porta —, não tive muito tempo para pegar meu jatinho para a França esta tarde, mas espero que isso seja o suficiente.

Fiz um gesto em direção à mesinha de centro (meu baú), onde eu arrumara o lanchinho da noite: o famoso combo de nacho, salsa e guacamole do Pandora's, e um docinho do menu maravilhoso de sobremesas. Dove tinha ido comigo pegar tudo depois que saímos do Humpty Dumplings. "Uns amigos estão vindo para ver TV comigo", explicara eu, enquanto entregava o cartão de débito. A resposta tinha sido um suspiro que eu chamava de *Estou chateada, mas não vou dizer o motivo*. Mas não mordi a isca. Simplesmente deixei Dove lidar com a dor de cotovelo e agi como se nada estivesse acontecendo.

Luke olhou para o prato de comida e depois para mim com uma expressão confusa no rosto: as sobrancelhas franzidas e a boca entreaberta como se fosse dizer alguma coisa. Mas não disse nada. Meu coração disparou.

— Ah, sim. — Eu atravessei o quarto, meio que tropeçando nas próprias pernas. — Bebidas. — Abri a porta do frigobar e peguei duas garrafinhas, oferecendo uma para Luke. — Não é sem gás, mas *é* sabor limão.

Ele aceitou a garrafa que ofereci.

— Não, está tudo ótimo — disse ele baixinho, antes de menear a cabeça. — Desculpe, eu não estava esperando tudo isso.

— Bom, fazer pipoca de micro-ondas não é exatamente um dos meus pontos fortes — expliquei. — Sempre queima.

Luke sorriu.

— O truque é...

Mas ele foi interrompido por batidas na minha porta.

— Oi? — perguntei.

A porta se abriu, e Kyle Thompson e Randall Washington, dois alunos do terceiro ano, entraram. Vi os dois dando uma olhada no combo de nachos e salsa quando se sentaram no sofá. *Nada disso*, pensei.

— Charlie, o Thompson precisa da sua ajuda — declarou Randall.

— Sua sabedoria de monitor — explicou Kyle, mergulhando um nacho na guacamole.

Eu dei uma olhada de esguelha para Luke.

— Tá legal. — Eu me virei para meus amigos. — Vocês têm cinco minutos.

Porque não *vou perder a abertura do programa.*

Kyle riu.

— Ah, é... Hoje é *quarta-feira*.

Randall sacou e repetiu o lema de *Survivor*:

— Superação, vitória, sobrevivência!

Assenti.

— Fala logo.

— A Mikayla e o Joseph terminaram — contou Kyle. — E eu meio que pretendo chegar nela, mas não quero parecer óbvio demais...

Randall riu.

— Você quer dizer agressivo.

Kyle mostrou o dedo para ele.

Que bom, pensei. *Essa é fácil.*

— Marque uma confraternização com a Casa Merriman — respondi, já que Kyle era o responsável pelas sociais da nossa casa. — Desse jeito, tudo vai parecer casual, só que vai te dar mais trabalho. — Dei de ombros. — Um jogo de Twister é sempre uma boa ideia.

Passei a mão no cabelo. Era estranho falar sobre essas coisas com Luke aqui. Eles foram embora depois disso, levando um pouco de comida. Quando a porta se fechou, eu me virei e vi o Luke olhando para o meu quadro de recados. Aproveitei a oportunidade para olhar para *ele*. Descolado e casual com jaqueta jeans e calça de moletom azul-marinho com uma listra branca nas laterais. Boné virado para trás. Comecei a piscar bem rápido quando ele se virou para mim.

— Quem é este aqui com você? — Ele apontou para uma foto.

Fiquei tenso ao olhar para a foto. Era uma antiga, tirada em Vineyard... de mim e Cal. Estávamos em Edgartown, com a sorveteria Mad Martha ao fundo. Cal lambia o sorvete de casquinha ao meu lado, o cabelo louro brilhando ao sol. Ao passo que eu exibia um sorriso tão grande que as minhas bochechas doíam, só porque os braços de Cal... bem, ele estava me abraçando. De modo leve e despreocupado e, para todo mundo menos eu, fraternal. Eu me lembrava de não querer olhar para a câmera e só me concentrar na sensação dos dedos de Cal, desejando poder...

— Carmichael?

— Ah, esse é o Cal — respondi, torcendo para que minha voz se mantivesse neutra. — O ex-namorado da Kitsey.

— Saquei.

Luke alisou uma das pontas da foto que estava dobrada. Meus olhos seguiram os dedos longos e finos. Enfiei dois dedos nas minhas pulseiras de corda e apertei com o máximo de força que consegui.

— Quantos anos você tinha? — perguntou.

— Catorze.

Ele assentiu.

— Você parece muito feliz na foto.

— E estava mesmo — concordei, antes de me conter. *E eu não me sinto tão feliz assim há muito tempo.* Pigarreei. — Dá para perceber porque meus olhos estão apertados... ou foi o que minha mãe disse.

Luke assentiu.

— Eu sei. Eu notei isso. — Ele ficou olhando para outras fotos, a maioria de verões passados. — Você é um garoto bonito.

Eu me agitei, trocando o peso de um pé para o outro. *Você é um garoto bonito.*

Você é.

Você é.

No presente.

Soltei o ar bem devagar.

— Então, são quase oito horas...

Nós nos acomodamos no sofá, mantendo uma distância. Luke molhou um nacho na salsa enquanto eu pegava o controle remoto e colocava no CBS. Eu me levantei para a apagar a luz depois de perguntar se estava tudo bem para ele. *Survivor* ficava muito melhor no escuro; era mais fácil de mergulhar no programa.

— Tá legal — disse eu quando me sentei de novo, dessa vez mais perto de Luke. Meu joelho esbarrou no dele enquanto eu procurava uma posição mais confortável. — Este ano, o programa é na Tailândia, e o tema é...

— Shh... — cortou ele, assim que uma ilha apareceu na tela, e a música conhecida começou a tocar. — Pare. Este é o seu programa, não precisa se preocupar comigo. Só assista como você sempre faz, e, se eu tiver alguma pergunta, faço nos comerciais.

E, com isso, ele afundou outro nacho no molho e se recostou, concentrando-se em Jeff Probst pendurado em um helicóptero.

Eu olhei para Luke por um momento e, depois, fiz o mesmo que ele.

Ele falou assim que começou o intervalo comercial.

— Bom, a Alyssa é uma idiota.

Olhei para ele.

— Por que você acha isso?

— Porque ela encontrou o totem escondido da imunidade e contou literalmente para a primeira pessoa que viu. — Ele meneou a cabeça. — Aposto que isso vai se espalhar por todo o acampamento e todos os votos desta noite vão ser para obrigá-la a usá-lo.

— Mas a tribo dela precisa perder o desafio da imunidade primeiro — lembrei.

— Ah, eles vão perder. Os outros são obviamente mais fortes.

Eu ri.

— Pelo visto você não é um iniciante nesse jogo.

— Ah, então, você concorda comigo?

Fiz que sim com a cabeça.

Luke sorriu e se mexeu para que o corpo dele ficasse voltado em direção ao meu.

— E o que você acha do...

Alguém bateu à porta de novo e ela se abriu um segundo depois.

— Thompson falou que tem guacamole aqui — disse Carter Monaghan, acendendo a luz.

Eddie Brown e Dhiraj estavam com ele. Eles se acomodaram na mesma hora, se sentando no chão, bem perto da comida. *Graças a Deus pelos comerciais*, pensei com meus botões.

— E aí, Luke? — falou Dhiraj, fazendo um gesto com a cabeça para ele. Eles se conheciam da equipe de cross-country.

Luke respondeu com o mesmo gesto e ajeitou os óculos. Só precisei de algumas refeições com Luke para perceber que ele era tímido. Ele sempre ouvia mais, dando a Sage e às meninas toda sua atenção e, de vez em quando, soltava um ou dois comentários sarcásticos (que sempre provocavam risadas). Mas, quando outras pessoas paravam à nossa mesa para dar oi, ele ficava no mais completo silêncio e começava a mexer no saleiro e no pimenteiro.

— Tá legal, odeio perguntar isso — disse eu, mal me mexendo para manter o joelho encostado no dele. — Mas por que vocês não estão nos seus respectivos quartos?

Eddie e Dhiraj pararam de mastigar e olharam para a porta; Carter, não.

— E por que a gente estaria no nosso quarto? — perguntou ele com ar inocente.

— Ah, Monaghan. — Balancei a cabeça. — Eu esperava mais de você, que, entre todas as pessoas, deveria saber que a sala de estudos fica aberta das oito às dez. — Olhei para o Eddie. — E que horas são?

Ele engoliu em seco.

— São 20:24.

— Só estamos fazendo um intervalinho de cinco minutos — acrescentou Dhiraj, levantando-se, seguido por Eddie, e saindo do quarto.

— Até mais!

— Sério, Charlie? — Carter deu uma risada debochada. — Forçando o pessoal a ir para a sala de estudo? Tá até parecendo o Steve.

Ele pegou o que sobrou dos nachos e do guacamole e saiu antes que eu pudesse fazer qualquer coisa.

Mais comida, pensei. *Na semana que vem, vou comprar mais comida e deixar metade do lado de fora da porta. Com uma plaquinha com as palavras*: Sirvam-se.

— Steve? — perguntou Luke.

— Stephen Carver. — Eu me levantei do sofá para pegar a sobremesa. — É um outro monitor. Mora no terceiro andar. — Peguei uma sacola branca na prateleira de cima do frigobar. — Ele usa fones de ouvido com cancelamento de ruído para fazer o dever de casa. — Os formandos não eram obrigados a frequentar a sala de estudos, mas eu não tinha dúvida de que Stephen estava lá em cima com a cara enterrada em um livro. — Ele teve a segunda maior média da Dag no ano passado.

Luke levantou uma das sobrancelhas.

— E quem teve a maior?

Eu me sentei ao lado dele e ignorei a pergunta, entregando-lhe a sacola.

— Tem de vários sabores — disse para ele. — Mas não curto os de framboesa, então você vai ter que comer esses.

Luke enfiou a mão na sacola e pegou um macaron de chocolate. Ele me lançou um olhar.

— Você sabe que eu estava brincando, né? Se tivesse me oferecido um pacote de salgadinhos, eu teria comido. Você não... — Ele deu uma mordida no macaron e gemeu. — Meu Deus, que *delícia*.

Eu ri.

— Eles não são os legítimos, mas o pessoal do Pandora's faz um bom trabalho.

Luke mastigou.

— Obrigado.

Eu me permiti dar um sorriso.

— De nada.

Por volta da meia-noite, o único dever de casa que eu tinha conseguido fazer foram alguns exercícios de economia, uma coisa que deveria levar, no máximo, quarenta minutos, mas demorei mais de uma hora.

Porque eu não conseguia parar de pensar nele.

Assim que o programa terminou (Luke estava certo: Alyssa não teve escolha a não ser usar o totem), começamos a fazer o trabalho de inglês e terminamos bem rápido. Escolhemos uma carta de 1803 que Thomas Jefferson escreveu para Meriwether Lewis nomeando-o líder de uma expedição de exploração da região do Noroeste do Pacífico. Era um texto de várias páginas e, em um momento, Luke estava rindo enquanto eu lia a carta com a minha voz de presidente Jefferson (que parecia muito com a do sr. Magnusson) e, no outro, estávamos curvados diante do notebook de Luke, navegando pela internet em busca de exemplos de dossiês do FBI.

— Porque é totalmente o que essa carta é! — exclamou ele. — Tipo, fala sério, Lewis é um agente disfarçado, e Jefferson está explicando para ele qual é a missão, pedindo que as anotações sejam codificadas, entregando passaporte estrangeiro e aconselhando que o plano fosse abortado caso algo desse errado...

— Uma expedição? — perguntei. — Ou uma missão secreta?

Luke ergueu o olhar da tela. Nossos olhares se encontraram.

— Esse vai ser o título do trabalho.

Eu ri.

— Você gosta mesmo desse tipo de coisa, né?

— Que tipo de coisa? — perguntou ele enquanto digitava.

ESTADOS UNIDOS DA AMÉRICA apareceu no canto superior esquerdo do documento em branco e, abaixo, CONFIDENCIAL!

— Esse tipo — repeti, pensando em todos os filmes e séries de TV sobre os quais tínhamos falado: a trilogia Jason Bourne, *White Collar*, James Bond, *Bones* etc.

Ele entendeu ao que eu estava me referindo e assentiu.

— Eu *adoro* esse tipo de coisa.

Depois que terminamos, eu o acompanhei até lá embaixo, e a sra. Shepherd nos interceptou na entrada. Ela estava de plantão naquela noite, e eu tinha esquecido que ela também era professora de matemática de Luke.

— Você está pronto para a prova de amanhã? — perguntou ela, o que era novidade para mim.

Ele já tinha estudado? A sra. Shepherd não era conhecida por ser a professora mais fácil do departamento de matemática.

— Espero que sim — respondeu Luke com facilidade, mas demonstrando timidez.

Senti que ele deu um passinho na minha direção, e a parte de trás dos dedos dele roçaram nos meus.

À meia-noite e meia, desisti do francês e mandei uma mensagem para o Paddy:

Leite e biscoito?

Oreo está bom?, respondeu ele.

Ótimo, escrevi, mesmo que isso não importasse.

Eu não estava com fome. E nem esperei pelos emojis de joinha que ele sempre mandava para abrir meu baú e enfiar a mão por entre os suéteres de inverno até encontrar o que eu estava procurando. Eu já tinha tomado uma dose de uísque quando ele entrou de fininho no meu quarto. Paddy jogou o pacote de Oreo em mim e foi pegar um copo. Eu estava deitado no sofá, então, depois de se servir da garrafa e comer alguns biscoitos, Paddy se sentou na minha cadeira giratória. Eu me servi de mais dois dedos. A gente fazia isso às vezes, ficávamos juntos bebendo só para relaxar um pouco.

Mas nunca no meio da semana.

E Paddy não era idiota.

— Então... — disse ele. — O que tá rolando?

Não respondi.

— Aconteceu alguma coisa?

Olhei para o teto.

— A Bowdoin está te pressionando?

Balancei a cabeça em negativa, eu não estava a fim de conversar sobre hóquei.

Paddy não acreditou em mim.

— Você não precisa se comprometer se não quiser. Ainda tem a Williams e a Trinity, além disso...

— Hamilton. — Fechei meus olhos. — Por favor, não conte a ninguém.

— Não vou contar — garantiu. — Você sabe que não.

— Valeu.

— Mas se quer saber... — acrescentou ele. — Você vai ficar bem com qualquer uma que escolher.

— É, desde que eu não tenha que driblar você.

Paddy riu.

— É melhor o Nick se preparar.

— Pode acreditar, ele sabe. — Eu me obriguei a rir. — É o que tira o sono dele à noite. — Com Nick em Yale no ano seguinte, e Paddy em Princeton, eu sabia que o primeiro jogo dos dois como adversários seria épico.

Ficamos em silêncio pelos minutos seguintes, ambos tomando a bebida e ouvindo os estalos da casa. Meus olhos permaneceram fechados, enquanto eu me permitia imaginar Luke: o corpo esguio e membros longos que eu meio que queria abraçar com toda a força possível. Mas eles se abriram quando Paddy se levantou para ligar o ventilador.

— Está uma sauna aqui.

E, com isso, esvaziei meu copo e disse:

— Vou terminar tudo com a Dove.

Paddy suspirou.

— Sério, Charlie? Depois de só duas semanas?

Assenti.

— Tem outra pessoa?

— Tem — respondi. — Acho que tem.

SETE
SAGE

Na quinta-feira à noite, esperei por Nick na entrada dos fundos da Mortimer, as luzes externas do alojamento já tinham sido acesas. No geral, o campus estava bem calmo, já havia passado da hora jantar e do toque de recolher dos alunos mais novos. Nós, veteranos, tínhamos direito a uma hora a mais depois do horário obrigatório de entrada, às nove horas da noite.

— Oi — disse Nick, um minuto depois, passando pela porta. Ele me abraçou, e um calor percorreu todo o meu corpo. — Está pronta?

— Prontíssima. — Assenti e o segui até o bicicletário.

Como está o seu dia?, ele escrevera na hora do almoço quando eu estava mexendo a sopa no prato distraidamente.

Não muito bom, eu havia respondido.

Por quê?, perguntara ele.

Sra. Collings, eu escrevera, e era tudo que precisava ser dito. A sra. Collings era a rainha má do departamento de ciências, e eu não tinha deixado uma boa impressão na última prova. Basicamente, toda a turma se deu mal, mas não importava. Eu devia ter estudado mais.

Nick mandara um emoji de carinha zangada com um: Vamos fazer alguma coisa para te animar mais tarde!

Nesse momento estávamos segurando o guidão da Bomba de Cereja e pedalando pelos paralelepípedos da Bexley. Ele na frente, eu atrás. Passamos por um poste de luz, e o vento bagunçou o cabelo volumoso dele.

— Você quer conversar sobre isso? — perguntou Nick quando entramos na Darby Road. — Sobre a prova?

— Não — respondi. — Foi um pesadelo, e agora Jack quer que a gente organize um golpe.

Nick esticou a mão para trás. Eu segurei seus dedos e dei um sorriso antes de beijá-los.

— Faz sentido — disse ele. — Jack estava com a cabeça na lua hoje no treino de futebol. Errou os passes e não balançou a rede de jeito nenhum. — Nick riu. — Aposto que estava pensando no plano.

Dei risada.

— Agora sim! — exclamou Nick. — Você está rindo!

Ele olhou por sobre o ombro e sorriu para mim antes de passarmos pelos portões de ferro da Bexley e seguirmos para a cidade.

— Aonde estamos indo? — perguntei quando já estávamos longe da rua principal.

Em vez de contornar e voltar para o campus, Nick entrou em uma rua tranquila, onde havia casas enfileiradas, a maioria delas com luzes acesas. Por uma janela, vi um jogo de futebol americano que estava passando na TV.

— Ah, gosto de ir até os bairros mais distantes — explicou Nick. — Ajuda a desanuviar a cabeça. Esquecer tudo por um momento. — Ele deu de ombros. — Pelo menos, funciona para mim.

Eu me inclinei para a frente e dei um beijo em seu pescoço.

— Continue pedalando.

— E como foi o seu dia? — perguntei, quando voltávamos de um beco sem saída. — Muito ocupado? Não te vi no almoço.

— Pois é — disse Nick. — Precisei ir à academia na hora do almoço porque passei todo o horário livre que eu tinha com meu orientador. — Ele suspirou.

E eu suspirei junto. A orientação universitária equivalia praticamente à outra disciplina, aumentando ainda mais a carga horária já insana. Eu ia ter um encontro com o meu orientador no dia seguinte, para continuarmos nossa conversa sobre a redação. Já havíamos nos encontrado duas vezes, e a única coisa que eu tinha era um esboço.

— Vocês falaram sobre a redação? — perguntei.

— Uhum — respondeu ele. — Conversamos sobre uma das perguntas suplementares de Yale. — Ele riu, mas percebi que foi forçado. — Eu já tenho um rascunho, mas está bem cru, Morgan. Vou mandá-lo para o mágico para que ele opere seu milagre.

Eu não precisava perguntar quem era o tal "mágico", e meus olhos de repente começaram a arder. Não era culpa dele, mas Charlie era tão extraordinário em termos acadêmicos que eu me sentia extremamente *insignificante* às vezes. Eu sabia que ele se esforçava para isso, que ficava acordado até tarde e dormia muito pouco às vezes, mas mesmo assim... Será que Nick também se sentia dessa forma? Estava bem óbvio que o processo de seleção para faculdade não era nada de mais para o gêmeo dele. Ele nem falava sobre as inscrições, inclusive parte de mim se perguntava se ele já tinha feito alguma.

— Sabia que ele vai terminar com a Dove? — comentei, mudando de assunto. Já tínhamos falado muito de faculdade. — Amanhã. Ele vai levá-la ao Captain Smitty's.

Nick ficou em silêncio, depois assoviou baixinho.

— Bem, que pena.

Franzi as sobrancelhas.

— Por que é uma pena?

— Porque, a partir de agora, ela vai associar o Captain Smitty's a um pé na bunda. Ela nunca mais vai comer sorvete da mesma forma. — Ele riu. — Uma pena mesmo.

Eu ri.

— Qual foi o problema dessa vez? — perguntou Nick.

— Não sei.

Eu nunca perguntava ao Charlie por que ele terminava com aquelas meninas de forma tão repentina. Às vezes, ele me contava. Outras, não. Mas não importava. Porque no fundo, no fundo, enterrado sob todas aquelas besteiras de *é melhor sermos amigos* e *não é você, sou eu*, eu sabia a verdade... ou, pelo menos, *desconfiava*. A corrida daquela manhã voltou à minha mente: o jeito como Charlie e Luke falavam rápido enquanto corriam, tão em sincronia que acabaram me deixando para trás. "Ei!", exclamara eu, depois de conseguir alcançá-los. "Eu posso estar de vela, mas ainda estou aqui!"

Luke dera risada, mas Charlie havia ficado vermelho e não voltara a falar com Luke pelo resto da corrida. Nem uma palavra.

Engoli em seco ao lembrar.

— Ela devia ser muito grudenta — comentei. — Os dois passam tempo *demais* juntos.

— Você cronometrou? — perguntou Nick com voz seca.

— Rá, rá. — Revirei os olhos. — Estou falando isso por causa do musical. Os ensaios agora têm três horas de duração.

— Eu não me importaria de passar três horas com você — afirmou.

Senti um frio na barriga.

— Isso me tornaria grudento?

Mordi o lábio. A pergunta era retórica? Ou ele realmente queria que eu respondesse?

Nick levou a bicicleta para um canto e parou ao lado de um parque público. Tinha uma área infantil e bordos com lanternas de papel pendendo nos galhos. Nick puxou o descanso da bicicleta e andou até o gazebo próximo. Eu sorri quando ele se sentou, percebendo sua intenção.

— Ei, calma — disse ele, alguns minutos depois, beijando-me enquanto eu passava a mão pelo cabelo dele, *despenteando-o*. — Vai com calma.

— Se acalma você.

Eu o beijei de novo. E ele aproveitou e me puxou para o colo, soltando meu cabelo do rabo de cavalo. Senti um calor explodir no peito. Era como se nós dois tivéssemos esperado há muito tempo por uma chance de fazer aquilo. Não tínhamos horas e horas como Charlie e Dove; tínhamos momentos secretos e roubados.

Não, isso não te tornaria grudento, pensei, com o coração disparado. *Não mesmo, porque eu me sinto da mesma forma. Horas e horas. A gente pode até ter começado tudo depois de um jogo bobo de girar a garrafa, mas agora nós somos* algo, *algo que não é bobo, algo que...*

Nick parou de me beijar.

— Tá tudo bem? — sussurrou ele.

— Sim — cochichei a resposta, mesmo que fosse mentira. Minha mente estava um turbilhão. — Está tudo muito claro.

OITO
CHARLIE

Sempre me incomodava quando as pessoas perguntavam se Nick e eu éramos idênticos. Não éramos. Claro que tínhamos o mesmo cabelo ruivo e olhos azuis e, sim, nossa diferença de altura não era nada de mais, mas, quando estávamos lado a lado, ficava bem óbvio quem era quem. Nick parecia um jogador de hóquei, todo forte e de ombros largos, enquanto meu corpo era mais esguio. Eu era o mais rápido no time de hóquei, mas o treinador Meyer queria que eu ficasse mais musculoso; daí minha ida à academia com uma série personalizada para isso. Ele vivia me dizendo que se eu quisesse jogar hóquei na faculdade, eu precisava "ganhar alguns músculos".

Eu estava malhando perna quando Val Palacios entrou com sua trança escura balançando. Ela fingiu me olhar de cima a baixo.

— Não estou acreditando. Charlie, é você *mesmo*?

Todo mundo sabia que eu odiava malhar.

— Não — respondi, negando com a cabeça. — Você está errada como sempre. Eu sou o *Nick*, não o Charlie.

Val sorriu e revirou os olhos enquanto abria o tapete de ioga.

— Não vem com essa, o seu irmão está ali. — Ela fez um gesto para a esquerda. — Cantando com a Miranda Lambert enquanto faz exercícios com a bola.

— E eu achando que sou eu que tenho talento musical.

Ela riu, e eu abri um sorriso. Val era legal, comunicativa. Bem parecida com Sage naquele aspecto.

— Como estão as coisas? — perguntou ela. — Você claramente não perdeu sua voz.

— Não, ainda não. — Continuei fazendo o exercício enquanto ela começou a fazer abdominal. O piercing de umbigo brilhou na luz. Val estava apenas com um top roxo de ginástica e uma bermuda preta. — Isso vai acontecer lá para meados de outubro.

— Já comprou o chá?

— Eu estou *estocando* o chá.

Ela sorriu.

— E de que tipo você gosta?

Dei de ombros.

— Nada muito diferente. Limão com mel, em geral. Mas Morrissey me disse que chá de gengibre também ajuda muito. Acho que vou dar uma chance.

Val mudou de abdominal para prancha lateral.

— Morrissey é o supergatinho do Luke? O cara de Michigan que está no CPE de cross-country?

Mantive a calma e só levantei uma das sobrancelhas.

— Supergatinho do Luke?

— Eu jantei com a Nina outro dia.

— Ah. — Assenti.

Às vezes, eu me esquecia de que Val era colega de Nina e Sage. Elas todas ficaram juntas na Merriman no ano anterior.

— É. — Val riu. — Acho que ele é... o quê? O décimo cara de quem ela fica a fim aqui na Bexley?

Eu parei de fazer o exercício.

— Não seria surpresa para mim.

— Falando nisso... — Ela também parou de fazer exercício. — Fiquei sabendo sobre você e a Dove.

— Droga. — Estalei os dedos. — O anúncio para imprensa só estava programado para sair amanhã.

Val revirou os olhos, mas os lábios se contraíram, como se estivesse tentando segurar o riso.

— Você é tão babaca.

Dei de ombros de novo. Dove e eu tínhamos terminado. Depois do ensaio de ontem, eu a levara para tomar um sorvete no Captain Smitty's e meio que havia feito o que tinha que fazer. Enquanto ela lambia a bola de sorvete de morango na casquinha, eu dissera que achava melhor darmos um tempo no nosso relacionamento.

— Como assim? — perguntara ela, enquanto os olhos ficavam marejados e duas lágrimas enormes escorriam pelo seu rosto um segundo depois.

Então eu pegara a mão dela.

— Eu gosto de você — dissera eu. — Mas acho que não deveríamos estar juntos agora. Tipo, com o espetáculo e tudo mais, talvez seja melhor se voltarmos a ser apenas bons amigos.

Para ser sincero, não foi o meu melhor término.

— Então, eu fiquei sabendo que vai rolar uma confraternização da Dag com a Merriman esta noite. É verdade? — perguntou Val.

Tentei não rir. Foi exatamente por *isso* que eu vim à academia. Eu tinha a sensação de que Val estaria aqui.

— Isso, às dez.

Depois de apresentar a ideia para os supervisores de cada casa e conseguir a aprovação, o conselho da Daggett passou a semana toda se preparando para o evento daquela noite.

— E vai ter algum tema?

— Não. Nós só vamos organizar jogos de tabuleiro, Xbox e coisas assim.

Val assentiu e tomou um gole da garrafinha de água. Era laranja fluorescente, como a de Luke, mas não tão grande. "Gosto de me manter hidratado", explicara ele em resposta à implicância de Reese. Ele também tinha uma azul, sempre cheia de café. "E cafeinado."

— Você deveria vir — disse eu. — Sage me contou tudo sobre suas habilidades lendárias no *Fortnite*.

Val riu.

— Mas eu não sou mais da Merriman.

— E daí? Você era no ano passado.

— Bem, isso é verdade.

Eu me convidei para o tapetinho dela de ioga. Alongamento em dupla era bem eficaz.

— Ninguém vai se importar — assegurei. — Venha, vai ser legal.

Ela não respondeu.

Eu me inclinei para a frente para tocar os dedos dos pés.

— Tá legal — concordou. — Eu vou.

Ouvi gritos vindo da sala quando voltei para Daggett depois do jantar, com Luke atrás de mim. Nós fomos ao Peace Love Pizza com a galera.

— Cara, eu já disse. — A voz de Paddy chegou aos meus ouvidos. — Eu não sei onde está! A última vez que eu vi foi aqui!

— Onde está *o quê?* — perguntei.

Kyle suspirou.

— O jogo Twister.

Olhei para a prateleira onde guardávamos todos os jogos de tabuleiro: Banco Imobiliário, Detetive, Jogo da Vida, palavras-cruzadas e alguns outros. Mas, com certeza, o Twister não estava lá.

— Vou mandar uma mensagem para Sage — disse eu, desbloqueando a tela do celular. — Ela tem um.

Nós dois jogamos uma vez por horas, determinados a dominar o jogo.

Passo aí por volta das 20:30, foi a resposta dela, e eu mandei um joinha.

— Tudo certo — falei para os caras e, depois que Kyle suspirou de alívio, Luke e eu subimos.

— Então, o que é essa reuniãozinha? — perguntou ele quando chegamos ao segundo andar. — É tipo uma confraternização?

— Mais ou menos — respondi. — Tipo, a gente faz praticamente as mesmas coisas, mas, diferente de uma confraternização que uma casa convida a outra, a gente convida gente de todas as casas nessas reuniões. As confraternizações também costumam ser mais formais.

— De qual você gosta mais?

Nem hesitei.

— Das reuniões, porque são mais tranquilas. Menos pressão.

— Ah, sim, porque você é *tão* estranho.

Respondi dando um empurrãozinho em Luke com o meu quadril, o que o fez esbarrar acidentalmente na porta fechada de Dhiraj.

— Pode entrar! — Ouvimos ele dizer lá de dentro.

Luke não respondeu, mas o olhar dele foi o suficiente. Quando ele falou, a voz saiu bem baixa:

— Eu vou *matar* você.

Um sentimento estranho atravessou minha espinha enquanto saí correndo até a minha porta. Infelizmente, porém, Luke era bem rápido. Eu estava quase chegando quando ele saltou nas minhas costas e nós dois caímos no chão.

Não houve briga. Se Luke fosse Nick, ou Paddy, ou Jack ou basicamente qualquer outra pessoa, garanto que já estaríamos rolando pelo chão, tentando ser o primeiro a dar um soco no outro. Mas ele era *o* Luke, então, eu me levantei antes que qualquer coisa pudesse acontecer.

— Tá legal, estamos quites. — Destranquei a porta. Meu coração parecia que ia sair pela boca. *Relaxe*, disse para mim mesmo.

Luke pegou o controle remoto e se acomodou no sofá assim que entramos.

— Beleza — falei depois de tomar quase meia garrafa de água. — Eu já queria ficar no chão mesmo. — Agora, passando os canais na TV, ele estava totalmente esparramado no sofá. — Não se preocupe comigo.

— Entendido — disse ele, escolhendo um episódio de *Law & Order: SVU*. Já passava das 19:30, então o episódio devia estar perto do fim.

Revirei os olhos e peguei meu notebook na mesa. E então, sem que eu precisasse continuar sendo sarcástico, Luke abriu espaço para mim. Eu me sentei e apoiei os pés no baú.

— De nada — disse Luke.

— Ah, minhas *mais sinceras* desculpas — comecei, mas parei quando me virei para olhar para ele.

As pernas dobradas estavam na minha frente e eu mordi a parte interna da bochecha. Eu realmente gostava de conseguir ver o rosto dele. Então, antes de pensar melhor, eu me vi dizendo:

— Se você quiser esticar a perna, tá tranquilo para mim.

Dois segundos depois, suas pernas estavam no meu colo. Coloquei meu MacBook nas canelas dele e tentei parecer *muito* interessado no meu Twitter para disfarçar o fato de que toda hora eu olhava para ele, na tentativa de decifrar se estava tão nervoso quanto eu. Porque não parecia. Luke estava com a expressão normal de quem estava assistindo à TV: sério, com os braços cruzados. Mas, a cada vez que eu olhava, ele parecia mais sonolento.

— Ei, você se importa se eu tirar uma soneca? — perguntou enquanto subiam os créditos.

Eu o encarei e vi que seus olhos já estavam fechados. Ele ia dormir com ou sem a minha permissão. Nem tinha tirado os óculos. Eu ri e disse:

— *Mi casa es su casa.*

— Seu sotaque é horrível.

Soltei uma risada.

— Eu faço francês.

— *Je le sais.* — (Eu sei.)

— Você fala francês? — perguntei, curioso, já que Luke estava na aula de espanhol do *señor* Cortez.

— *Un peu*. — (Um pouco.)

— *Comment?* — (Como?)

— *Mon père*. — (Meu pai.)

— Seu pai parece bem legal — disse eu, e depois me encolhi ao me lembrar que o pai de Luke tinha morrido quando ele só tinha 12 anos. ("Câncer de cólon", ele nos contara em um tom direto, mas com a voz pensativa. "A doença foi bem agressiva.")

Mas Luke assentiu, ainda de olhos fechados.

— Ele era mesmo. Foi criado como expatriado, porque morou em vários cantos do mundo por causa do trabalho do meu avô. Ele conheceu *ma mère* em Tóquio. — Luke bocejou. — Mas Paris era a cidade favorita dele.

Outro bocejo e ele se aninhou melhor no sofá.

Entendi o recado.

— *Fais de beaux rêves*. — (Tenha bons sonhos.)

— *Merci* — sussurrou, e não demorou muito para sua respiração ficar mais lenta.

Fiquei olhando para ele por mais um tempo e, depois, voltei a atenção para o meu computador, mas não antes de colocar a minha mão em seu joelho.

Ele não acordou, então eu a deixei ali.

Luke dormiu como uma pedra. Totalmente apagado e entregue, ele não se mexeu quando alguns alunos começaram a jogar bola no corredor, nem ouviu quando Sage chegou. Mas eu ouvi a voz dela em alto e bom som antes de entrar no meu quarto:

— Não, Dhiraj, a Sage não está aqui! Eu sou um fantasma!

Não eram permitidas garotas no andar de cima, mas Sage simplesmente ignorava essa regra a maior parte do tempo. Eu estava sentado à minha escrivaninha quando a porta se abriu.

— Você viu o Luke? — perguntou ela, colocando a caixa do Twister sobre o baú antes de notar a presença dele. — Ah. Nossa. — Ela suspirou. — Há quanto tempo ele está assim?

— Há uma meia hora — respondi.

Sage se ajoelhou e tirou uma foto com o celular.

— A Nina vai morrer.

Revirei os olhos.

— Ah, fala sério. Ela deve saber que isso não vai rolar.

— Não? — Sage olhou para mim. — Ele te disse alguma coisa?

— Não.

Ela deu de ombros.

— Então eu não teria tanta certeza assim.

Até parece, pensei. Porque eu já conhecia a Sage havia dezessete anos. E eu a conhecia *de verdade*. Então, não ia cair no papinho dela de que *tudo é possível*. Acho que ela ficou a mesma sensação que eu: de que Nina seria esperta e partiria logo para o cara número 11, porque o número 10 não ia rolar. Mas ninguém disse nada; e Sage não falou mais sobre isso.

— Luke. — Ela o sacudiu devagar. — Tá na hora de acordar.

— Hum... — Eu o ouvi murmurar. — Não.

Sage riu.

— Vamos logo. Está quase na hora da festa na floresta!

Aquele era o tema da festa daquela noite: Festa na Floresta. Tinha sido minha sugestão, e a presidente Jennie havia expulsado Nick da reunião porque ele tinha morrido de rir. Eu não conseguia entender o motivo — era apenas uma mera coincidência esse ter sido o tema do nosso aniversário de cinco anos.

Luke se sentou e tirou os óculos para esfregar os olhos. Parecia desorientado, como se pudesse dormir até a manhã seguinte.

— Qual vai ser a roupa de hoje?

— Eu vou de tigresa.

Sage fez um gesto para a roupa: tênis Converse preto e short com um cropped laranja. Ela estava até usando um arco com orelhinhas de tigre e tinha prendido uma cauda na presilha do cinto. Eu não fazia ideia de onde ela encontrava aquelas coisas. Não importava o tema, Sage sempre dava um jeito de criar a própria fantasia. Não tínhamos concordado sobre Danny e Sandy até a noite anterior da festa "Duplas Dinâmicas" no dia da consciência LGBTQIAPN+ e, com certeza, eu não esperava que ela fosse dizer:

— Ah, sim! Eu tenho uma fantasia de gata preta que vai ser perfeita!

Eu me levantei da cadeira giratória.

— Sério? — Fui dar uma olhada em um dos cestos de plástico no meu armário. — Porque eu estava tendendo mais para zebra.

— Engraçadinho como sempre, Charlie — disse ela secamente. — Estou morrendo de rir.

Eu ri e encontrei o que estava procurando.

— Aqui está — disse eu para Luke, jogando para ele a fantasia para a festa: uma bandana oficial de *Survivor* que meus pais tinham me dado de presente alguns natais antes. Uma floresta sempre se estendia até uma praia onde os participantes montavam acampamento. Fiquei olhando enquanto ele colocava na cabeça.

— Como estou? — perguntou.

— Maneiro — respondi, usando um sinônimo menos conhecido para *supergato*.

— Valeu — agradeceu, assentindo antes de ir embora com Sage.

Eu me joguei de cara no sofá, ainda quentinho, e fiquei lá até chegar a hora de descer.

As pessoas logo formaram grupos, alguns foram jogar Xbox, outros escolheram jogos de tabuleiros e outros desapareceram para brincar de arremesso de saco de feijão no corredor. Uns quinze minutos depois de todo mundo ter chegado, eu desafiei Val para um jogo de Twister, e naquele momento eu a observava de cima. Ela estava de quatro, como se fosse um caranguejo; eu estava por cima dela, meus pés plantados e as laterais das canelas pressionando suas coxas, curvado para poder tocar com a mão no círculo verde acima do ombro dela.

— Chiclete de canela? — perguntou Val quando soltei o ar.

— Isso. — Dei uma piscadinha.

— Beleza — disse Dhiraj. — Mão direita no amarelo.

Devia ter umas oito pessoas à nossa volta, e todas riram quando nós mudamos a posição, porque em três, dois, um, ficamos ainda mais próximos. Minha mão estava sob as costas de Val. *Realmente não dá para ter um roteiro para isso*, pensei.

Dhiraj girou de novo.

— Amarelo de novo. Mão esquerda.

Val suspirou. As minhas duas mãos estavam sob as costas dela, meus braços praticamente a envolvendo.

— Legal te encontrar aqui — disse eu.

Ela revirou os olhos, mas ali estava aquele sorriso misterioso de novo.

— Como você é tão bom nisso?

— Talento natural.

Ela balançou a cabeça.

— Duvido.

Eu ri.

— Muita prática.

— Sério?

Eu assenti e a mandei pesquisar "Os melhores fracassos de Twister" no YouTube. Nick tinha pregado uma peça em mim e em Sage, se oferecendo para filmar tudo e depois fazer uma análise crítica. Meio milhão de visualizações e contando.

Val riu quando nos movemos de novo.

— Ah, eu com certeza vou ver. Assim que eu chegar em casa.

Eu assoviei.

— Já enjoou das caminhadas? — Sage tinha uma bicicleta, mas quem morava na Simmons, tinha que andar muito durante o dia.

Val fez uma tentativa valente de dar de ombros.

— Eu gosto de andar.

— Mas deve ser bem solitário, né?

— É por isso que uso fones de ouvido.

Assenti.

— Esperta.

Então, seguiu-se um instante de silêncio, quebrado apenas para a nossa respiração. Dhiraj deu a última instrução.

— Perna direita no verde!

Eu sabia que a tinha conquistado quando ela mordeu o lábio e sussurrou:

— Mas eu acabei me esquecendo de trazer os fones hoje...

NOVE
SAGE

— Bem, sim, o campus era legal — disse Reese depois de tomar uma colher de sorvete. — Mas acho que não vou me candidatar... Tipo, eu não senti a *vibe*, sabe? Aquela sensação de estar em casa.

Todo mundo na mesa assentiu.

— Além disso — acrescentou Nina —, tem todo esse lance de *não ter garotos*.

— Minha nossa, Nina. — Jennie deu risada. — Você é tão...

— Acredito que a expressão que você está procurando é *obcecada por garotos* — completou Luke, quando ela parou de falar.

Ele enfiou uma cereja na boca. Nada de sorvete para ele, só uma tigela de cerejas em calda. A ponta dos dedos estava manchada de vermelho. ("Você vai acabar passando mal", avisou Charlie mais cedo, mas Luke só riu: "Impossível. Ao longo dos anos, meu estômago desenvolveu um alto nível de tolerância.")

As garotas riram, mas Charlie se empertigou quando Val se sentou na cadeira vazia ao lado dele. Ela estava usando o uniforme de futebol.

— Oi — disse ele, passando o braço em volta dela. — Como foi o jogo?

— Mas você está certa, Nina — concordou Reese. — Ser uma instituição só para garotas é meio chato.

Ela havia voltado da visita que tinha feito à Wellesley naquela tarde. Parecia que todos os dias os formandos estavam em uma espécie de missão, tirando a tarde livre para visitar os campus universitários. Na semana anterior, Charlie tinha ido ao Maine visitar a Bowdoin. Os treinadores de hóquei mostraram tudo para ele.

Enquanto isso, o enigma universitário de Luke tinha se resolvido de forma bastante rápida. Ele se candidatou no esquema de "decisão prévia" à Universidade da Virgínia.

— Meu pai estudou lá — revelara. — Ele me levou a um reencontro com os colegas quando eu tinha dez anos, e eu me lembro de dizer para ele que eu também iria para lá. — Luke dera risada. — Minha orientadora brincou que isso é um sinal, porque a UVA tem todos os cursos que eu quero e ela acha que sou um candidato forte para bolsa de estudos...

Charlie provocou.

— Seguindo os passos do papai.

Luke revirou os olhos.

— Diz a pessoa que tem uma lista só com faculdades da Nova Inglaterra. E o seu pai estudou na Bowdoin, não é?

— É por causa das propostas do hóquei. — Charlie deu de ombros.

— Você só joga onde te querem.

Luke também deu de ombros.

— E quem disse que você precisa jogar?

Em vez de responder, Charlie pareceu pensar.

— Ele *realmente* é o seu novo melhor amigo! — Eu tinha brincado mais cedo, embora agora as palavras parecessem vazias. Senti um aperto no peito *porque você é* a pior *amiga, guardando segredos dele...*

— Ei! — Nina me arrancou dos meus pensamentos. — Terra para Sage! — Ela fez um gesto para as cerejas de Luke. — Pegue uma.

— Hum, por quê? — perguntei quando alguém deu um oi, e eu me virei e vi Nick se aproximando da nossa mesa.

Estranhamente ele estava sozinho, sem nenhum amigo da Mortimer com ele.

— O que vocês estão fazendo?

— Estamos treinando nossa habilidade com a língua — respondeu Reese.

Eu quase me engasguei com a minha saliva.

— Relaxa. Ela está brincando — disse Nina, mostrando um cabinho da cereja. — Vamos tentar dar um nó nisso com só a língua. Dizem que quem conseguir fazer isso mais rápido é a pessoa que beija melhor. — Ela tentou não sorrir para Luke, e ele se esforçou para fingir que não tinha notado.

Ele seria um ótimo jogador de pôquer, pensei, porque eu sabia que Luke notava tudo.

— Quer se sentar com a gente, Nick? — convidou Jennie.

— Mas a mesa já está cheia. — Deixei escapar antes que ele tivesse a chance de responder. Minha pulsação disparou. Andar de bicicleta juntos era uma coisa, mas *aquilo*? Na frente de todo mundo? Na frente do *Charlie*? — Ah, desculpe — acrescentei. — É que não tem mais lugar.

— Aqui — disse Val. — Ele pode se sentar no meu. — Ela escorregou para o colo do Charlie.

— Como você pensa rápido — resmungou Luke.

Mas Charlie colocou Val de volta à cadeira.

— Pode ficar com o meu — disse ele, com a voz um pouco aguda. — Eu lembrei que tenho uma reunião no teatro mais tarde.

Ele deu um beijo no rosto da Val, mas não estava olhando para ela. Seu olhar estava focado no outro lado da mesa, de onde Luke também o observava.

— Pode ir — disse Luke de forma direta. — Permissão concedida.

Charlie curvou os lábios e entrou no papel, empertigando-se e batendo continência.

— Sim, senhor!

Nick olhou para o lugar vago assim que Charlie atravessou apressado o cômodo e a risada se esvaneceu. Eu rapidamente desbloqueei a tela do meu celular e fui para Mensagens.

— Então, vai ficar, Nick? — perguntou Reese enquanto eu tentava digitar uma mensagem e clicava em enviar.

— Não. — Nick ergueu o olhar do celular e esfregou a nuca. — Hoje não. — Ele sorriu, mas foi forçado... e não olhou para mim. — Divirtam-se aí.

Corri o mais rápido possível até o campo de golfe no sábado, e Nick estava abrindo o cobertor quando eu cheguei. Nem era necessário dizer que o sexto buraco tinha virado o nosso ponto de encontro. O fim de setembro ainda trazia noites quentes e lições de astronomia se o céu estivesse limpo.

— Qual foi o filme de hoje? — perguntou Nick, mas eu não respondi. Só tirei minha mochila e me atirei em seus braços. Nick tinha o recorde de levantamento de peso na academia, mas, em vez de me pegar, ele nos deixou cair no chão.

Mas não nos beijamos.

— Oi — sussurrei para ele.

— Oi — sussurrou em resposta.

Então ele *tentou* me beijar, mas eu desviei. Ainda não.

— Você vai revirar os olhos — disse eu —, mas nós assistimos a um clássico da comédia romântica, *Doce lar*.

— *Doce lar*? Eu adoro esse!

— O quê?! — perguntei, dando um tapinha leve no peito dele. — Você já viu?

— Claro que já! É épico. — Ele balançou a cabeça, riu e disse uma fala do filme: — "E por que você ia querer se casar comigo?"

— "Só para poder te beijar a hora que eu quiser" — respondi rapidamente com outra fala.

— Bem... — Nick sorriu. — Agora que já resolvemos isso... — Ele se inclinou de novo para mim.

— Espere. — Eu me desvencilhei de seus braços. — Espere, eu tenho uma coisa... — Abri minha mochila. — Eu trouxe isso...

Nick não disse nada quando entreguei para ele um pote de cerejas, então, a princípio, achei que ele não tinha entendido.

— Não se lembra? — Eu o cutuquei. — No outro dia?

Ele assentiu, mas não falou nada, só olhando para o pote e para o rótulo.

— O que vocês estavam fazendo com isso? — perguntou ele finalmente. — Por que você não quis que eu ficasse?

Senti um aperto no peito.

Eu tinha enviado para ele Não!, para que ele não se sentasse no lugar de Charlie. Diga não! Vá embora!

— Tipo, eu sei que estamos fazendo isso escondido — continuou Nick. — Mas a gente ainda é amigo.

— Não, eu sei — respondi, engolindo em seco. — Sei que somos amigos.

Mas desde que Nick e eu começamos a ficar, ser amiga dele no campus ficou mais complicado.

Ficamos em silêncio por um minuto.

— Então, quem ganhou? — perguntou ele. — Quem beija melhor?

— Ah, foi a Val.

— Ah — disse ele, pegando minha mão. — Que bom para o Charlie, então.

Apertei os dedos dele, sem ter coragem de contar a verdade... A Val não tinha ganhado a brincadeira, nem tínhamos começado. Em vez disso, conversamos sobre o Nick. *Fofocamos*, na verdade.

— Então, qual é a dele? — perguntara Val para mim. — Por que ele nunca fica com ninguém?

E, por algum motivo, eu tinha tentado transformar todo meu nervosismo em brincadeira.

— Quem disse que ele não está?

— A Emma? — dissera Nina tentando adivinhar. — Aposto que é a Emma.

— Né?! — Val havia soltado uma risada. — Acho que esse é o ano deles!

Eu tinha dado uma risada, assentindo, enquanto puxava o elástico de cabelo no meu pulso embaixo da mesa. Todo mundo no campus sabia que Emma Brisbane ficava desenhando o nome de Nick no caderno dela desde o primeiro ano. Eles sempre faziam trabalhos juntos, e ela fez cupcakes no aniversário dele no outono passado. Ela era exatamente o tipo de namorada que eu sabia que Nick sempre imaginara. Uma que andaria de mãos dadas com ele a caminho das aulas, que ajeitaria a gravata dele antes do baile de boas-vindas. A que eu não podia ser no momento.

Algum dia, mas não agora.

Meu coração deu uma cambalhota quando Nick finalmente abriu a tampa. A lua tinha desaparecido atrás das nuvens, então eu acendi a lanterna do iPhone para conseguirmos enxergar.

— Vamos apostar alguma coisa? — perguntou ele depois que comemos nossas cerejas e ficamos com os cabinhos.

— Claro — respondi sorrindo. — O perdedor vai ter que comer o pote inteiro.

— Combinado. — Nick puxou meu rabo de cavalo. — Pronta?

Cinco segundos depois, eu sabia que não ia ganhar. O cabinho ficava escorregando pela minha boca e eu quase o engoli. Cerrei os punhos em uma tentativa de me concentrar. Depois de dez segundos, vi que Nick também estava frustrado e reclamando bastante. Quase me engasguei dando risada, então cuspi o cabinho e o joguei nele.

— Tudo bem, vamos parar. Isso é ridículo.

Nick jogou a cabeça para trás e começou a rir. Olhei em volta, preocupada que alguém pudesse nos ouvir, mas acabei relaxando e dei um sorriso largo. Eu amava a risada de Nick, era intensa, mas ao mesmo tempo tinha um toque infantil.

— Talvez — disse ele. — Mas como vamos saber agora?

— Fácil — respondi, já me acomodando em seu colo. — Do jeito *antigo*.

Senti os dedos de Nick acariciando a minha cintura, enquanto eu segurava o rosto dele de uma forma dramática. Seu maxilar era bem marcado, e as bochechas, quentes.

— Eu vou te beijar, Nicholas.

— Ah, tudo bem — sussurrou ele, com a voz tão gentil que me emocionou. — Você pode me beijar sempre que quiser, Morgan.

―

— Isso é novo? — perguntei mais tarde enquanto Nick vestia a camiseta. Não tinha acontecido nada de mais, só tiramos nossas camisetas.

— Ah, fo-foi mal. — Nick tinha balbuciado quando eu o impedira de abrir meu sutiã.

— Não, não, tudo bem — respondera eu baixinho contra o pescoço dele. — É só que...

As coisas ainda estavam muito no começo. Só tínhamos um mês juntos, e eu ainda não tinha superado o que aconteceu na última vez em que eu tinha ido tão longe assim com alguém. No ano anterior, a sra. Collings quase tinha me flagrado com Matt Gallant embaixo do salgueiro da Praça Central. Se não tivéssemos ouvidos os latidos do cachorro dela, provavelmente ficaríamos de detenção.

— Hum — disse Nick agora. — Isso chegou pelo correio ontem. — O moletom dele era azul-marinho com a palavra Yale bordada de branco no peito.

— Gostei — comentei. — E eu estou muito feliz por você.

Nick beijou minha testa.

— Valeu, mas eu ainda não entrei de verdade. Só vou saber daqui a uns dois meses.

— Mas você vai entrar — afirmei, me encostando nele. — Você vai.

— Você também — respondeu Nick. — Seja qual for o lugar que escolher. — Ele fez uma pausa. — Já fez algum avanço?

Senti um frio na barriga. Minhas reuniões de orientação universitária não pareciam estar dando muito certo, nenhuma das faculdades na minha lista coincidiam com as dos gêmeos. Minha mãe e eu visitamos alguns lugares legais, mas agora eu pensava em Charlie e na visita que fizera à Bowdoin, e Nick e Yale. "Difíceis" foi a palavra que minha professora usou para elas. Eu me lembrava de ter enxugado as lágrimas na sala dela ao pensar que eu estaria sozinha no ano seguinte. Pela primeira vez na vida, os Carmichael não estariam ao meu lado. Eu teria que começar do zero, e aquilo era assustador. Nunca tive dificuldades para fazer amigos, mas sem os gêmeos para me apoiar? Isso me deixava com medo.

— Sim, eu tenho planos — respondi para Nick e depois mordi o meu lábio para não dizer o resto: *Mas eles não envolvem vocês*.

Talvez fosse melhor mesmo passar os próximos quatro anos sozinha. Eu precisava viver a minha vida, descobrir quem eu realmente era e o que eu queria para o futuro. E isso não aconteceria se eu estivesse tão profundamente envolvida com outra pessoa. Eu sabia muito bem disso.

Aquilo não ia durar. Não importava o quanto eu gostasse de estar com Nick. Ainda éramos amigos, mas agora eu adorava estar em seus braços e a forma como conversávamos sobre as coisas mais aleatórias.

— Existem dois tipos de pessoas que fazem marshmallows com chocolate — disse ele mais tarde me levando nas costas até a parte principal do campus. — Os novatos e os experientes.

— E qual é a diferença entre eles? — perguntei.

— Simples — respondeu com toda confiança do mundo. — Os experientes são pacientes, enquanto os juniores são ansiosos demais.

— Porque você precisa esperar que o fogo queime o carvão. — Eu sorri lembrando-me das fogueiras de verão de quando éramos mais novos. — A melhor forma de conseguir um marshmallow com chocolate douradinho por fora e puxa-puxa por dentro é quando a chama está bem baixa.

— Exatamente. Senão dá tudo errado — falou ele, antes de me colocar, de alguma forma, em seu colo, como se eu fosse um coala. Ele abriu um sorriso que mostrou a covinha. — Você é experiente.

— Obrigada. — Eu retribuí o sorriso. — Você também é experiente.

Ficamos sorrindo um para o outro antes de ele se inclinar e me beijar.

DEZ
CHARLIE

Em 2 de outubro, Nick e eu fomos para casa comemorar nosso aniversário. Por cair em um sábado, pegamos um trem depois da aula para passarmos o fim de semana em Darien. Eu tinha arrumado uma mochila com uma muda de roupa, mas Nick apareceu na estação com sua mala de rodinhas, levando tanta coisa que pareceu que estávamos voltando para casa para passar as férias de inverno.

— Estou cheio de roupas para lavar — disse ele. — Então, por que não?

Nossa mãe estava nos esperando na plataforma, segurando frouxamente as guias de Cassidy e Sundance. Os labradores pretos descansavam aos pés dela, mas eles começaram a abanar o rabo assim que nos viram.

— Feliz aniversário! — exclamou minha mãe, o sinal para Nick e eu começarmos a nossa disputa favorita: nos empurrarmos e puxar um ao outro para sermos o primeiro gêmeo a abraçar nossa mãe. Dessa vez fui eu. (A bagagem de Nick não o ajudou muito.)

— Acho que já passou da hora de cortar o cabelo, Nicky — disse minha mãe enquanto eu dirigia o Jeep de volta para casa. — Está grande demais.

— Que nada, mãe — respondeu Nick. — As garotas amam meu cabelo assim.

Seguiu-se um segundo de silêncio enquanto eu ligava a seta e virava à esquerda, sentindo um nó na garganta. *Sage.* Eu sabia que ele estava falando de Sage. Ela agia com tanta confiança perto dos caras que eles ficavam com a sensação de que teriam uma chance com ela, de que estava interessada. Inclusive meu irmão. Segurei o volante com mais força, lembrando-me de Nick e Sage se beijando no verão, no jogo de girar a garrafa.

— Foi mal. — Nick se desculpara comigo depois, não parecendo nem um pouco arrependido. Na verdade, ele parecia mais o Hércules quando lhe devolveram a divindade. — Eu sei que vocês dois... — Ele balançara a cabeça, bêbado e sonhador. — Tipo, você *sabe*, né?

Não, eu pensara. *Não, eu não sei. Eu nunca beijei ninguém assim nem nunca vou beijar.*

Mas eu dera apenas um tapa no ombro dele.

— Tá tranquilo, cara. Foi só um beijo. Eu entendo.

Depois disso, eu tinha saído atrás de uísque e da Sage. Eu não iria permitir que ela se envolvesse com o meu irmão gêmeo.

Duas horas mais tarde, estávamos em outro trem. Os Rangers iam jogar contra os Red Wings mais tarde, e meus pais tinham comprado assentos centrais. Depois da partida, encontraríamos os Hardcastle para jantar. Meu pai e o tio Theo eram melhores amigos desde a época que estudaram na Bexley.

— Feliz aniversário! — gritou tia Whitney quando chegamos ao restaurante, e eu tentei não curvar os ombros. Ela nunca me dava uma folga. Tudo que eu dizia gerava algum tipo de comentário.

— As coisas estão bem agitadas, não é, Charlie? — perguntara-me ela uma vez enquanto mexia o chá Earl Grey, e Nick e eu lavávamos a louça depois de em um dos jantares organizados pelos meus pais.

— Realmente, estão tão agitadas quanto o seu chá — eu tinha respondido, sentindo o coração disparar. — Que tipo de ator eu seria se não estivesse?

Ela era especialista em trocadilhos.

O interrogatório daquela noite começou assim que as bebidas foram servidas.

— Então, Nick, como está o futebol? — perguntou tio Theo.

— Tranquilo — respondeu Nick. — Não tenho dúvidas de que vamos ter uma temporada de vitórias. O único problema é que estou de saco cheio a maior parte do tempo. Nós controlamos a maior parte do jogo, então eu não tenho muitos lances. Randall Washington sabe o que está fazendo lá na frente.

— Viu só? — disse eu. — Você nem precisou de mim.

Nick riu.

— Todo ano eu tento convencer Charlie a entrar no time, mas ele sempre se recusa.

— Eu adoraria ver vocês jogando juntos — concordou nosso pai. — É uma pena que a peça seja no outono.

— Acho que é um *musical*, não uma peça — disse tia Whit, tomando um gole de vinho. — Existe uma diferença. No musical, tem música e dança. — Ela olhou para mim. — Não é, Charlie? Você dança e canta?

Senti um aperto no peito e concordei com a cabeça.

— Mas o Charlie também tem alguns monólogos — acrescentou Nick. Ele sabia muito bem, porque eu tinha dois roteiros de *Into the Woods* para poder passar as falas com ele antes de com qualquer um. Ele levava aquilo a sério, sempre fazendo comentários relevantes. — Não é só canto.

Tia Whit pensou um pouco.

— Isso é verdade, Nicky. Charlie, você sempre foi bom em faz de conta, desde que era pequeno. — Ela se virou para mim e deu um sorriso igual ao do Lobo Mau. — Agora você está em um grande palco, fingindo ser algo que não é.

Senti um aperto no coração.

Fingindo ser algo que não é.

Olhei em torno da mesa para ver se alguém tinha notado.

Mas, felizmente, todos riram e, depois, meu pai e o tio Theo passaram para o próximo tópico: onde eu deveria me inscrever para jogar hóquei. Os convites tinham chegado nos últimos dois meses, e eles estavam obcecados. Fizeram o mesmo com Nick quando o futuro dele ainda estava incerto.

— Por que não a Trinity? — perguntou tio Theo. — Eles estão no topo da NESCAC e...

Nick me chutou por baixo da mesa para que eu olhasse para ele. *Você não contou para eles?*

Fiz que não com a cabeça. *Não.*

Ele me fulminou com o olhar. *Conta para eles, Charlie. Agora.*

— Sim, sim, verdade — concordou meu pai. — Mas tem um boato por aí dizendo que o técnico está concorrendo a um emprego em Colgate. Eu não acho...

— Pai — interrompi. — Eu não vou para a Trinity.

Ele olhou para mim.

— O quê?

— Eu *não* vou para a Trinity. — Comecei a puxar minha pulseira por baixo da mesa. — Eu liguei para eles na semana passada e disse não.

— Sem falar com a gente primeiro?

— Jay... — começou minha mãe.

Dei de ombros.

— Eu conversei com o treinador Meyer. — Que entendeu e me aconselhou a contar para o meu pai com calma.

— E comigo — disse Nick. — Nós fizemos uma lista de prós e contras e tudo.

Meu pai continuou sério.

— Você disse não para mais alguma?

Engoli em seco e assenti.

— Bowdoin.

— Tudo bem, então. — Ele assentiu. — Acho que estamos entre Hamilton ou Williams.

Tinha bolo quando chegamos em casa, um pouco antes da meia-noite. O jogo tinha ido para a prorrogação e depois para os pênaltis, então só fomos embora quando os Rangers marcaram 4-3 na última rodada. O nosso bolo era o mesmo todos os anos: baunilha com cobertura de chocolate. Nossa mãe sempre encomendava dois para que cada um pudesse soprar as próprias velas (e para que sobrasse mais).

— Façam um pedido! — exclamou meu pai enquanto as velas cintilavam diante de nós e nossa mãe nos cegava com o flash.

Fiquei observando Nick fechar os olhos e apagar as velas todas de uma vez. Eu rapidamente fiz o mesmo, tentando imaginar qual teria sido o pedido dele.

A festa começou a morrer por volta da meia-noite e quinze, quando nossa mãe nos deu um abraço de boa-noite antes de subir. Nosso pai foi logo depois, e Nick e eu entramos em ação. Fomos até a garagem para pegar cerveja, buscamos um dos bolos na cozinha e voltamos para a sala.

— Então — ele me entregou um garfo —, curtiu nosso aniversário?

Fiz que sim com a cabeça e peguei um pedaço.

— Sim. Foi ótimo.

Nick abriu uma Budweiser.

— Você não está sendo muito convincente.

Revirei os olhos.

— Bem, sinto muito. É que *nada* supera a "Festa na Floresta"...

Nick riu no meio de um gole de cerveja e cuspiu tudo no bolo meio comido. Caí na gargalhada e acabei me engasgando quando a mistura de cerveja e bolo desceu pelo lugar errado.

— Estou feliz por estarmos em casa — falou Nick quando eu desengasguei. — Adoro estar aqui.

— Eu também — respondi.

Porque, tirando a tia Whit, eu adorava. A tensão que eu constantemente sentia ficava mais leve em casa. Ela só desaparecia realmente em Vineyard, e ficava pior na Bexley. Em casa era o meio-termo.

Nick ligou a TV e perguntou:

— Você também disse não para a Bowdoin?

— Disse — respondi. *Antes de dizer não para a Trinity.*

Senti o olhar dele em mim, mas mantive os olhos colados na reprise de *SVU*.

Nick soltou o ar.

— Você não quer jogar, não é?

Concordei, balançando a cabeça de um lado para outro.

Ele ficou em silêncio por um segundo e, quando eu o fitei, vi que estava assentindo.

— Então acho melhor você resolver isso — disse ele. — Não é justo com os treinadores. Eles precisam saber que não está interessado para que possam convidar outros jogadores.

— Eu sei — respondi. — Você acha que não pensei nisso?

Nick parou de falar, mas voltou ao assunto alguns minutos depois.

— Hum... Então em qual você vai se inscrever?

Pigarreei.

— Alguma bem longe daqui.

Nick riu.

— Engraçadinho.

Eu não disse mais nada. Em vez disso, comi o restante do bolo. Quando ele parou de rir, fiquei me perguntando se tinha entendido o que eu quis dizer. Eu não pretendia cursar uma faculdade na Nova Inglaterra. Não queria me formar na Bexley só para ir para outro campus pequeno no nosso estado ou nos arredores.

— Eu quero fazer alguma coisa diferente — confessara eu para Luke. — Estou cansado. Estou cansado dessa bolha. — Minha voz falhara. — Eu *preciso* de alguma coisa diferente.

Eu achara que ele fosse rir de mim, a pessoa cujo nome todo mundo conhecia, mas ele não rira, apenas assentira, pensativo.

— Você quer ter mais espaço. Sair dessa bolha.

Eu assentira também.

— Exatamente.

Agora, eu esfreguei a testa.

— Foi mal.

— Por quê? — Nick me olhou. — Não precisa se desculpar. Vai ser estranho não ter você por perto, mas já sabíamos que não íamos estudar no mesmo lugar. — Ele fez uma pausa. — Só acho que você deveria contar isso para os nossos pais.

Suspirei.

— Acho que isso é um problema para o Charlie do futuro.

— Que tal do Charlie de *amanhã*?

— Tá legal. Mas só se o Nick de amanhã estiver ao meu lado para me dar apoio moral.

— Claro que eu vou estar.

— Sério?

— Óbvio — disse ele no meio de um bocejo. — Você é meu irmão gêmeo. Eu sempre vou te apoiar.

Nick adormeceu no sofá, abraçado com Sundance. Cass me seguiu quando subi depois de ter limpado todas as provas incriminadoras e apagado as luzes lá de baixo. Ele se acomodou no pé da minha cama enquanto eu escovava os dentes. Então tirei a roupa, ficando só de cueca, e entrei embaixo das cobertas. Ainda era meio de outubro, mas minha mãe já tinha colocado lençóis de flanela. Ela sabia que eu os adorava.

Meu quarto em casa era silencioso, tão silencioso que dava para ouvir o tique-taque do relógio em cima da cômoda. Sage o chamava de *o túmulo*. Ela dormira algumas vezes aqui durante as férias, geralmente isso acontecia quando um de nós estava chateado. Eu me lembrava de quando estávamos no sexto ano e ela estava arrasada por causa do divórcio dos pais, então resolvi trazê-la escondido para minha casa depois que todo mundo tinha ido dormir e a abracei enquanto ela chorava.

Cass já tinha apagado e eu fiquei ouvindo sua respiração pesada por alguns minutos antes de pegar meu celular. Passeis pelos números, pressionei e esperei.

Ele atendeu depois de dois toques.

— Alô?

— Oi — disse eu.

— Ah, oi...

— Eu te acordei? — perguntei.

A voz dele soou estranha. Eu não teria ligado se desconfiasse de que estava dormindo. Já era um pouco mais de uma da manhã, e Luke me dissera que, aos sábados, ele costumava dormir depois das duas.

— Eu só fico mexendo no computador — explicara ele. — Em um minuto estou no YouTube assistindo a alguma entrevista de Jimmy Kimmel com Matt Damon e, meia hora depois, estou na Wikipédia lendo sobre vampiros.

Desde então, passei a chamar as atividades noturnas dele de "Vórtices de sábado à noite", e agora eu acordava aos domingos com mensagens de fatos aleatórios.

Abraham Lincoln era fã de ostras importadas, ele me informara na semana passada.

— Não. — Luke soltou um suspiro profundo. — Eu não estava dormindo.

— Você tá bem, então?

Seguiu-se um ou dois segundos de silêncio, e ele pigarreou.

— Tá tudo bem — respondeu em voz baixa. — Eu só não sou muito bom em conversar por telefone. Se depender das minhas irmãs, eu nem peço uma pizza.

Eu ri.

— Mas você não está pedindo pizza. Está conversando comigo.

Outro momento de silêncio.

— É, acho que é isso.

— E como foi seu dia? — perguntei, deitando de costas.

Cass nem se mexeu quando eu o chutei sem querer. Ele dormia como uma pedra.

— Igual a todos os outros sábados — contou Luke. — Fui para aula e depois cochilei...

Sorri. Luke nunca ia almoçar nas quartas e nos sábados, os dois dias em que só tínhamos aula de manhã. Em vez disso, ele voltava para o quarto para dormir um pouco antes do cross-country à tarde.

— ... e eu tive um pesadelo em que um presunto me perseguia.

Eu levantei uma das sobrancelhas.

— Como é que é? Um *presunto* estava perseguindo você?

— Eu sonho com isso desde que eu era criança.

— Estamos falando de um presunto tipo tender, com mostarda e mel? Ou...

— Uma fatia fina com mãos e pés do Mickey Mouse.

Balancei a cabeça.

— Você é tão *estranho*.

— O que você acha que significa?

Dei risada.

— Acho que não sou qualificado para responder.

— Você não é o principal perito de interpretação de sonhos?

— Quem dera.

Ele não respondeu, mas provavelmente estava com um sorriso nos lábios.

— Tudo bem, continuando. — Peguei um travesseiro e o abracei. — E o que aconteceu depois da *siesta*?

— Comi um muffin de chocolate bem nutritivo no Tuck. Depois parei no departamento de correspondência...

— Para pegar o pacote de Halloween? — interrompi.

Até aquele momento, a mãe de Luke tinha enviado a ele dois pacotes e, ao que tudo indicava, ela dera a entender que os próximos seriam *festivos*.

— Não, não para pegar o pacote da minha mãe — disse ele. — Ainda é dia *dois* de outubro. Calma.

— Três — corrigi. — Já passou da meia-noite. Hoje é dia três de outubro.

— E você agora tem dezoito anos — comentou Luke.

Assenti, mesmo que ele não pudesse ver.

— Desde as 21:26.

— É um bom horário.

— Valeu. E quando você nasceu? — Eu sabia que Luke tinha feito aniversário em agosto. Ele parecia mais novo, mas definitivamente era mais velho do que a maioria dos alunos da nossa turma. Vários alunos do CPE eram.

— Eu nasci às 8:15.

— Então você nasceu às 8:15 do dia 15/08?

— Exatamente.

— Estranho.

— Ou um momento de alinhamento perfeito?

Abri a boca, mas não respondi, ouvindo alguma coisa no corredor. *Nick zumbi indo deitar na cama*, determinei. Não falei até ouvir a porta dele fechar.

— Então — sussurrei — o que você foi pegar no departamento de correspondências?

Luke também começou a sussurrar.

— Não posso te contar.

— Por que não?

— Porque vai estragar a surpresa.

Levei um segundo para entender.

— Você comprou um presente de aniversário pra mim?

— Não é nada de mais.

— Ah, pode devolver, então. — Engoli o nó na garganta. — Só aceito presentes impressionantes.

Luke riu e abracei mais o travesseiro. A risada dele era a melhor, e eu sempre sorria quando a ouvia. Ela era daquele tipo que dá vontade de gravar para usar como toque de celular.

— O que seus pais te deram? — perguntou.

Suspirei.

— Nick e eu sempre pedimos ingressos para o jogo dos Rangers. Não somos muito criativos.

— De Natal também?

— Não. Aí a gente pensa com mais calma.

— Bom. Não pode facilitar demais para eles.

— Não facilitamos — brinquei. — Foi por isso que nos mandaram para o colégio interno.

Mais risos.

— E você? — perguntei. — O que sua mãe te deu de presente de 18 anos?

Ele pigarreou.

— Um cartão American Express.

— Uau — disse eu. — Ela deve confiar muito em você.

— Acho que está mais para querer me *vigiar*. Acho que ela configurou a conta para receber notificações sempre que eu usar o cartão.

— Então um fim de semana em Paris está fora dos planos?

— Infelizmente, sim.

Eu ri e depois perguntei como foi a festa. O tema dessa semana foi "Euroestilo". Outro dia, Nina tinha falado sobre descolorir o cabelo, e Sage mencionara alguma coisa sobre botas de leopardo.

— Ah. Eu não fui.

— Não foi? Nada de calça de couro para você?

— Não. Eu meio que fiquei por aqui mesmo... É muito cansativo, sabe? Ficar rodeado de gente o tempo todo.

— A Bexley é assim mesmo — afirmei. — Sempre tem alguém por perto.

Ele suspirou.

— Pois é. Deu para perceber. Estou com inveja de você, que está em casa agora.

— Ah, não é tão bom assim.

— Até parece.

Sorri.

— Tudo bem, é muito bom estar em casa.

Luke resmungou.

— Aposto que sua mãe vai fazer rabanada de café da manhã para você amanhã.

Abri ainda mais o sorriso.

— É a especialidade dela.

— Você é cruel — murmurou ele.

Eu dei uma risada que saiu no meio de um bocejo.

— Acho melhor a gente desligar agora — disse Luke em seguida. — Parece que o aniversariante já está caindo de sono.

— Não. — Eu me virei de lado, na posição que gosto de dormir. — Continue falando. — Bocejei de novo. — Curto ouvir você falando.

— Sério? — Ele pareceu ter gostado daquilo.

Assenti.

— Sério.

— Eu não sou um caso perdido no telefone?

Deixei meus olhos se fecharem e assenti de novo, cansado demais para perceber que Luke não tinha como me ver.

— Você ainda está aí? — Ouvi quando ele perguntou um pouco depois. A voz estava distante como se eu estivesse sonhando.

Então respondi como se tudo realmente *fosse* um sonho.

— Queria que você estivesse aqui — confessei. — Teria sido muito melhor se você estivesse aqui.

Àquela altura, eu já estava apagado demais para entender direito a resposta dele, mas pareceu muito com:

— Também estou com saudade.

ONZE
SAGE

Organizado na última semana de outubro, o fim de semana da visita dos pais era para ser um evento pitoresco no campus, com céu azul e as folhas da cor do cabelo dos gêmeos soltando-se das árvores e caindo no chão. Mas este ano não foi assim. Em vez disso, estava chovendo. Os guarda-chuvas abriam e fechavam pela Belmont Way enquanto nossos pais participavam de reuniões com professores, e os alunos aproveitavam a folguinha das aulas de sábado. A maioria das pessoas estava no Porão da Knowles, mas Luke e eu decidimos ficar no meu quarto.

— No que você está pensando? — perguntei em determinado momento, notando que ele estava mordendo o lábio.

— No quanto o seu quarto está precisando de uma limpeza — respondeu, fazendo um gesto para a bagunça. — Isso aqui parece mais uma zona de guerra.

Eu ri enquanto meu celular vibrava. Nicholas! apareceu na tela.

— Se for a Nina, eu *não* estou aqui.

— Não é ela. — Dei uma risada.

A mensagem de Nick dizia: Chuva, chuva, por que não vai embora...

— Ah, então só pode ser o outro Carmichael, o seu namorado secreto.

Levantei a cabeça.

— Do que você está falando?

Luke me lançou um olhar.

— Nick Carmichael é o cara por quem você sai de fininho todas as noites de sábado para ver. — Ele balançou a cabeça. — Não é muito difícil chegar a essa conclusão. Sempre que ele entra no Addison, você ajeita o cabelo na mesma hora e se esforça para não olhar para ele a cada dez segundos, e quando você não está olhando para ele, é ele que está olhando para você. — Luke riu. — E sempre que vocês se entreolham, você sorri e olha para o chão.

Que droga, Luke Morrissey!, pensei. *Por que você tem que ser tão observador?*

Eu assenti, mas com relutância.

— É, mas ele não é meu namorado. Talvez um dia, mas não hoje.

Luke levantou as sobrancelhas, e meu celular vibrou de novo antes que ele pudesse dizer outra coisa. Daquela vez *era* a Nina. Escorreguei o dedo na tela para ler:

Você acha que Luke aceitaria ir ao baile comigo?

Putz, pensei, e eu devia ter ficado pálida, porque Luke suspirou.

— É a Nina te perguntando se ela deve me convidar para o baile, não é?

Não consegui me conter depois que vi a expressão no rosto dele.

— Posso fazer uma pergunta pessoal?

— Claro.

Eu hesitei, sem saber o que dizer. Eu nunca tinha feito aquela pergunta para ninguém. Havia um jeito certo ou errado de perguntar isso?

— Hum... — Eu segurei o elástico de cabelo no meu pulso. — Você é gay?

Olhei para Luke e vi um sorriso perplexo no rosto dele. De repente, senti meu rosto pegar fogo, provavelmente estava tão vermelho quanto o batom de Taylor Swift.

— Ai, meu Deus! — exclamei, completamente sem graça e desejando desesperadamente consertar as coisas. — Você não é, né? Eu sou muito idiota. Você só não está a fim da Nina. Luke, eu estou tão...

— Ei, calma — interrompeu-me ele, rindo.

— Eu estou tão *sem graça* — gemi.

— Mas não precisa ficar!

— Então, se você não gosta dela, de que tipo de garotas você gosta? Ele parou de rir.

— Eu não gosto de garotas.

Abri a boca, mas nada saiu.

— Você estava certa — disse Luke. — Eu acho os garotos tão lindos quanto você acha.

— Então, por que você está rindo?

— Porque você é a primeira pessoa que já me fez essa pergunta de forma tão direta.

Peguei meu travesseiro e o abracei.

— Quer dizer que ninguém sabe?

— Não, não. — Ele fez que não com a cabeça. — Minha mãe e minhas irmãs sabem e alguns amigos... e os tios de Charlie também. Eu contei para minha mãe antes que ela precisasse perguntar, mas você sabe, eu não tive a chance de contar para o meu pai... — Ele deu de ombros com um pouco de tristeza. — Então, respondendo à sua pergunta, eu sou.

— Quando foi que você contou para sua mãe? — Eu me inclinei para a frente, fascinada. Meu tio Eric era gay, mas eu não sabia como nem quando ele tinha se assumido.

— Há três anos, quando eu tinha quinze — revelou.

— E como foi? — perguntei, mas logo completei: — Desculpe se eu estiver me intrometendo demais.

— Não, tá tudo bem. Na verdade, eu escrevi uma carta para ela... Eu escrevo cartas para ela desde que eu era criança. Às vezes era para falar sobre coisas bobas, tipo pedir para tomar um sorvete naquele dia, ou para reclamar que a Bec estava pegando minha bicicleta sem pedir, mas a maioria era para dizer como eu a acho incrível e como eu a amo. — Ele ficou em silêncio por um tempo. — Eu deixei a carta na escrivaninha dela e, mais tarde na mesma noite, vi que ela havia deixado outra para mim no meu quarto.

Dei um sorriso para ele.

— Ela parece ser maravilhosa.

Luke assentiu, rindo.

— Keiko Morrissey é o máximo. — Ele parou de falar. — Mas, Sage?

— Oi?

— Tudo bem você saber. Na verdade, fico feliz que você saiba... Mas será que você poderia não contar para ninguém ainda? Eu só... não quero que me tratem de forma diferente. Eu não tenho vergonha de quem eu sou, mas não quero que isso seja uma questão nem nada. Prefiro ser conhecido como o CPE de cross-country ou o CPE de Michigan do que o CPE gay.

— Claro — concordei, incrivelmente emocionada por ele ter compartilhado tudo aquilo comigo. — E só para esclarecer, Luke Morrissey, *você* é o máximo.

Ele ficou vermelho.

— Então, agora você tem que me contar. — Eu dei um sorriso. — Você está a fim de alguém?

Luke ajeitou os óculos.

— Desculpe, Sage, mas você vai ter que me dar muito mais cereja em calda para conseguir essa resposta.

Como o jogo de futebol de Nick tinha sido cancelado junto com todos os outros, o musical *Into the Woods* era o principal evento.

— Tudo bem, sobre o que é a peça? — perguntou meu pai quando nos sentamos.

Minha mãe estava segurando um buquê de rosas para Charlie.

— Uma história que mistura todos os contos de fada clássicos?

Nesse momento, depois de um musical espetacular, caía um pé-d'água, então todo mundo precisou voltar para os alojamentos. As meninas e eu estávamos ouvindo Nina tocar "Sparks Fly" no violão, enquanto remexíamos na caixa de esmaltes de Reese.

Ah, escreveu Nick depois que mandei algumas opções de cores para ele por mensagem, vem ficar comigo?

Em vez de responder, mandei para ele outra cor. Ele queria que eu enfrentasse a chuva para curtirmos um tempo juntos na sala comum da Mortimer, mas eu não podia. Não haveria outras garotas por lá esta noite. Mesmo querendo ir, eu sabia que seria só eu, o que deixaria a nossa situação muito óbvia.

Nick não respondeu na hora, então bloqueei meu celular e aplaudi Nina antes de me decidir por um tom de azul-escuro que lembrava a cor dos paletós dos meninos. Dei um sorriso. Era uma cor tão familiar. Era fácil imaginar os garotos da Bexley usando paletó e gravata em ocasiões especiais. Meu celular não voltou a vibrar até a segunda camada de esmalte secar. Era o Nick de novo: senha?

Com um emoji de carinha piscando.

E lá estava ele quando eu desci correndo, do lado de fora da porta dos fundos. Só a Mortimer tinha senha, mas nós precisávamos da nossa carteirinha de aluno para entrar nos nossos alojamentos.

— O que você está fazendo aqui? — Abri a porta, gritando por causa da tempestade. Ele estava encharcado e tremendo na escada. — Cadê seu guarda-chuva?

Nick não disse nada, só me puxou para ele. A água escorria pelo cabelo e molhou o meu rosto.

— Eu queria ver você — disse ele. — E você não ia vir, então...

Eu não consegui conter o sorriso.

— Você é igual aquele cara na música da Taylor Swift. Aquele que a beija na chuva.

Nick riu.

— Que música? — Ele beijou minha testa. — Ela tem várias sobre chuva.

— Verdade.

Nick não tinha vergonha de sua devoção à fase country de Taylor. Peguei o braço dele para levá-lo para cima. Eu mandaria uma mensagem para as meninas dizendo que Charlie tinha vindo me ver. Elas nos deixavam em paz sempre que ele fazia isso.

Mas Nick hesitou. Já estava muito tarde para conseguir permissão do supervisor da Casa e teríamos muitos problemas se o flagrassem no meu quarto. Receberíamos uma advertência, no mínimo. Talvez até uma Grave (ou seja, um *Aviso de Infração Grave*).

— Não sei, não, Morgan...

— Ah, para de bobeira — insisti. — O Charlie sempre vem e ninguém nunca descobriu. — Dei uma risada. — A gente quase foi pego uma vez. A sra. Butler bateu na minha porta, então, ele se escondeu embaixo das cobertas e eu coloquei um monte de travesseiros por cima.

Sob a luz fraca da escada, Nick contraiu o maxilar.

Eu o puxei de novo.

— A gente pode assistir a um filme, e eu tenho *chocolate*...

— Você tem? — Nick adorava doces.

— Nós fizemos um pretzel com M&M maravilhoso ontem à noite.

— Hum. — Nick gemeu. — Devem estar épicos.

— Estão mesmo. — Dei um beijo no pescoço dele. — Que pena que estão lá em cima...

Nós nos sentamos na minha cama e nos encostamos na parede, equilibrando meu notebook no colo de Nick e um pote de doces entre nós. O casaco encharcado estava no encosto da minha cadeira, e ele tinha sacudido o cabelo como um golden retriever. Fiquei passando a mão pelo cabelo dele, que sempre ficava encaracolado quando chovia.

— Não acredito que você nunca viu esse filme — disse Nick com a boca cheia de pretzels e chocolate. — É um clássico.

Desde que Nick revelara seu amor por *Doce lar*, conversamos sobre nossas comédias românticas favoritas, e ele ficou chocado ao descobrir que eu não fazia ideia de quem era Nancy Meyers.

— Tá de brincadeira — Ele arregalara os olhos. — Nancy Meyers? Que dirigiu *Operação cupido*?

— Esse eu já vi. É claro. As meninas que brigam no acampamento de verão e acabam descobrindo que são irmãs gêmeas e trocam de lugar, uma para conhecer a mãe, e a outra para conhecer o pai? — Eu ri. — Elas também eram ruivas...

Ele rira.

— Exatamente. — Ele assentira e pigarreara. — E o filme *O amor não tira férias*?

Eu olhara para ele sem reação.

Por isso, neste momento, estávamos vendo os créditos de abertura do filme de 2006, no qual duas mulheres, Amanda e Iris, trocam de casas para passar o Natal e fugir dos problemas delas com homens.

— Uau! — exclamei quando a casa de Amanda na Califórnia apareceu na tela. Uma mansão branca maravilhosa que brilhava à luz do sol. O completo oposto do atual ar sombrio da Bexley. — Eu daria qualquer coisa para estar lá agora.

— Eu também. — Nick me abraçou e eu me aconcheguei a ele, sentindo os movimentos de sua respiração. — A primeira vez que assisti a esse filme foi com a minha mãe — contou-me um pouco depois. — Um dia eu tive que ficar em casa porque estava gripado e, desde então, as comédias românticas meio que viraram nosso lance sempre que estava doente e faltava aula. Foi ela que me apresentou o *Doce lar* também.

Levei um segundo para responder. Não sabia o que dizer. Nick e a mãe, sentados no sofá assistindo a comédias românticas?

A coisa mais fofa do mundo.

Mas Nick interpretou errado meu silêncio. Ele revirou os olhos.

— Eu sei que parece uma coisa gay. Tipo *muito* gay.

— Não — retruquei bem rápido, tentando não fazer careta diante das palavras dele. — Não é nem um pouco, Nick. É fofo...

Meus olhos se afastaram da tela e pousaram na minha *chaise*. Ou, como Luke gostava de chamar, *sofá da terapia*. Exatamente o lugar onde ele se sentara algumas horas antes e me contara algo tão especial.

Antes que eu me desse conta, Iris e Amanda tinham voltado cada uma para sua casa depois de descobrirem o amor-próprio e o amor verdadeiro.

— Muito bom, né? — perguntou-me Nick assim que os créditos começaram a subir.

— Demais. — Assenti e o beijei. — Eu amei. — O fato de Amanda ter terminado com o irmão de Iris não passou despercebido a mim. — Antigo, mas muito bom.

Nick sorriu.

— Eu disse.

— Tem razão — respondi suavemente, olhando para o sofá da terapia, mas eu não estava mais pensando em Luke.

— Ei. — Nick fechou o notebook. — Pra onde você foi? Parece que está em outra galáxia.

Aquele era o jeito de Nick dizer que alguém estava distraído.

— Hum, foi mal — respondi, piscando. — Estava pensando no Charlie.

— No Charlie?

Dei um sorriso.

— É, na apresentação. Eu estava pensando em como ele foi incrível.

O Príncipe Encantado de Charlie tinha sido icônico. Tão grandioso que Reese até comentou: "Não conte a ninguém, mas eu queria muito jogá-lo contra a parede e beijá-lo até dizer chega."

Ele tinha encantado todo mundo.

Nick assentiu devagar. Só uma vez. Agora era ele quem estava em outra galáxia.

— Tá tudo bem? — perguntei.

— Não deixe o Charlie entrar embaixo das suas cobertas de novo — murmurou ele.

Eu inclinei minha cabeça.

— Oi?

Nick fechou os olhos.

— Por favor, não deixe o Charlie deitar na sua cama de novo. Como você me contou antes. — Ele engoliu em seco. — Se é para ser só nós dois...

— Não se preocupe. — Eu ri de forma despreocupada. Foi tudo que consegui pensar em fazer. — Sério mesmo. Você não tem *nada* com que se preocupar. Ele só precisava de um lugar para se esconder.

Vi Nick olhando para o meu armário lotado, como se dissesse, *bem, ali não é um lugar perfeito?*

Não, pensei com o coração disparado. *Ninguém deveria ter que se esconder lá dentro.*

Nick não captou o que eu quis dizer e falou:

— Na verdade, esquece, porque ele não diz, de fato. Acho que seria muito difícil. — Ele riu. — Você tem tanta coisa ali dentro!

Tentei rir com ele.

— Com certeza. Eu sou acumuladora.

Ele me abraçou.

— É melhor eu ir.

— Não, não é.

Escondi o rosto em seu peito e o abracei apertado.

Nick me abraçou mais forte e me levantou do chão. Meus olhos ficaram marejados de lágrimas. Estava cada vez mais difícil me despedir dele. *Sempre*, pensei. *Eu quero sempre estar com ele.*

Mas, no instante seguinte, ele estava fechando o zíper da capa de chuva.

— Então, tenho uma pergunta para te fazer — disse enquanto eu ajeitava a gola do casaco dele. — Você quer ir ao *baile* comigo?

Deixei meu braço pender ao lado do corpo e ofeguei, esperando que ele não percebesse.

Ele percebeu.

— Eu sei que a gente não...

— Não, não é isso — respondi rapidamente. — É só que Charlie sempre foi o meu par para o baile.

— Mas ele está saindo com a Val.

— Eu sei, mas ele vai terminar com ela antes do baile.

Com certeza. Charlie *não tinha* me contado, mas eu sabia que ele terminaria. A gente sempre ia juntos ao baile.

— Ah... tudo bem.

Nick olhou para a minha cama, com travesseiros e cobertores espalhados. *Por favor, não deixe o Charlie deitar na sua cama de novo.* Senti um aperto no peito. Ele ainda não acreditava em mim, e eu não sabia o que mais eu poderia dizer para *fazê-lo* acreditar no que eu estava dizendo. Na verdade, eu achava que só o Charlie seria capaz de fazer isso.

Um dia. Essa era a minha esperança. *Um dia.*

— Olha, você pode convidar quem você quiser — acrescentei. — Sabe, se você quiser.

— Você está falando sério? — perguntou ele.

— Claro! — Tentei parecer animada. — Eu não me importo se você levar alguém.

— E eu preciso da sua... hum... aprovação para quem eu vou convidar?

Fiz que não com a cabeça, mesmo que Emma Brisbane tenha surgido nos meus pensamentos, e a ideia do Nick abraçado com ela...

— Não, Nick — respondi. — Claro que não precisa!

Depois, consegui levá-lo até lá embaixo sem ninguém ver e o deixei me puxar para um beijo na chuva.

Faíscas, pensei, enquanto eu sentia um frio na barriga. *Sage, o que está acontecendo? Você vai acabar fazendo exatamente o que Charlie previu naquele dia na praia.*

DOZE
CHARLIE

A festa depois do musical era só para os formandos. Apesar da chuva forte, Greer, os meninos e eu nos encontramos no campo de beisebol por volta das onze horas da noite, providos de Gatorade e Grey Goose.

— O Mikey nunca decepciona! — disse Josh Dennings, tirando duas garrafas de vodca do esconderijo que ficava na área coberta para os jogadores reservas do time.

Mikey era um dos funcionários da equipe de manutenção da Bexley, e não era segredo que, se os alunos quisessem alguma coisa — bebidas, maconha etc. —, ele arranjaria para nós. Até agora, eu só tinha o visitado uma vez naquele ano, quando meu lado rebelde precisara de um pouco de Bacardi. "Charlie", dissera ele enquanto nos cumprimentávamos com um soquinho. "Eu estava mesmo me perguntando quando você ia aparecer por aqui. O que que manda?"

Misturei o Grey Goose de Josh no Gatorade de laranja de todo mundo e, depois, avisei para agitarem bem antes de beber. Ou, no caso de Greer, virar tudo *de uma vez*.

— Nossa, cara — falou Josh. — A Cinderela não está mesmo de brincadeira!

Então todos nós fizemos o mesmo para provar que também conseguíamos. Acabei de beber primeiro e joguei a garrafa no piso de concreto da área coberta. *A vitória é minha*!

— Tá legal, Charlie — disse Greer mais tarde, quando ela estava no meio de mais um screwdriver. — Me diz a verdade. — Ela suspirou. — Por que nunca rolou nada entre a gente? Você não pode negar que somos uma *ótima* dupla.

Dei de ombros e peguei outra bebida. E, então, enquanto Samir Khan e Josh discutiam se as vigas eram fortes o suficiente para eles se pendurarem, eu comecei a cantarolar "Come and Get Your Love". Um sinal de que eu precisava ir devagar, porque sempre que eu ficava bêbado, eu agia como se fosse a minha noite especial no karaokê. Da última vez que alguém ligou para a Sage, o toque do celular dela era uma gravação de voz da minha última performance. Eu tinha resmungado, mas Sage riu e disse: "Vou pedir para Reese me mandar o vídeo. Ninguém sabia que você era tão bom em bater o cabelo!"

— *Por favor,* Charlie, você tem que me explicar. — Greer choramingou de novo.

— Você sabe que estou com a Val — respondi.

— Mas...

Josh a interrompeu.

— Mas por que você quer tanto ficar com o Charlie, Greer? Eu realmente não entendo o que veem nele. — Ele olhou para mim. — Com todo o respeito, cara.

Revirei os olhos.

— Só para constar, Josh, muita gente me acha muito engraçado e fica caidinha por essa carinha bonita aqui.

Greer deu uma risada.

— Exatamente.

Josh suspirou.

— Tá legal, mas você está esquecendo...

— ... do fator Sage — completou Samir.

— Exatamente — concordou Josh. — Exatamente!

Greer pareceu confusa.

— Oi?

Continuei bebendo enquanto eles explicavam.

— Quem namora com o Charlie — começou Samir — *sempre* vem em segundo lugar em relação à Sage. Como todas as outras namoradas dele. Os dois se conhecem desde sempre, e eles podem até *dizer* que são "só amigos" — ele fez aspas no ar —, mas todos nós sabemos que vai ser mais do que isso um dia. Tipo, é inevitável.

— Exatamente — concordou Josh. — É por isso que tudo acaba depois de um mês. Porque *ninguém* se compara a Sage Morgan.

— Uau — disse eu em tom entediado. — Essa é uma teoria e tanto.

— E é mentira, por acaso? — perguntou Samir.

Dei de ombros, torcendo para que não notassem a forma como eu apertava a minha garrafa de plástico quase vazia.

— Vocês iam adorar saber, né?

Os caras riram, e eu virei o resto da bebida. Greer deu um suspiro melodramático e disse:

— Acho que você deveria tentar, Charlie. Diga para Sage como você *se sente*. Viva o seu felizes para sempre!

Eu me levantei do banco e testei para ver se eu conseguia me equilibrar antes de tentar andar. Por sorte, o mundo ainda não estava girando totalmente.

— Valeu, Greer — agradeci, procurando minha mochila. — Significa muito para mim. — Eu me virei para Samir e Josh. — Certifiquem-se de que ela chegue direitinho à Simmons.

Josh deu um passo na minha direção.

— Ei, não leve a mal o que a gente disse, Charlie.

— É — acrescentou Samir. — A gente só acha que vocês seriam um ótimo casal.

Assenti.

— Eu tenho que ir.

Só me dei conta de que não fazia ideia de onde era o quarto do Luke quando estava na escada... Eu nunca tinha ido lá antes. *Segundo andar ou terceiro?* Fiquei me perguntando, parando no meio da escada para o segundo andar e recuperando o fôlego. De alguma forma, corri a maior parte do caminho de volta até a parte principal do campus, o que me deixou um pouco tonto. Sem mencionar que eu estava encharcado por causa da chuva. Meu estômago também queimava, mas eu não queria pensar naquilo.

Terceiro andar, decidi. A maioria dos CPEs costumava morar no último andar, nos quartos não solicitados da loteria de quartos na primavera anterior. Eu me lembrei da animação de Jack por ser o primeiro a escolher. Ele acabara selecionando um quarto no segundo andar com banheiro privativo. "Meu quarto é imenso, Chuck!", anunciara ele. "É o *triplo* do nosso quarto do primeiro ano!"

Também não me ocorreu que a porta do quarto do Luke talvez estivesse trancada. Eu a encontrei depois de percorrer quase todo o corredor do terceiro andar, quando meus olhos focaram a placa com o nome dele:

Luke Morrissey
Curso Preparatório de Extensão
Grosse Pointe, Michigan

Embora a parte do Curso Preparatório de Extensão tenha sido riscada, e um garrancho anunciasse na lateral: *SUPERFORMANDO*. Balancei a cabeça, sabendo que aquela não era a caligrafia de Luke. A dele era bonita, interessante. Meio cursiva, meio de forma. De repente, fiquei imaginando como o meu nome ficaria com a letra dele. *Charles Christopher Carmichael*, pensei, enquanto segurava a maçaneta e batia com o ombro na porta. Mas não adiantou nada, a porta estava trancada.

— Não... — sussurrei.

— Oi? — A voz de Luke veio lá de dentro.

— Sou eu! — respondi.

Um segundo depois, ouvi o clique da porta destrancando e Luke estava parado diante de mim.

— Trouxe um negócio para você! — exclamei antes que ele pudesse dizer qualquer coisa.

Então me deixou entrar.

— O que é?

— Uma lembrança — respondi, abrindo a mochila.

Tirei meu moletom com zíper de dentro e o desdobrei para revelar a minha coroa de Príncipe Encantado. Era dourada e prateada, e eu me senti um ladrão, porque era contra as regras pegar qualquer item do figurino. *Mas e daí?*, pensei. *O que está feito está feito.* Quando dei um passo para entregá-la a Luke, comecei a rir. Ele estava usando a minha bandana azul do *Survivor*, que eu lhe dera um mês antes para a festa temática.

Com o rosto vermelho, ele rapidamente a tirou, deixando o cabelo todo bagunçado. Eu ajeitei seus fios, percebendo que ele devia ter acabado de tomar banho. As mechas estavam macias e úmidas, e o ambiente tinha cheiro de menta.

— Você roubou isto? — sussurrou ele enquanto eu o coroava.

Eu ri.

— Você achou que eu mandei bem?

— Muito. — Luke não piscou. — Magnético.

Ri de novo e pousei as mãos em seus ombros. *Magro*, pensei, sentindo os ossos através da camiseta. *Mas perfeito*. Então, escorreguei as mãos pelos braços dele, tocando a pele quente. A vodca tornava tudo tão fácil, não era mais um sonho.

— Eu quase me esqueci — murmurei.

Luke estremeceu.

— O quê? As suas falas?

Fechei os olhos e assenti.

— Bem na hora que entrei no palco. Eu vi você usando um moletom...

Parei de falar. Ele estava passando os dedos pelo meu cabelo molhado, de forma gentil, lenta e agonizante.

— Moletom? — perguntou ele.

— Isso. — Senti um arrepio no pescoço. Umedeci os lábios com a língua e mantive os olhos fechados. — O moletom cinza, com a logo preta da Adidas na frente. — Fiz uma pausa. — O que você deixou no meu quarto no primeiro fim de semana.

— Sim, eu me lembro vagamente.

Luke riu, e eu abri os olhos e o vi sorrindo para mim. Senti um aperto no peito.

Você poderia fazer isso, percebi, sentindo o corpo trêmulo. *É só se inclinar um pouco e beijá-lo.*

Então foi meio o que fiz... ou *comecei* a fazer pelo menos. Luke deu uns passos para trás, abrindo um espaço grande entre nós. Soltei um suspiro profundo e o observei enquanto ele ajeitava a coroa na cabeça.

— Você quer um copo de água ou um café? — Ele fez um gesto para a cafeteira em cima do frigobar.

Tossi.

— Não, por quê?

Luke olhou para o chão.

— Você está bêbado.

— Não estou, não — menti.

— Claro que está — disse ele, ajoelhando-se diante do frigobar.

Notei sua calça naquela hora: xadrez vermelho e preto. *Merda*, pensei, associando o pijama de Luke com o horário de dormir e, depois o horário de dormir com o horário para estar em casa. Que horas eram?

Peguei meu celular no bolso e me sobressaltei: 23:56. Eu só tinha quatro minutos.

— Tenho que ir — disse para Luke, e ele me entregou uma garrafinha de água.

Ele assentiu.

— Tá.

Eu não me mexi.

Luke olhou para a porta fechada. O corredor estava longe de estar silencioso: passos, risos, gritos. Todo mundo voltando para dormir. Ele pigarreou.

— Você vai se atrasar.

— Eu sei — respondi com a voz meio distorcida. Meus ouvidos estavam zunindo. — Eu só...

Luke levantou uma das sobrancelhas. *Estou ouvindo.*

Engoli em seco.

— Você não está a fim da Nina, né?

Ele negou com a cabeça.

— Nem de mais ninguém?

— Eu não sei, talvez. — Ele cruzou os braços. — Por que você se importa com isso?

Senti uma agitação dentro de mim e abri a boca para responder, mas alguém socando a porta me impediu:

— Pôquer no quarto do Brewster, Morrissey! — gritou um cara. — Dois minutos.

Olhei para o meu celular: 23:58.

TREZE
SAGE

Choveu no domingo também, e o céu ainda estava muito escuro quando Charlie e eu saímos para nossa corrida matinal na segunda-feira.

— Ei, vai mais devagar! — gritei quando ele seguiu na minha frente. Eu conseguia ver o vapor da nossa respiração no ar.

"O inverno está chegando", Nick teria feito a citação.

— Foi mal, foi mal. — Charlie diminuiu o ritmo para que eu pudesse alcançá-lo. Nossos passos estavam longe de estarem sincronizados, e eu sabia o que aquilo significava. Ele tinha algo a dizer, ou eu tinha, ou nós dois tínhamos.

Nós dois, pensei, já que o meu segredo me consumia por dentro, e Charlie corria como se estivesse fugindo de alguma coisa.

Resolvi testar.

— Aconteceu algo?

Ele pensou por um momento e balançou a cabeça em negativa.

— Você está preocupado com alguma coisa? — perguntei de outra forma.

— Será que eu devo terminar tudo com a Val?

— Ah — disse eu, fazendo os cálculos mentais.

Quatro semanas. É bem por aí.

— Eu não sinto nada — confessou ele de forma direta.

— Então termina logo.

Charlie assentiu e começou a acelerar de novo. Eu me esforcei bastante para acompanhá-lo.

— Sabe, *eu* sei de alguém que está a fim... — provoquei, distraída. Porque alguém definitivamente estava. Ele me contou bem depois do musical.

Charlie olhou para mim.

— E quem seria?

Mordi o lábio. *Merda*. Eu estava de mãos atadas, lembrando que prometi a Luke que não falaria nada para ninguém. Eu não poderia, *nem faria* isso com ele. De jeito nenhum.

Minha resposta genial foi:

— Adivinha!

Charlie riu.

— Erica Lee?

— Não.

— Hannah Rogers?

— Hum, não sei...

Como eu saio dessa? Fiquei me perguntando enquanto Charlie citava mais alguns nomes. *Minto?*

Mas, de repente, a verdade chegou. *Literalmente*.

— Desculpe o atraso — disse Luke, nos alcançando enquanto bocejava. — O despertador não tocou.

— Ou será que você não ouviu? — brincou Charlie.

Luke resmungou enquanto entrávamos na Darby Road.

— Nina e eu ficamos até tarde falando pelo FaceTime — comentou ele. — Ela precisava de ajuda com o dever de casa de espanhol. — Outro bocejo. — E aí...

— Ela te chamou para o baile? — completei, mesmo que Nina já tivesse me contado. Eu acordei com uma mensagem de: Vou sair com ele!!!

Luke assentiu.

— Afirmativo.

Charlie olhou para ele.

— E você aceitou?

— Claro — disse ele. — Vai ser divertido. — Ele alongou os braços acima da cabeça. — Tipo, seria *muito* mais legal se a Nina fosse o Shawn Mendes, mas...

Ele parou de falar e meu coração acelerou ainda mais do que o ritmo da corrida.

Muito mais legal se a Nina fosse o Shawn Mendes.

Merda, pensei. *Ele falou isso como se não fosse nada.*

Em resposta, Charlie diminuiu um pouco o ritmo.

— Hum, Shawn Mendes?

— Isso, o Shawn Mendes, cantor, modelo? — explicou Luke secamente. — Já ouviu falar dele?

Charlie se irritou.

Corremos em silêncio por um tempo.

— Bem, sinto muito, Luke — falei. — Mas se for para alguém ficar com o Shawn, esse alguém sou eu. Já fui a três shows e pretendo ir a muito mais, e os meus pôsteres são *incríveis*. — Dei de ombros. — É só uma questão de tempo.

Luke revirou os olhos e riu.

— Tudo bem, e quem é aquele cara do...

— Olha, é melhor eu ir — interrompeu Charlie parando no meio da corrida, com o maxilar contraído. — Está ficando tarde. Vocês se importam se a gente se separar por aqui?

— Tranquilo — respondeu Luke casualmente, virando-se para retomar a corrida.

Mas segurei a manga do Charlie, impedindo-o de ir. Meu segredo voltou a me consumir novamente.

— Espere. — Oféguei. — Tem uma coisa... — Engoli em seco. — Você quer ir ao *baile* comigo?

Charlie me lançou um olhar engraçado.

— Claro... — respondeu ele. — Achei que já fosse certo. — Um brilho de pânico surgiu nos olhos dele. — Ou alguém te convidou?

— Não — menti, sentindo o suor frio escorrer pelas minhas costas. Eu não podia contar para ele sobre Nick. Talvez uma parte de mim quisesse, mas não, Charlie não podia saber. — Ninguém me convidou. Todo mundo sabe que a gente sempre vai junto.

CATORZE
CHARLIE

Sage e as meninas estavam transformando o baile em um superevento. Não que ele já não fosse, mas, neste ano, elas estavam indo muito além.

— Que gravata você vai usar mais tarde? — perguntou Sage enquanto estávamos nas cadeiras de praia no campo de futebol (esse era o nosso lance, fingir que as arquibancadas não existiam). — Você lembra que meu vestido é azul, né?

— Que conveniente — respondi. — Eu vou usar minha gravata de ímã de gatinhas.

Ela gemeu.

— Sério?

— É a tradição.

Todos os anos, Nick e eu escolhíamos nossa gravata mais divertida para o baile. No ano passado, escolhemos o tema comida: eu usara uma gravata verde com vários tacos estampados, enquanto Nick usara uma vermelha coberta de cheeseburguers e canecas de cerveja (que infelizmente não impressionaram muito os supervisores do baile). A minha já mencionada gravata "ímã de gatinhas" da Vineyard Vines era azul-clara e coberta de desenhos de gatinhas e de imãs em formato de ferradura. Tinha sido um presente que ganhei dos Hardcastle muitos anos antes.

— Seu pai mencionou que você tem uma reputação no campus — brincara tio Theo depois que eu desembrulhara, enquanto toda minha família começava a rir.

— Obrigado — agradecera eu, encarando a gravata por um segundo. Não consegui tirá-la da caixa. Sabia que minhas mãos tremeriam se fizesse isso. Então, eu só dei um sorriso. — Eu vou usar sempre.

— Que bom ouvir isso. — Tia Whit retribuíra o sorriso. — Porque, diferentemente de Theo, eu achei que não combinava muito com *você*...

No início, eu tinha jurado que nunca nem ia tocar na gravata, mas, um dia, eu me vi dando o nó em volta do meu pescoço. A partir daí, ela meio que virou um talismã e um sinal de autoconfiança. Se eu usasse a gravata e me esforçasse muito, eu poderia ser aquele cara. O ímã de gatinhas.

O jogo de futebol do Nick já tinha começado quando todo mundo apareceu.

— Nina! Estamos aqui! — Sage acenou com os braços, enquanto toda a multidão comemorava de repente. Bexley tinha acabado de fazer o primeiro gol.

— O Luke vai nos encontrar aqui quando ele acabar — anunciou Nina, pegando uma latinha de refrigerante no cooler que trouxemos.

— Quando foi a corrida dele mesmo? — perguntou Sage.

— Há uma hora. Eu fui ver a largada.

— Ah, você é ótima. — Sage sorriu e entregou um refrigerante de baunilha para Jennie.

Tínhamos optado por bebidas meio retrô para o jogo. Apesar de estarmos em novembro, agíamos como se estivéssemos na praia em julho. *Eu sei, a gente é demais mesmo*, eu queria dizer para eles.

Durante o primeiro tempo, tudo que as garotas diziam entrava por um ouvido e saía pelo outro. Eu fiquei ali sentado, tomando meu refrigerante de laranja e assistindo a Nick jogar na posição de goleiro. Era bem legal, já que a Ames, a escola rival, mandava bem. *Esse é o meu irmão*, pensei depois que ele mergulhou para espalmar a bola.

— É isso aí, Nick! — gritaram Jack e Cody do banco.

Foi só no meio da partida que afastei o olhar do jogo quando alguém bateu no meu ombro.

— Primeiro lugar? — perguntei, esperando... ou melhor, *desejando* que fosse Luke.

Em vez disso, eu me deparei com o rosto sorridente de Val e senti uma queimação no estômago.

Tinha tentado terminar tudo com ela no outro dia, mas não rolara.

— Eu vou ao baile com a Sage. — Tinha sido o grande começo do meu discurso, só que não consegui o efeito desejado.

Val nem piscara.

— Tranquilo — concordara ela. — É uma tradição de vocês, né? Ir ao baile juntos.

— Isso. Todo ano. — Eu evitara encará-la.

— O que é perfeito para mim — havia acrescentado ela. — Porque as meninas do time de futebol vão todas juntas... — Então soltara uma risada. — Eu estava tensa de ter que te dizer isso. Não queria passar a ideia de que estava deixando o meu namorado de lado!

Então ela dera um beijo no meu rosto, e minha boca ficara seca, enquanto meu corpo ficava totalmente paralisado. Eu não tinha como esclarecer aquilo. Eu não tinha como terminar tudo naquele momento.

Eu era uma pessoa horrível, mas não *tão* horrível assim.

Ou era?

Seríamos oito no jantar antes do baile na cidade. O acompanhante de Jennie era o capitão da equipe de remo, Nina iria com Luke e, depois de semanas se esquivando de Jack, Reese tinha aceitado o convite dele.

— Mas isso não significa nada — dissera ela após aceitar. — É melhor você não criar *nenhuma* expectativa.

Jack assentira com ar solene.

— É o que veremos.

— Deve ser amor — cochichara Luke no meu ouvido enquanto nós o víamos se afastar.

Claro que meu par da noite era *a* Sage Morgan, com seu cabelo louro e comprido descendo pelas costas, vestido azul e os brincos de prata que eu tinha dado de presente de aniversário para ela em março.

— Casa comigo? — perguntei depois que nos abraçamos no pátio da Simmons, e ela deu uma risadinha.

Eu me obriguei a sorrir. *Não foi apenas uma brincadeira*. Às vezes eu pensava coisas assim; como seria se Sage e eu ficássemos juntos. Se realmente conseguiríamos ser do jeito que as pessoas achavam que deveríamos ser. Se *eu* realmente conseguiria ser do jeito que as pessoas achavam que eu era.

Então, eu sentia um aperto no peito, sabendo que aquilo era impossível.

O bistrô ficava entre a lavanderia e o Captain Smitty's, e era considerado um dos melhores restaurantes da cidade (o pior era o Peace Love Pizza e o melhor era o Bluebird Inn). O jantar começou com um problema: Sage e eu não concordamos onde deveríamos nos sentar. Nina e Luke se sentaram em uma das extremidades, e Jack e Reese, com quem eu preferia me sentar, escolheram a outra. Eu queria me distrair conversando sobre hóquei com Jack (ele não era capaz de patinar nem se sua vida dependesse disso, mas o cara sabia tudo da NHL de cor e salteado). Sage, porém, tinha outros planos e me puxou na direção da Nina e do Luke.

— O que foi? — perguntei. — Queria trocar uma ideia com Jack sobre o nosso time on-line.

Fizemos uma aposta com uns caras da Daggett e, por enquanto, Paddy estava ganhando.

Sage riu.

— Mas eu quero me sentar perto do Luke e da Nina.

Não respondi. Em vez disso, lancei um olhar que dizia: *É sério que a gente vai brigar por causa disso?*

Ela deu um sorriso radiante sem mostrar os dentes. *Pode crer que vamos!*

— Vocês não vão se sentar? — perguntou Jennie, e, quando me virei para responder, vi que ela e seu acompanhante tinham se sentado perto de Reese e Jack.

Suspirei. *Que ótimo.*

— Claro, a gente já vai.

Sage foi para perto de Luke, deixando-me com a única opção de me sentar em frente a ele.

Achei que essa situação era o menor de dois males, já que aquilo evitaria que começássemos conversas cochichadas, e eu não ficaria tentado a roçar o meu joelho no dele por baixo da mesa. Ainda assim, fiquei parado ao lado da cadeira por um tempo, meio que esperando alguém se oferecer para trocar de lugar.

Então, do nada, Luke apareceu do meu lado e puxou a cadeira para eu me sentar. O braço dele roçou no meu, e eu me controlei para não transparecer o quanto aquilo tinha sido muito bom.

— Satisfeito agora? — perguntou.

Imediatamente olhei para o outro lado da mesa, onde os outros quatro não tinham visto nada, ocupados demais ouvindo Jack falar sobre o Bruins. Eu me sentei.

— Valeu, Morrissey.

— O que foi isso? — Nina deu uma risadinha.

Luke deu de ombros.

— Ele só está acostumado a ser tratado como realeza por causa do musical. — Nossos olhares se encontraram. — Mas parece que está faltando a coroa. Você a perdeu ou algo assim?

Eu quase dei um pulo de susto e disfarcei cruzando os braços e me recostando na cadeira. Nenhum de nós dois tinha mencionado aquela noite no quarto dele até agora.

— Não sei bem — respondi com voz neutra. — Talvez eu tenha perdido... — Levantei uma das sobrancelhas. — Ou talvez alguém a tenha *roubado*. Vai saber.

— Ah, que pena. — Luke tomou um gole de água. — Era uma coroa legal.

— Você acha mesmo? — Inclinei a cabeça.

— Com certeza — respondeu ele. — Acho que...

— Olá, meu nome é Isaac e vou ser o garçom de vocês esta noite — disse uma nova voz.

Pisquei e afastei o olhar de Luke para um careca que estava pronto para tirar o nosso pedido.

— Oi — disse Sage com voz agradável. — Vamos precisar de mais uns minutinhos.

Quando estávamos terminando a entrada, ergui o olhar e vi Sage observando algo por sobre o meu ombro. Ninguém mais reparou, mas eu me virei e vi Nick. A primeira coisa que percebi foi a gravata — não era a com estampa de caveira sobre ossos cruzados e papagaios que ele mencionara mais cedo. Era a velha gravata xadrez vermelha e cinza. A gravata da Mortimer. *Que merda é essa?*, pensei.

Notei, então, quem estava com ele: Cody, Lucy Rosales e Emma Brisbane. Todos se encaminharam a uma mesa perto da janela, e Nick estava puxando a cadeira para Emma se acomodar. Ela sorria para Nick como se ele tivesse nomeado uma constelação em homenagem a ela. *Bravo, Nick*, pensei, já que eu tinha sugerido que ele a convidasse para o baile. As fantasias dele com Sage tinham que parar. Nick vivia aparecendo na nossa mesa na hora do jantar e, embora Sage sempre fosse educada, ela não parava de digitar alguma mensagem de texto enquanto ele falava. Ela não estava interessada. *Fala sério*, eu planejava dizer se ele hesitasse. *Emma é bonita e gosta de você de verdade, Nick. Ela não faz cupcakes para qualquer um. Você tem que convidá-la!*

Para minha surpresa, porém, ele não hesitara. "Vou convidá-la. Boa ideia."

Sage ainda estava olhando para a mesa deles alguns minutos depois. Ela estava um pouco pálida. Luke também notou.

— Tá tudo bem, Sage? — perguntou ele antes de mim. — O camarão não desceu bem?

— Ah, tá tudo bem — respondeu ela com tom de felicidade, mas resmungou depois: — Logo ela? Sério?

Porque, por algum motivo obscuro, Sage não era muito fã de Emma. "Eu não sei explicar", era como descrevia, "mas eu não a *suporto*."

Mas ela é gente boa, eu queria dizer. *Ela é gente boa e não vai partir o coração dele.*

O baile aconteceu no salão do Centro de Artes Cênicas e foi o meu primeiro do ano. Havia duas pistas de dança: uma no primeiro andar e outra no segundo, que tinha uma espécie de hall próprio para o mezanino do auditório. O espaço fora projetado para oferecer uma vista panorâmica do andar inferior, de onde você podia ver o DJ e todo mundo lá embaixo, como se estivesse em um cruzeiro.

Nosso grupo ficou no primeiro andar na maior parte do tempo, dançando juntos no meio de um mar de pessoas, mas, depois, nos separamos e cada um foi para um lado. Sage e eu acabamos nos aproximando de um grupo de calouras e dançamos juntos por um tempo, mesmo durante as músicas mais rápidas. A mente dela parecia estar longe. *Será que era ciúmes?*, perguntei-me. Ao sairmos do Bistrô, havíamos parado para dar um oi ao Nick, e percebi o quanto Sage estava frustrada.

— Vocês ficam ótimos juntos! — dissera Emma para nós.

Eu sabia que Sage precisara usar todo seu autocontrole para responder:

— Vocês também. *Adorei* seu vestido.

Enquanto isso, eu perguntava ao Nick por que ele não estava usando a gravata, e ele meio que me fulminara com o olhar.

— Eu só não estava a fim.

Agora, porém, Sage tinha ido até o segundo andar com Nina, e eu estava encostado em uma parede perto da cabine do DJ com Luke. Nós dois estávamos segurando um copo de água (gostaria que fosse algo mais forte), e ele filmava Jack e Reese se pegando perto dos alto-falantes.

— Para quando ela negar — argumentou.

Luke deixou de filmar depois de um minuto, quando a sra. Collings mandou que os dois parassem com aquilo. Meu celular vibrou, eu o peguei no bolso e vi uma mensagem de Luke. A música estava alta demais para conversarmos.

A pergunta que não quer calar: coloco isso no nosso grupo agora ou mais tarde?

Ele estava rindo e, quando nossos olhares se encontraram, ele levantou uma das sobrancelhas. *E aí?*

Voltei a atenção para o meu celular: Manda ver.

Sempre apressado, respondeu ele.

Eu o encarei de novo e revirei os olhos. Luke soltou uma gargalhada, e quase fiquei sem ar. Mesmo que a música tenha praticamente abafado o som, a risada dele sempre fazia meu coração disparar. Era o melhor som. Meus dedos voaram pelo teclado da tela e eu enviei a mensagem antes de pensar duas vezes. Amo sua risada, apareceu no balãozinho azul.

Vi Luke ler a mensagem e abrir um sorriso. O celular tremeu na mão dele enquanto ele digitava a resposta. Senti um frio na barriga quando o meu telefone vibrou:

Tem algum lugar em que a gente possa conversar?

Nos entreolhamos de novo, e Luke parecia estar exatamente como eu: morrendo de medo. Vi o brilho de nervoso nos olhos dele e mordi a parte interna da bochecha, concordando com a cabeça.

No fim do corredor, havia a sala de reuniões Edelson, que era usada como uma sala de espera para os palestrantes convidados. Eu não sabia se queria que ela já estivesse ocupada ou não quando abri a porta e acendi a luz.

Estava vazia, e praguejei quando a luz forte me fez fechar os olhos. Aquele era o primeiro lugar bem iluminado que entrávamos desde antes do jantar. Então, a sala ficou escura de novo quando eu os abri novamente, e o iPhone de Luke iluminava o ambiente.

— Acho que a gente não devia estar aqui — disse ele baixinho.

— Não. Provavelmente não.

Acendi minha lanterna também, já que não sabia se era uma boa ideia estarmos em um lugar tão escuro. Iluminei o caminho até o sofá, e o meu coração acelerou quando Luke se juntou a mim. Ficamos em silêncio pelo que pareceram horas até que Luke começou a falar:

— Beleza, eu não quero ser esse tipo de pessoa. — Ele não olhou para mim. — Eu nunca *achei* que eu seria esse tipo de pessoa, alguém que analisa cada interação que temos nos mínimos detalhes e que conta quantas vezes nos olhamos. — Ele fez uma pausa. — Então, eu vou perguntar de forma direta: você gosta de mim? Mais do que como amigo? Porque é essa mensagem que estou recebendo de você, mas talvez eu só esteja me iludindo.

Não respondi.

— Porque eu gosto de você, Charlie — acrescentou. — Gosto tanto... — Ele hesitou. — E eu ficaria muito feliz se você se sentisse do mesmo modo.

Charlie, pensei. Ele me chamou de Charlie. Eu não o ouvi dizer meu nome desde o primeiro dia de aula, antes de nos conhecermos pessoalmente. Eu me lembrava de ter ouvido a voz dele e ficar imaginando quem ele era...

Mas você não pode fazer isso, disse eu para mim mesmo. *Isso* não pode *acontecer.*

Enfiei as mãos suadas embaixo das coxas e respirei fundo.

— Morrissey...

— Exatamente isso! — Eu me encolhi ao ouvir a animação dele. — Você não chama ninguém pelo sobrenome. Só a mim. E acho que isso é um escudo. Acho que me chamar de "Morrissey" te obriga a manter algum tipo de distância entre nós. Eu nunca ouvi você me chamar de "Luke".

Tentei engolir o nó na minha garganta.

— Mas até agora — respondi com um sussurro — você só tinha me chamado de "Carmichael".

— Só porque eu estava tentando te dar mole — admitiu ele. — E você *sabe* disso.

Eu não respondi, mas eu sabia.

— E você me leva até as minhas aulas...

Balancei a cabeça.

Luke viu e retrucou:

— Leva, sim, Charlie. Eu sei o seu horário. Você tem aula de francês no mesmo horário que eu tenho aula de história, e nós dois sabemos muito bem como o Knowles fica bem longe do Buck.

Nossa, ele tá ligado em tudo, pensei. Luke nunca tinha dado a entender que estava notando.

— E aquilo que aconteceu depois do musical? — continuou ele. — Eu sei que você estava de porre, mas o que *foi* aquilo?

— Não foi nada — respondi sentindo a garganta doer. — Você é meu amigo. É um bom...

— Sei que você está com medo — sussurrou Luke. — É assustador mesmo. Eu nunca me senti assim por ninguém. Mas, desde que a gente se conheceu, eu sinto um frio constante na barriga.

Senti o canto dos olhos pinicarem.

Luke tentou de novo.

— Por favor, Charlie, diz que você gosta de mim.

— Você é meu amigo — repeti, assentindo como se eu acreditasse naquilo. Comecei a piscar porque eu não queria que ele notasse que eu estava chorando. — Você é um ótimo amigo. E eu... hum... nunca me identifiquei tanto com alguém como me identifiquei com você.

Ele colocou a mão no meu joelho, provocando tremores na minha perna.

— E por que não podemos ser algo mais? O que está te impedindo?

Eu me levantei. Precisava sair dali.

— Sage deve estar me procurando. Ou a Val... A Val deve estar me procurando. Ela queria pelo menos uma dança.

Luke se levantou também.

— Charlie, espera...

Mas não esperei. Eu me afastei e o deixei sozinho no escuro.

QUINZE
SAGE

Sempre achei que as salas de estudo com parede de vidro da biblioteca eram ótimas para observar as pessoas. Dava para fazer o dever de casa de Cálculo e, de repente, olhar para cima e ver alguma coisa acontecendo. A bibliotecária guardando os livros, garotos passando pelo corredor e talvez um casal se esgueirando pela escada para "explorar" as estantes juntos.

Nunca tinha me passado pela cabeça que o vidro funcionava dos dois lados até que Nick e eu concordamos em estudar juntos uma noite. *Tudo bem*, disse para mim mesma quando a porta se fechou atrás de mim. *Tudo bem. É só manter as coisas profissionais, como se vocês estivessem fazendo um trabalho juntos ou algo assim.* Nick já estava sentado à aconchegante mesa de pinho, com o cabelo bagunçado.

— Oi. — Eu me sentei diante dele. — Como foi o treino?

O baile tinha sido duas semanas antes, colocando um fim aos esportes de outono. A temporada de hóquei estava para começar. Senti uma onda repentina de orgulho, feliz pelo Nick ter sido nomeado capitão daquele ano.

— *Argh*, foi bom, mas *brutal* também. É a semana de treino sem o disco.

Fiquei com pena e arfei. A semana de treinos sem o disco acontecia logo depois dos testes para o time titular, quando os treinadores de hóquei faziam o time patinar sem parar. Os jogadores não tocavam o disco no treino, só era permitido patinar com velocidade e fazer exercícios para aumentar o condicionamento físico.

— Fiquei sabendo — respondi. — O Charlie estava reclamando disso na aula de arquitetura de hoje.

Nick deu uma risadinha e revirou os olhos.

— É, mas ele *sempre* deixa a gente para trás nos treinos de velocidade. — Nick balançou a cabeça. — Ainda não entendo. Ele é tão bom, mas não vai jogar. Passou em todos os melhores programas universitários.

— Oi? — Eu parei de tirar as coisas da mochila. — Ele disse *não*? Ele não vai jogar?

Nick assentiu.

— Ele não me contou — sussurrei.

Charlie não mencionava nada relacionado à faculdade havia um tempo, e eu não perguntei. Eu sabia que ele tinha recusado a Bowdoin depois da sua visita nada animadora, mas depois ele simplesmente havia parado de falar sobre o processo. Uma sensação estranha invadiu meu estômago. Tínhamos só um mês até as decisões antecipadas serem enviadas. Apenas Nick sabia para qual eu ia me candidatar, e sua resposta me deu um pouco de confiança. "Gostei", dissera ele com um sorriso. "Consigo te ver estudando lá."

— Pois — comentou Nick. —. Em outubro Charlie disse que não queria estudar... em nenhuma universidade perto de casa.

Senti um aperto no peito.

Nenhuma universidade perto daqui?

— O que ele quer dizer com isso?

— Algum lugar longe da Nova Inglaterra. Pelo menos foi o que disse para os nossos pais. Ele explicou que estava pensando em outras opções, que não quer deixar o hóquei limitá-lo. Meu pai ficou arrasado no início. Ele estava torcendo para uma das onze universidades da associação universitária esportiva da Nova Inglaterra, mas está superando. Minha mãe também.

— Ah, que bom. — Ouvi-me respondendo, mas logo parei de falar.

Por que Charlie não tinha me contado? De repente, eu me senti muito mal por causa de todos os segredos entre nós. *Como chegamos a esse ponto? E como podemos voltar a ser como antes?*

— Então, acho que temos que esperar para ver — comentou Nick.

— Sim. Você tem razão.

Fizemos o dever de casa em silêncio pela hora seguinte, só parando para cutucar o outro com o pé por baixo da mesa. Eu ri quando Nick apoiou os pés nos meus joelhos e inclinou a cadeira para trás.

— Para com isso — repreendi, cobrindo a boca. — As pessoas vão ver.

Ele riu e deu de ombros, mostrando a covinha. Eu queria beijá-la, mas enterrei o rosto no livro de história. *Aqui não. Agora não.*

Mas a covinha de Nick não era a única distração. O celular dele não parava de vibrar.

— Quem é? — perguntei assim que ele desbloqueou a tela e começou a responder.

— A Emma — disse ele. — Fazendo uma pergunta sobre hóquei. Ela é a dirigente do time nesta temporada.

Assenti, mas cerrei os dentes. Emma era bem *legal*, eu não tinha nenhum motivo para não gostar dela, mas todo mundo tem alguém de quem não gosta gratuitamente; simplesmente não gosta e pronto. Emma era essa pessoa para mim. Havia algo nela que me incomodava ao extremo, e não tinha nada a ver com o fato de ela gostar do Nick.

Bem, tinha um pouco.

Você se divertiu?, perguntara eu para Nick depois do baile.

Muito!, havia sido a resposta dele.

Muito? Tipo, ficou claro que eles tinham se divertido. Nick e Emma eram amigos. Eu os vi dançando juntos, rindo quando ele parecia tropeçar nos próprios pés. Mas *muito*? Ele tinha se divertido *muito* com a droga da Emma Brisbane?

Então, quando Nick perguntara como tinha sido a *minha* noite, eu tinha respondido:

Não tenho do que reclamar!

Embora Charlie tenha praticamente me arrancado do baile. "Vamos logo", resmungara ele quando Nina perguntara onde Luke estava. "A gente tem que ir agora..."

Arrisquei pegar a mão de Nick por cima da mesa de estudo por um segundo. Ele soltou o lápis e entrelaçou os dedos com os meus e os levou até os lábios. Esperei um beijo, mas senti uma fisgada quando ele deu uma mordidinha de brincadeira.

Minha voz ficou ofegante.

— Nicholas Carmichael!

A covinha apareceu de novo.

— O que foi? — perguntou ele assim que ouvi passos pelo corredor.

Alguém estava vindo.

Soltei a mão dele e, um instante depois, Charlie passou pela nossa sala com o braço apoiado casualmente no ombro da Val, enquanto cochichava alguma coisa no ouvido dela. Nick pigarreou assim que eles desapareceram.

— Então, esses dois? — comentou ele. — Não consigo entender.

— Nem eu — concordei.

Charlie e Val continuavam juntos para a surpresa de todos na Bexley. Havia mais de um mês. Eu desconfiava que Charlie estava enrolando para terminar com ela desde a primeira tentativa frustrada.

— Mas ele vai terminar logo — acrescentei, sem conseguir segurar a verdade. — Eu *quero* que termine logo.

Nick franziu as sobrancelhas.

— Você quer?

— Quero. — Concordei com a cabeça. — Espero que ele veja logo que ela não é a pessoa certa para ele.

Eu me lembrei outra vez de como Charlie e eu tínhamos praticamente fugido do baile, e Nina não tinha conseguido encontrar Luke. Alguma coisa *tinha* que ter acontecido, principalmente porque Charlie começou a evitar Luke desde então. Todas as refeições dele agora eram com os caras do time de hóquei.

Nick não respondeu, e eu queria perguntar o que ele achava, se tinha a mesma sensação que eu, mas achei melhor não falar nada. Ele já tinha voltado a olhar para o dever de matemática.

Então, peguei a mão dele e dei uma mordidinha brincalhona exatamente como ele tinha feito comigo antes. Quando ele não reagiu, fiz de novo. Ele não riu, nem olhou para mim, mas vi um sorriso discreto em seus lábios.

— As pessoas vão ver — murmurou Nick.

Talvez eu queira que vejam, pensei.

Só que não disse em voz alta, porque eu sabia que eu não podia dizer aquilo.

Já estava escuro quando deixamos a biblioteca pela saída lateral, e Nick me acompanhou até o meu alojamento. O caminho de volta pela Darby Road não tinha iluminação. Mas, de alguma forma, Nick conseguia enxergar tudo.

— Cuidado! — dizia ele a cada minuto. — Um buracão!

Dei risada enquanto ele me abraçava pela cintura e me dava um empurrãozinho.

— Obrigada por avisar.

Nick beijou minha testa.

— Faço o que posso.

Luke jogou o resto da pipoca no lixo quando saímos do cinema no sábado. Fomos só nós dois, já que as meninas tinham saído com seus respectivos namorados. *O bando* era como tínhamos começado a chamar o nosso grupo.

— E aí? O que achou?

— Para ser sincera, eu meio que dei uma cochilada. Os diálogos de Wes Anderson são um pouco demais para mim, às vezes.

— Ah, pode acreditar, eu *notei* que você dormiu. — Luke deu uma risada. — Porque quando eu disse "olha o que está rolando lá trás", você não respondeu.

— O que estava rolando?

Luke ajeitou o boné, que estava com a aba para trás.

— Um casalzinho aproveitou que estava na última fila para ficar se agarrando.

— Nojento. — Revirei os olhos, mas pensei, *Acho que essa talvez seja uma boa ideia para mim e para o Nick*.

— Foi mesmo — concordou ele. — Principalmente porque a gente conhece o casalzinho.

Parei de andar.

— Sério?

— Sério.

— Quem era?

— Vou reproduzir um trecho da conversa, tá?

Concordei com a cabeça.

Luke pigarreou e falou com um tom que diz *não tenho tempo para essa merda*.

— "Nossa, que saco isso. Eles só ficam parados ali, divagando com essas roupas estranhas enquanto o narrador diverga sobre eles..." — Ele mudou de voz para imitar outra pessoa: — "Pois é, Val, esse é o estilo de Wes Anderson." — A irritação voltou, mas depois, ele a suavizou com um suspiro. — "Ah, desculpe, mas estou *muito mais* interessada em *você* do que em Wes Anderson..."

Fiz uma careta.

— E *depois* — acrescentou Luke — eles começaram a se agarrar.

Ele pareceu não ligar muito para tudo aquilo, mas eu peguei sua mão e dei um aperto de leve.

— Você acha que eles nos viram? — perguntei.

Luke fez que não e entrelaçou os dedos com os meus antes de voltarmos a andar.

— Duvido. Eles saíram quando faltavam dez minutos para o filme acabar.

Bem, se ele não vai ficar chateado com isso, eu também não vou, decidi quando comecei a balançar nossos braços para a frente e para trás. Luke riu e levantou tão alto que eu poderia girar por baixo deles.

— Eu sou tão boa quanto a Tate? — brinquei, sabendo que a priminha de Charlie adorava dançar com Luke quando ele ficava de babá. ("Sempre uma música da Disney", dissera ele.)

— É uma disputa acirrada.

Luke sorriu bem na hora que ouvimos alguém chamar:

— Ei, Sage! É você?

Ixi.

Luke e eu nos viramos e vimos Val e Charlie. Ela não parecia nem um pouco entediada, pendurada no ombro dele, e era impossível não notar os lábios inchados, enquanto Charlie tentava ajeitar o cabelo bagunçado. Olhei rápido para Luke, que estava com uma expressão impassível.

Abri um sorriso agradável.

— Oi, Val.

— O que vocês foram ver? — perguntou Charlie, sem nem dizer oi.

— O novo filme de Wes Anderson — respondeu Luke com toda calma do mundo.

Charlie empalideceu e ficou mudando o peso do corpo de um pé para o outro, mas Luke apenas ficou olhando para ele, e Val nem piscou. Em vez disso, ela sorriu para Luke e perguntou:

— Você já conheceu o Tristan Andrews, Luke?

Meu coração quase parou do mesmo jeito que aconteceu na semana anterior, quando a fofoca de que Luke era gay se espalhou pelo campus. Como rastilho de pólvora.

— Juro que eu não disse nada para ninguém — cochichara eu assim que ele se sentara para almoçar com a gente como sempre, e todos fingiam não estar olhando para ele.

— Ah, eu sei — respondera Luke na maior tranquilidade —, porque fui eu que contei. Relaxa. Eu fui a fonte.

— Quando? — perguntara eu, me ajeitando na cadeira. — Onde?

Ele suspirou.

— Foi na aula de espanhol. E o assunto em discussão era... — ele fizera aspas no ar — ... "seu parceiro ideal", e eu usei o pronome masculino *el* ao descrever o meu. — Ele deu de ombros. — Acho que as pessoas *prestam atenção* nas aulas. Porque, até hoje, nunca pareceu que prestassem.

Agora, em vez de ficar suspirando por ele, Nina vivia implorando para saber quem foi o primeiro amor dele e quem ele achava gato no campus. Reese também.

— O que acha de Tristan Andrews? — perguntaram elas, já que ele era o único outro gay assumido da escola.

Luke respondeu para Val:

— Sim, eu conheço o Tristan — respondeu Luke para Val. — Ele participou do musical junto com o Carmichael.

Luke fez um gesto com o queixo para Charlie, cujo rosto estava branco como papel.

— Ah, é! — exclamou Val, dando uma piscadinha. — Que bom que vocês já se conheceram.

— Obrigado — disse ele secamente. — Pode deixar que aviso quando marcarmos a data.

Ninguém disse nada. Val estava de novo agarrada ao namorado, e não fez a mínima questão de entender a piada. Apertei a mão de Luke, e ele ficou em silêncio até Charlie perguntar de repente:

— Posso dar uma palavrinha com você?

Eu assenti, mas notei que ele estava olhando para Luke, não para mim.

Luke soltou minha mão.

— Claro.

Eles atravessaram o vestíbulo e pararam ao lado de um pôster gigante do Chris Hemsworth. Val me perguntou se eu ia fazer a audição para o Festival de Inverno de Dança da escola, mas eu não estava prestando atenção, em vez disso tentava mandar boas energias para Charlie de longe. Ele falava, mas com a cabeça baixa. Luke, por sua vez, não demonstrava nenhuma emoção ao olhar para Charlie. *O baile*, pensei de novo. *Aconteceu alguma coisa no baile.*

— Vai ser ótimo — disse Val. — Emma tem umas ideias legais para a coreografia, e eu estou tentando convencer o Charlie de participar da audição, mas ele talvez precise da sua ajuda...

— Ah, sim, claro — respondi enquanto observava Luke assentir antes de voltar junto de Charlie.

— Vamos? — perguntou-me Luke.

Concordei com a cabeça.

— Quais são os planos de vocês para o resto da noite? — perguntou Val.

Eram dez da noite ainda, então tínhamos tempo de sobra até a hora de voltarmos para o alojamento, à meia-noite.

— Vamos ver outro filme em dez minutos — menti.

— Isso — disse Luke. — É melhor a gente ir logo para ver se conseguimos um lugar na *última fileira*.

Val não pegou a alfinetada.

— Divirtam-se! — falou, pegando o braço de Charlie. — Vamos, Charlie...

Ele lançou um último olhar rápido para nós antes de seguir a namorada até a saída.

— O que ele queria com você? — perguntei para Luke enquanto esperávamos o sinal de pedestre abrir para podermos atravessar.

Depois que Charlie e Val saíram, havíamos ficado um tempinho no cinema para evitar que nos encontrássemos com eles na chegada ao campus. Eu estivera louca para fazer essa pergunta desde que os dois se afastaram, mas alguns jogadores de hóquei nos viram. E Paddy parara para perguntar a Luke como tinha sido a prova de química.

— Ah, sei lá. — Ele dera de ombros, e Paddy assentira de forma compreensiva.

— Ah, também estou com cagaço — dissera ele. — E parece que algum idiota da turma gabaritou, então a curva da média foi pro saco.

Luke olhara para o chão.

— É, que merda...

Agora, ele me respondeu:

— Nada de interessante. Ele só queria tirar onda por ter transado com a Val no banheiro.

— Fala sério.

— Estou falando. — O riso dele era visível sob a iluminação da rua.

Revirei os olhos.

— Não está, não.

— Tá, talvez ele não tenha dito isso. — Luke cedeu. — Mas você *sabe* que foi isso que aconteceu.

O sinal finalmente abriu para nós, e atravessamos a rua.

— O que foi que ele disse *de verdade*?

— Sério, não foi nada de mais. Ele só queria se desculpar por uma mensagem que me mandou errado no outro dia. Só isso.

Eu me empertiguei.

— E qual foi a mensagem?

— Estou com saudade. — Luke pigarreou. — Ele disse que a mensagem era para a Val.

Soltei o ar com força.

— E você acreditou?

— Com certeza. — Luke assentiu enfaticamente. — As grafias de Val e Morrissey são quase iguais mesmo. É um erro fácil de cometer.

Suspirei.

— Olha, não importa. E daí que Charlie está com saudade de mim? Tudo isso é culpa dele. Eu me abri com ele e, desde então, ele se fechou totalmente para mim. Essa é a primeira vez que a gente se fala desde o baile.

Então eu estava certa: aconteceu alguma coisa *mesmo*.

Mas não era o meu papel perguntar.

— Ele *realmente* está com saudade de você — murmurei.

Eu sabia que Charlie sentia falta de Luke. Ele estava diferente... agitado, cansado o tempo todo, e o brilho nos olhos tinha perdido a força. Eu me perguntava se só eu tinha notado.

Caminhamos em silêncio até a Brooks, onde a gente se separaria, já que eu logo iria me encontrar com Nick no campo de golfe.

Dei um abraço em Luke.

— Eu me diverti esta noite.

— Você dormiu.

Eu ri.

— Tudo bem, não amei o filme, mas sair com você é sempre divertido.

Ele retribuiu o sorriso.

— Eu também acho, Sage. Você torna tudo mais divertido.

Foi tipo uma daquelas cenas malfeitas da série *The Bachelor* que me faziam revirar os olhos: a garota dando gritinhos de animação antes de se atirar nos braços do cara e beijá-lo de forma mais apaixonada possível. A única diferença foi que eu não dei gritinhos, e qualquer constrangimento desapareceu no instante em que envolvi a cintura de Nick com as pernas e ele deu um passo para trás antes de dar uma risada contra o meu cabelo.

— Vem com calma — pediu. — Eu mal estou me aguentando. — Ele beijou o meu pescoço. — Estou todo dolorido dos treinos.

— Tadinho desse pobre capitão — respondi, afastando-me um pouco para segurar o rosto dele com as duas mãos.

Ficamos nos olhando, a respiração quente entre nós. De repente, precisei piscar para controlar as lágrimas. Talvez fosse porque a temperatura tivesse caído, indicando que possivelmente aquela seria a nossa última visita ao sexto buraco do campo de golfe, e definitivamente porque eu tinha *aquilo*, enquanto Charlie... Eu me lembrei de mais cedo, de como ele tinha empalidecido e mal conseguira olhar para Luke. Senti um nó na garganta.

— Estou tão feliz de te ver — sussurrei para Nick.

Ele sorriu.

— Também estou feliz de te ver.

Nós nos beijamos.

Devagar por um tempo até Nick me deitar no nosso cobertor e eu o puxar pelo casaco tribal horrível para cima de mim.

— Abre o casaco — pedi, ofegando alguns segundos depois. — Abre agora.

Logo minhas mãos estavam mergulhadas no cabelo de Nick, enquanto as dele passeavam por baixo da minha blusa, os dedos incendiando a minha pele. Meu coração — ai, meu *coração*.

— Tudo bem? — murmurou ele, enquanto nos beijávamos, seus lábios como fogo contra os meus. — Tá gostando?

— Hum — murmurei em resposta. — Muito.

Mesmo que uma parte de mim não estivesse tão bem. *Você não deveria estar fazendo isso,* disse uma voz no fundo da minha mente. *Não deveria mesmo...*

Mas é o que eu quero, pensei. *Quero muito, muito mesmo.*

A voz de Nick ficou rouca um pouco depois, quando ele abriu a calça jeans e eu tirei a calça de moletom.

— Você já fez isso antes? — perguntou quando lhe entreguei o pacotinho lacrado.

Neguei com a cabeça.

— Não, nunca.

— Nem eu — sussurrou ele e tossiu. — Mas eu quero.

Senti uma agitação dentro de mim. Porque aquele era o Nick. Era o *Nick Carmichael,* o garoto com quem cresci, com quem andava de bicicleta, o garoto que me carregava nas costas, o garoto que eu tinha beijado diante da fogueira.

O garoto com quem, de repente, comecei a me imaginar casada algum dia.

— Eu também. — Eu o beijei da forma mais profunda que consegui. — Então vamos fazer.

❧

O celular só tocou muito depois. Nós dois estávamos abraçados, eu usava o casaco tribal, e ele, a blusa de manga comprida e o moletom velho. De vez em quando, Nick simulava um tremor de frio para que eu me aconchegasse ainda mais a ele.

— Nada poderia ser melhor que isso — disse ele com voz suave. — Essa foi a noite mais épica com a garota mais épica. Mal posso esperar para mais noites como essa...

Sorri e fechei os olhos, mas os abri assim que ouvi a gravação, feita em junho, de Charlie bêbado, cantando "Dancing Queen". Reese tinha dado uma festa no apartamento da família na cidade. "Esta música é para a minha garota favorita", dissera Charlie, totalmente bêbado, mas com um sorrisão no rosto. "Esta é para você, Sagey Baby!"

Eu tinha rido no dia, mas fiquei quieta agora. Nick me abraçou, e nós deixamos a ligação cair na caixa postal.

Mas, quando Charlie começou a cantar de novo, senti um arrepio na espinha.

— É melhor eu atender — sussurrei. — Duas ligações seguidas.

Nick resmungou e me soltou depois de mais um beijo. Fui engatinhando até o meu casaco e tirei o iPhone do bolso. Charlie brilhava na tela.

— Alô, tá tudo bem? — disse eu.

Ele ficou em silêncio antes de dizer:

— Eu preciso de você.

Tentei rir.

— Desculpe, mas estou um pouco ocupada agora.

Charlie não riu.

— Não, Sage. Eu *preciso* de você.

A voz dele estava grave. Baixa e *profunda*.

— Cadê você? — perguntei devagar.

— Na sala de inglês — respondeu ele bem na hora em que o irmão gêmeo se aproximou de mim por trás e perguntou quem era.

Eu me afastei dele.

— Você está sozinho? A Val está com você?

— Não, a gente terminou. — Ele acrescentou: — Sage, as minhas pernas não estão funcionando.

— Desculpe — disse eu para Nick depois de prometer para o Charlie que eu estava indo. — Eu tenho que ir. Charlie precisa de ajuda.

— É mesmo?

Eu me empertiguei. Se Charlie estava amedrontado e nervoso, Nick parecia leve e descontraído. Tive a sensação de que aquilo não era nada bom.

— Eu vou até lá — repeti. — Ele está confuso.

Um instante de silêncio.

— Sério mesmo? — perguntou ele. — Você realmente vai embora? Depois do que acabou de... — Ele parou de falar. — Charlie pode até estar confuso, mas ele está bem. — Nick soltou um suspiro exasperado. — Ele está *sempre* bem.

Ah, Nick, pensei, sentindo os olhos ficarem marejados. *Você tem conversado com ele ultimamente?* Charlie com certeza não estava nada bem. Ele ligava quando não conseguia dormir, continuava correndo depois que eu já tinha parado e, quando saíamos, ele parecia estar a quilômetros de distância. Além disso, tinha emagrecido e parecia triste o tempo todo.

E eu sei o motivo, queria dizer. *Eu sei que o que eu desconfiava era verdade. Ele enterrou isso por muito tempo, mas estava ficando cada vez mais difícil, porque alguém inesperado entrou em cena... e isso o deixava apavorado.*

Mas antes que eu tivesse a chance de responder, Nick resmungou uma coisa... Uma coisa que parecia: "Não dá mais."

Meu coração quase saiu pela boca.

— Oi?

Nick soltou o ar.

— Não dá mais — repetiu ele. — Sinto muito, Sage, mas não dá. Não consigo mais viver assim. Eu quero você, mas não se você não me quiser.

— Como assim? — Enfiei o celular no bolso. Charlie ia ter que esperar um pouco. — Do que você está falando? É claro que eu quero você! — Eu ri. — Tipo, nós... — Fiz um gesto para o cobertor.

A voz do Nick ficou séria.

— É, nós transamos.

E foi épico, esperei ele completar, como antes. *Foi tudo.*

Mas ele não completou. Em vez disso, disse:

— Mas acho que chegou a hora de colocar as cartas na mesa, Sage. Eu sou a sua segunda opção.

Eu só consegui negar com a cabeça.

Mas Nick fez que sim com a dele.

— É *claro* que sou. Nós dois sabemos disso. Pare de fingir que as coisas são diferentes. Eu *sempre* vou estar em segundo lugar em relação ao Charlie. — Ele fez uma pausa. — E eu sou um idiota mesmo. Porque eu tinha esperança de que as coisas pudessem mudar. De que, se eu fizesse tudo do seu jeito, mantendo tudo em segredo, você acabaria se sentindo do mesmo jeito que eu me sinto há *anos*... — Ele parou de falar e esfregou a testa. — Eu não consigo mais continuar assim.

— Não é nada disso — tentei explicar, sentindo um nó na garganta. — Charlie e eu não somos....

— Mas você *quer* que sejam. — Ele me cortou. — Vocês dois estão sempre se abraçando e saindo quando ele não está com ninguém. Você preferiu ir ao baile com ele a ir comigo, e sempre que *nós* estamos juntos, você só sabe falar *dele*. — A voz de Nick ficou mais grave. — E agora você está me largando aqui para ir salvá-lo. É por causa dele que você não quer ser minha namorada. Você é apaixonada por ele e quer estar livre quando ele finalmente se der conta de que também é apaixonado por você.

As lágrimas escorreram pelo meu rosto.

— Nick, por favor, você tem que entender, não é por isso que eu...

Parei de falar, não sabia o que dizer. Eu não podia contar a ele sobre Charlie, quando não tinha certeza se o próprio Charlie entendia o que estava acontecendo. Eu não conseguia fazer isso. Não era capaz de me comprometer naquele momento. Eu nem sabia para que faculdade eu queria ir se não fosse com Charlie e Nick! Não sabia como ser eu mesma sem eles, e isso me assustava. Eu não podia ser o que Nick precisava, não podia dar isso a ele naquele momento.

Nick interpretou meu silêncio como uma confirmação.

— Se você realmente não pode ficar aqui comigo para resolvermos isso, então, eu estou fora. Vamos voltar a ser amigos, colegas ou vizinhos —

disse ele. — Como você preferir. Mas eu não posso ficar com alguém que não quer estar comigo *de verdade*... que prefere estar com o meu irmão.

— Isso não é verdade! Com certeza não é. Você não tem ideia...

— É melhor você ir, Sage — murmurou Nick, virando-se e começando a dobrar o cobertor. — O Charlie precisa de você.

DEZESSEIS
CHARLIE

Depois de esbarrar com Luke e Sage na saída do cinema, a noite tinha ficado intensa e passou como um borrão. A primeira coisa de que me lembro foi que enchi a cara e terminei tudo com Val.

— Então admita, seu babaca — dissera ela. — Eu quero que você *admita* para mim que você foge de qualquer relacionamento remotamente sério porque é incapaz de sentir qualquer coisa por alguém que não seja a Sage. Você a ama, mas tem medo de fazer alguma coisa sobre isso!

Tudo estava rodando quando a Sage apareceu mais tarde, as tábuas antigas do piso rangendo sob os pés dela. A voz parecia distante, como se estivéssemos embaixo da água.

— Charlie.

Desculpe, eu ia dizer, porque ela já estava chorando. Os olhos estavam vermelhos e lágrimas escorriam pelo seu rosto.

Ela tirou a garrafa de Bacardi de mim.

— O que é isso?

— Rum! — respondi com a voz embriagada. — Eu podia beber com Coca-Cola, mas...

— Não — disse ela. — O que isso está fazendo *aqui*? Onde você *conseguiu* bebida?

Gemi.

— Responda, Charlie.

— Eu estou cansado. — Balancei a cabeça. — Tão cansado.

— Bem, deve estar mesmo — comentou ela, a voz ainda um pouco ríspida e alterada. — Pelo visto você bebeu uma garrafa inteira de *álcool puro*.

— Não. — Eu gemi de novo, curvando os ombros. — Estou cansado de ser *esse cara*, Sage. Estou cansado dos sorrisos e falas ensaiados. Tão cansado de não ter...

— Uma pessoa? — sussurrou ela um segundo depois de eu parar de falar. — De não ter... uma pessoa de verdade.

Uma pessoa de verdade. Esfreguei os olhos com força. No fundo, eu sabia que Sage *sabia*. Sobre mim. Em algum momento, ela descobriu. Não era um choque, nem um problema, mas senti um aperto no peito. A questão era que naquele momento eu havia exposto tudo, tinha me aproximado da porta, e meu armário sempre foi tão profundo quanto o de *O leão, a feiticeira e o guarda-roupas*, levando-me diretamente para Nárnia. E eu queria que as coisas continuassem assim.

Mesmo que eu estivesse cansado. Mesmo que eu estivesse exausto. Mesmo que eu quisesse *o Luke*.

Quando olhei para Sage de novo, ela estava falando no celular.

— Você ainda está acordado? — perguntou ela, depois eu a ouvi dizer alguma coisa sobre precisar de ajuda, não para *enterrar* o corpo, mas para *carregá-lo*.

Minhas pernas pareciam gelatina, e apertei os olhos enquanto Sage tentava colocar meu braço no ombro dela.

— Esse casaco é do Nicky? — perguntei, notando de repente a horrenda estampa tribal.

Ela não respondeu.

Acordei no meu sofá com a boca seca e a cabeça latejando. Estava coberto por um edredom xadrez que ele deve ter puxado da minha cama altíssima, e a lata de lixo tinha sido colocada perto de mim. Uma das minhas toalhas estava aberta no chão, para o caso de eu errar a mira. Também havia um copo de água sobre o baú. Eu o peguei e notei um frasco de Advil e um Post-it.

Você é um idiota, dizia com letra meio cursiva, meio de forma.

DEZESSETE
SAGE

Meus olhos estavam inchados no domingo de manhã. Tive um sono agitado, mas não consegui sair da cama, nem olhar meu celular até de tarde. A tela indicava 13:22. Havia algumas mensagens não lidas. Eu as ignorei e me enfiei embaixo das cobertas de novo. Não queria ficar sozinha, mas não podia conversar com as meninas, por mais que eu as amasse. Elas não faziam ideia do que estava acontecendo e iam querer saber de *tudo*, e eu não queria explicar. Então, liguei para a única pessoa que *sabia* de tudo.

— Você pode vir aqui, por favor — pedi como Charlie fizera na noite anterior. Não de forma carrancuda e exigente, mas confusa e desesperada. — Eu preciso de você.

Vinte minutos depois, Luke me deixou chorar no ombro dele. Ele tinha cheiro de menta e soltou um suspiro demonstrando *alguma coisa*. Não era bem de alívio, mas era de alguma coisa, como se ele também não tivesse dormido bem. *Frustração*, percebi quando notei como ele estava tenso. *Ele está frustrado.*

— Sinto muito — sussurrei, percebendo que aquela era a segunda vez que eu tinha pedido a ajuda dele em um período de.... umas quinze horas?

Fechei os olhos e me lembrei da sala de aula do sr. Magnusson, as tábuas rangendo e revelando a chegada de Luke. Ele estava de moletom, e o gorro cobria o boné. Os lábios haviam se contraído em uma linha fina e ele mal levantara uma das sobrancelhas. *Qual é o plano?*, a expressão dizia, mas ele não dissera uma palavra durante todo o tempo.

Agora, Luke relaxou e me abraçou.

— Você não precisa se desculpar, Sage — disse ele, antes de sussurrar: — E você não precisa me dizer, mas o Charlie não foi o único Carmichael que lhe causou problemas ontem à noite, né?

— Não. Não foi só o Charlie.

E então eu coloquei tudo para fora, junto das lágrimas que eu nem sabia que ainda tinha. Contei que o Nick achava que era um prêmio de consolação e que eu só o estava usando para passar o tempo até Charlie se dar conta de que era apaixonado por mim.

— Nada disso é verdade — disse eu. — Nada. É claro que eu amo Charlie, mas não desse jeito. Nunca foi desse jeito. Você sabe disso. A verdade é...

Ele ficou em silêncio enquanto eu acabava de contar a história dos meus pais, com minha mãe me alertando que relacionamentos de longo prazo não deviam começar na escola. *Bem, o que você está esperando?*, eu quase perguntei. *Diga alguma coisa!*

Mas eu me dei conta de que ele não sabia se eu só queria que ele me consolasse ou se queria a opinião dele.

— O que você acha? — perguntei por fim.

— Acho que você deveria tentar se explicar para ele — respondeu Luke. — Parece que Nick falou muito e você só ficou ouvindo. — Ele fez uma pausa e deu uma risadinha. — Desculpe, talvez esse seja um conselho horrível. Essa não é bem a minha praia. Eu já namorei, mas nunca tive o que você e o Nick têm.

O que você e o Nick têm.

E o que a gente tinha?

Amor, percebi. Amor, mas um amor para o qual eu não sabia se eu estava pronta. Um amor que me assustava naquele momento.

Solucei.

Luke me abraçou mais forte.

— *Itai desu* — sussurrou ele.

Japonês, pensei.

— O que significa?

— Dói — traduziu e me abraçou de novo antes de acrescentar: — Mas as coisas vão melhorar. Vai ficar tudo bem.

Mordi o lábio para não soluçar de novo. Nick sempre falava isso, desde que éramos pequenos. "Vai ficar tudo bem, Morgan", dizia ele depois que eu tirava uma nota ruim ou quando eu tinha uma briga boba com a minha mãe. "Não se preocupe. Vai ficar tudo bem."

Planejei manter a discrição na segunda-feira, indo de bicicleta para todos os lugares para não precisar conversar com ninguém — e ninguém significava Charlie. Parte de mim queria brigar com ele por causa da burrice que fez no sábado, enquanto outra queria abraçá-lo e sussurrar que eu estaria sempre ao lado dele, não importava o que acontecesse. A terceira parte estava nervosa... muito nervosa, com receio de que ele tivesse juntado as peças do quebra-cabeça sobre mim e o irmão gêmeo dele. "Esse casaco é do Nick?", perguntara ele antes de sairmos da sala do sr. Magnusson. Ele tinha franzido o cenho e tocado a manga. Eu engolira em seco, sem responder, enquanto meu coração disparava.

Mas Charlie tinha outros planos. Ele me encontrou na cidade na hora da reunião de alunos e professores, já que o café do Pandora's era melhor do que o do Tuck Shop.

— Oi. — Tentei parecer casual. — Tudo bem? Não te vi ontem.

— Porque eu estava dormindo — respondeu ele. — Eu dormi praticamente o dia todo.

E, em um estalar de dedos, assumi o meu lado de melhor amiga preocupada, tocando o braço dele.

— Por favor, não faça isso de novo. Você quase me *matou* de susto.

Charlie ficou em silêncio.

— Eu sei que você está infeliz — sussurrei. — As coisas que você disse...

— Eu estava bêbado. Óbvio que eu não estava pensando direito.

— Charlie, por favor. Você pode me contar. Eu não quero varrer isso para baixo do tapete. Eu estou preocupada com você. *De verdade.*

— Mas não precisa estar — resmungou, olhando em volta do café. — Eu estou bem.

— Não, você não está nada bem. Você...

A expressão no rosto de Charlie me fez parar. Senti um arrepio na espinha, enquanto ele inclinava a cabeça e arregalava os olhos como se realmente estivesse intrigado.

— Você quer falar sobre o que não está nada legal? — perguntou ele. — Tudo bem. Vamos falar sobre uma coisa que *não está legal*. — Sua voz ficou aguda, soando assustadoramente como a de Nick no campo de golfe. Leve, distraída e sarcástica. Eu me preparei. — Você e o Nick, Sage. Isso não é nada legal.

Com os olhos ardendo, eu o puxei para o corredor dos fundos do Pandora's, em direção ao banheiro.

— Desculpa, Charlie. Desculpa por não ter te contado.

— Por não ter me contado? — Charlie balançou a cabeça. — Bem, isso não importa muito agora, não é? O que importa é que você acabou com ele. Ele está *arrasado*. Eu passei no quarto dele ontem à noite e ele me contou sobre vocês, mas não me deixou entrar. Trancou a porta e tudo.

Porque ele está com raiva de você, pensei, sentindo um aperto no peito. *Ele acha que eu quero você e não ele.*

— Eu sabia que isso ia acontecer se vocês ficassem. — Charlie passou a mão pelo cabelo. — Ele ia se apaixonar rápido e profundamente só para ser destruído quando você decidisse deixar as coisas seguirem o próprio rumo. — Ele me olhou. — Achei que eu tinha te pedido lá em Vineyard para não magoar o meu irmão.

Senti o rosto pegar fogo.

— Você é um baita de um hipócrita mesmo, Charlie — sibilei. — Você parte o coração das meninas o tempo todo. Como o da Val, no sábado. Você dá a elas um conto de fadas e, em um estalar de dedos, *termina* tudo. — Cruzei os braços. — Tudo acaba tão rápido que quase me faz *me perguntar...*

No segundo em que as palavras saíram da minha boca, desejei poder desdizê-las. De repente, as olheiras de Charlie pareceram ficar mais fundas e os ombros se curvaram. Ele contraiu o maxilar.

— É diferente.

— Ah, é? — Minha voz falhou. Sim, as coisas eram diferentes. Claro que eram, mas eu queria que ele me dissesse, que finalmente admitisse o motivo. — Diferente como?

— Porque Nick é meu irmão — respondeu, me fulminando com o olhar.

— E ele está apaixonado por você.

DEZOITO
CHARLIE

Durante a temporada de hóquei, o time sempre jantava junto, ocupando as três mesas centrais de Leighton, para caber os dezoito jogadores. O capitão se sentava na cabeceira da mesa, mas Nick mal abriu a boca naquela noite, enquanto comia a famosa lasanha de taco como se estivesse faminto. Vi um pouco de creme azedo pingar no casaco dele.

O casaco. No último sábado, as coisas tinham saído do controle, mas eu não tinha tido um *apagão*. Porque, na manhã seguinte, eu me lembrava de que Sage estava com o casaco do Nick… e aquilo tinha sido a informação de que eu precisava para juntar todas as outras que eu tinha deixado passar: a ausência de Sage na noite do filme, Nick sempre passando pela nossa mesa no Addison e, depois, saindo de repente. *Era com ele que Sage vivia trocando mensagens*, percebi. *Mensagens dizendo para o Nick se mandar. Provavelmente preocupada por ele estar sendo óbvio demais com todos aqueles sorrisos.*

Também teve o baile, quando Sage agiu de forma estranha a noite toda. "Logo ela? Sério?", ela havia resmungado ao ver Emma Brisbane com Nick. Não era só pelo fato de não ir com a cara de Emma, era por ciúmes dela.

Ótimo trabalho, novato, imaginei o agente Luke Morrissey dizendo. *Agora só falta explicar o motivo do segredo.*

Fácil, eu teria dito. *Você está olhando para ele.*

Doía o fato de nenhum dos dois ter me contado, mas, assim que senti aquele aperto no peito, eu soube o motivo. *O fator Sage,* alguém tinha chamado.

Sage era a minha melhor amiga, mas eu também a usava, de certo modo. Eu não tinha orgulho daquilo, mas eu usava. Ela era minha "carta branca" — ninguém desconfiaria de nada enquanto acreditassem que eu era apaixonado por ela. E como eles poderiam me culpar? Ela era um raio de sol ambulante, a pessoa mais leal que eu já conheci na vida. Ela era, de muitas formas, a minha alma gêmea. Então, eu deixava que as pessoas pensassem o que quisessem.

Mas o que ela teria dito para o Nick?, eu me perguntei, enquanto meu irmão se levantava da mesa para repetir o prato. *Para convencê-lo a manter tudo em segredo?* Talvez me proteger não tenha sido o único motivo dela. "Vá embora, Charlie", dissera Nick do outro lado da porta do quarto dele na noite de domingo, depois que encontrei o casaco tribal dele largado na varanda da Mortimer. Sage tinha devolvido. "As coisas ficaram complicadas demais." Sua voz tinha falhado, como se o coração tivesse ficado preso na garganta. "Nunca foi nada sério mesmo."

E eu o ouvi se afastar da porta, enquanto eu pressionava a minha testa nela e fechava os olhos. *Conte para ele,* pensei. *Conte tudo para ele.*

Alguns dias depois, os alunos começaram a se preparar para as provas finais. Eu sabia que Sage e o grupo dela tinham virado a noite na biblioteca, na sala de estudo da Jennie. Era gigantesca, com uma mesa grande que usávamos para as reuniões do conselho estudantil. Havia um nome gravado em uma placa dourada na porta: J.H. CHU, PRESIDENTE.

Eu fiquei no meu quarto. Sage e eu não tínhamos mais conversado desde o dia da briga, e era mais fácil assim, porque eu não precisava ver o Luke. Eu conseguia evitá-lo na maior parte do tempo. Durante as refeições, eu ficava com o pessoal do time de hóquei, e obviamente ele não vinha mais ver *Survivor* comigo. As duas tribos tinham se unido, e eu queria perguntar a Luke o que ele achava de Emily ter dado a vantagem do legado para Hardy, mas não perguntei.

O único lugar que eu não conseguia evitá-lo era na aula de Literatura da Fronteira, então, fiquei aliviado com o fim do período letivo. Isso significava que eu não precisava mais me sentar diante dele e ouvir o suspiro coletivo que a turma dava sempre que alguém acabava de falar, esperando Luke apresentar seus contra-argumentos. Ele não pensava duas vezes antes de entrar em uma discussão com as pessoas, deixando toda a timidez do lado de fora da sala de aula. Ele não analisava a opinião de todo mundo, mas eu sempre sabia quando ele ia fazer isso, porque tamborilava de leve na mesa, revirando os olhos uma ou duas vezes, enquanto tomava um grande gole da sua garrafinha de água para se manter hidratado. Luke era a definição do Rei dos Argumentos, sempre arrasando nos debates em sala de aula. E o sr. Magnusson adorava. Se a discussão estivesse fraca, ele citava algum livro como *Pioneiros*, dizendo "Esse livro não valoriza o amor de Emil e Marie", então, olhava para Luke e perguntava: "O que acha disso, sr. Morrissey?"

A nota final de Literatura da Fronteira era um trabalho, que terminei antes de dar a monitoria para o grupo de estudos que tinha se reunido no meu quarto. Carter Monaghan estava tentando reaprender os últimos três meses de pré-cálculo, Eddie Brown estava conjugando verbos em francês, enquanto Kyle Thompson repassava as fichas de biologia. Dhiraj estava esperando que eu revisasse o trabalho dele sobre a Europa.

Mas comecei a pensar em Luke.

— A maior média da escola é sua, não é? — perguntara ele enquanto estávamos terminando nosso mapa textual. Ele erguera o olhar do notebook e fizera aquela expressão, com uma das sobrancelhas levantadas. *Sim? Não?*

Eu tinha dado de ombros.

— Deve ser por um décimo só.

— Não. — Luke meneara a cabeça. — Aposto que é muito mais.

Eu fingira estar fascinado pela mochila dele.

— Mesmo assim — havia continuado ele —, você não gosta de falar sobre o assunto, embora, pelo que vi até agora, você *adore* falar muito de si mesmo.

Eu o fulminara com o olhar.

— Não enche o saco.

Luke dera risada.

— Eu não quis ofender. Só estou dizendo que é interessante. — Ele tinha feito uma pausa. — *Você* é interessante...

Nossa, fechei os olhos, sentindo um frio na barriga. *Eu só...*

— Ei, Charlie! — chamou Dhiraj do outro lado do quarto. — O meu texto tem salvação?

Agora, eu estava na minha cama, ouvindo o telefone chamar, na esperança de ele atender. Porque se eu fosse ele, eu provavelmente não atenderia.

Ele atendeu no quarto toque.

— Oi.

Soltei o ar sem ter percebido que eu estava prendendo a respiração.

— Oi.

— E aí?

— Nada de mais.

— Tá, foi bom conversar com você.

— Espera, não desliga. — Segurei o celular com mais força. — Como foi na prova de hoje?

Um silêncio breve antes da resposta:

— Uma hora certinho.

Dei um sorriso. A gente tinha *três horas* para fazer as provas. "Luke é tão modesto", eu ouvira Sage dizer em mais de uma ocasião, e sempre achei uma grande bobagem. Ele tinha um lado metido discreto de que eu *gostava*. Gostava de que ele *sabia* que era inteligente, rápido de raciocínio...

— Cara, eu adoro o quanto você é inteligente — sussurrei.

— O que você quer que eu faça com essa informação? — respondeu Luke também com um sussurro depois de alguns segundos. — Porque eu realmente não sei.

Fiquei em silêncio.

— Eu quero entender — continuou ele, com uma irritação na voz. — Já que as coisas estão ficando um pouco confusas. No baile, você me disse que sou seu *amigo*, mas, depois disso, você simplesmente desaparece... e então você diz que está com saudade.

Não respondi, e ele não disse nada por um tempo.

— E não vamos nos esquecer — recomeçou — do seu porre na sala de inglês. De alguma forma, eu consegui te levar de volta para o seu quarto, o que, para ser sincero, foi quase uma missão impossível. E depois você me pediu para *ficar*.

Senti um peso no estômago. *Merda*.

Ele continuou:

— Você me pediu para ficar, dizendo que não queria ficar sozinho, que não conseguia mais ficar sozinho e que você *sempre* se sentia sozinho... — Ele fez uma pausa. — A não ser que eu estivesse com você.

Senti um nó na garganta e ouvi Luke suspirar.

— Por que você está me ligando? — perguntou.

Fechei os olhos.

— Porque penso em você o tempo todo.

— Eu também — respondeu ele.

Então, eu me permiti falar, engolindo em seco e murmurando:

— E eu queria estar de mãos dadas com você.

Luke ofegou.

— Eu também gostaria, C.

Meu coração disparou.

— O C se refere ao meu nome ou ao meu sobrenome? — perguntei.

Mas, em vez de responder, ele disse:

— É melhor eu desligar. Está tarde.

O que devia ser um código para *Uma coisa para você pensar*.

— Tá — concordei. — Me liga no feriado?

— Vou ligar — disse Luke. — E é melhor você atender.

DEZENOVE
SAGE

Pela primeira vez, as comemorações de Ação de Graças estavam a pleno vapor quando os Carmichael chegaram.

— Já estava tudo combinado — contara Nick enquanto víamos um filme no meu quarto, algumas semanas antes daquela noite horrível no campo de golfe. — Mas meus avós desmarcaram de última hora. Querem visitar os amigos na Flórida, então, cada um vai para um canto. Nada de viagem para a Pensilvânia para nós.

— Bem... — Eu soltara um suspiro exageradamente dramático. — Acho que vocês vão ter que se contentar com a Festa de Ação de Graças da Morgan e Amigos!

Como não tínhamos muitos familiares, minha mãe e eu sempre organizávamos uma festa de Ação de Graças para quem quisesse ir. Cada um levava um prato e passávamos o dia anterior arrastando os móveis para montar o maior número de mesas de jantar possível. Era o meu feriado preferido.

— É, acho que sim — resmungara Nick, mas dava para ver o brilho nos seus olhos. — Não vai ser a mesma coisa sem meus avós, mas...

— Ah, cala a boca, Nicholas! — Dei risada e o beijei.

Ele dera um sorriso e fez cócegas na minha cintura, e eu rira ainda mais.

— Eu amo isso. — Nick ficara com o rosto vermelho quando nos separamos. — Eu amo sua risada.

A lembrança fez meu coração doer agora, enquanto eu enchia de novo um copo de plástico de uma menininha de seis anos de idade com cidra de maçã. Nick tinha acabado de entrar na cozinha, e seguia direto para a mesa impressionante de canapés que tinha de tudo, desde queijo brie com geleia de framboesa, passando por enroladinho de couve-de-bruxelas e bacon com vinagre balsâmico, até sopa de abóbora.

Tente, lembrei das palavras de Luke. *Tente se explicar.*

— Aqui está, Jenna — anunciei, entregando o copo para a menininha. — Vejo você depois, tá? — Eu apontei para onde Nick estava se servindo de comida. — Eu tenho que ir até ali conversar com o Nick.

Jenna arregalou os olhos.

— Nick é seu *namorado*?

Ignorei o nó que senti na garganta.

— Não. Ele é só um amigo.

Quem sabe um dia?, pensei, cheia de esperança de que ele entendesse, de que eu pudesse consertar as coisas.

— *Eu* tenho um namorado — informou-me ela. — O nome dele é Ryan e ele é da minha sala.

— Ah, que bom — respondi.

Olhei para Nick e vi que ele se sentou em um dos bancos da ilha da cozinha, de modo que só precisasse esticar o braço quando quisesse repetir o prato.

— Mas a Tori não acredita que ele é meu namorado — continuou Jenna —, porque...

— Você já viu a mesa de sobremesas? — interrompi.

— Não! — exclamou a menina. — Onde é?

— Ah, minha nossa! Está na sala de jantar!

Cinco segundos depois, ela desapareceu e eu segui em direção ao Nick.

— Oi — cumprimentei. Minha mão tremendo quando toquei de leve o ombro dele. — Tudo bem?

Nick se virou para olhar para mim, e eu meio que esperava que ele arregalasse os olhos porque aquela era a primeira vez que nos falávamos depois do que tinha acontecido no campo de golfe, mas isso não aconteceu. Ele estava calmo.

— Oi — disse ele, depois de engolir a comida. — Tudo bem. E você?

Quase caí no chão. *Arrasada*, pensei. *Estou arrasada.*

— Parabéns pela grande vitória! — parabenizei, enrolando. — Primeiro lugar. Que máximo!

A Bexley tinha vencido a Kent na prorrogação no torneio de Ação de Graças.

— Valeu — respondeu ele com um sorriso fraco. Nem de perto seu sorriso sincero. — Isso é bom para o resto da temporada.

— Ah, com certeza! Aposto que vocês estão cheios de gás agora.

— Estamos mesmo.

E aí as coisas ficaram estranhas. Nenhum de nós disse mais nada. Mesmo que minha casa estivesse explodindo de barulho e o timer do forno estivesse tocando, o silêncio entre nós era ensurdecedor. *Tudo bem*, pensei. *Vamos lá, pergunte se ele quer conversar em algum lugar...*

— Vou ver o que tá rolando no porão — disse Nick. — Vejo você mais tarde?

Ele não esperou minha resposta, apenas assentiu e desceu do banco para deixar a sala. Curvando os ombros, mal tive tempo de controlar as lágrimas quando alguém chamou meu nome. Eu me virei e vi a sra. Carmichael.

— Sage! — chamou ela. — Feliz Ação de Graças.

— Feliz Ação de Graças! — respondi.

A mãe dos gêmeos me envolveu em um abraço, e Charlie estava logo atrás dela. Não tínhamos tocado muito no assunto da nossa briga, mas tínhamos *voltado* a nos falar. Ele me procurou depois das provas com uma caixa do Pandora's como um pedido de paz. "O seu prato favorito", foi tudo que ele disse.

— Desculpe o atraso — falou a sra. Carmichael depois de me dar um beijo no rosto. — Tivemos um... — ela fez um gesto para o filho — ... problema de guarda-roupa.

— É, o que é isso que você está usando? — perguntei.

Porque eu já tinha visto fotos dos gêmeos Carmichael em eventos de Ação de Graças e eles sempre pareciam prontos para uma sessão de fotos outonais em família. Nick estava elegante de calça social xadrez preto e branco, mas Charlie estava de suéter azul-marinho e calça marrom, com um dos seus cintos de sempre.

— Nada está servindo nele! — reclamou a sra. Carmichael, como se estivesse lendo minha mente. — Quando ele desceu, eu achei que estivesse usando as roupas do Nicky. — Ela meneou a cabeça. — Sage, não me importa como você vai fazer isso, mas quero que se certifique de que meu filho coma direito hoje à noite. Não me importo se você tiver que segurar a mão dele ou enfiar comida goela abaixo. Ele *precisa* comer.

Concordei com a cabeça.

— Não dá para acreditar — disse minha mãe enquanto entregava para mim e para os gêmeos seu famoso coquetel de Ação de Graças, uma mistura avermelhada e doce. Por ser feriado, estávamos autorizados a beber um drinque. — Não dá para acreditar que, em algumas semanas, vocês vão saber o que vai acontecer. — Nós trocamos um sorriso.

"Esse é o seu lugar, Sage", ela me dissera depois da última visita que fizemos a uma universidade, com o vento frio de Vermont soprando. "Estou sentindo isso". Eu dera um abraço na minha mãe e havia respondido que eu também conseguia sentir aquilo. Meu coração estava disparado, animação misturada com uma sensação de familiar de lar. *É isso*, pensara eu. *É aqui que quero estudar*.

Agora eu só precisava conseguir entrar.

— Ah, eu sei. — Nick sorriu. — Estou ansioso.

— Diz a pessoa que já sabe para onde quer ir — comentou Charlie, dando uma cotovelada nas costelas do irmão.

Nick respondeu com um mata-leão no gêmeo. Eu ainda queria me enfiar embaixo das cobertas e chorar, mas senti uma onda de alívio ao vê-los brincando. Assim como entre mim e Charlie, a tensão entre os Carmichael não durava muito. Eles ainda tinham assuntos mal-resolvidos, mas os dois eram unidos demais para manter a tensão entre eles.

Minha mãe riu.

— E você, Charlie? Seus pais disseram que você não quer descartar nenhuma opção...?

Charlie assentiu e tomou um gole do coquetel.

— Exatamente. E isso é tudo que eu vou dizer sobre o assunto. — Ele deu um sorriso sagaz. — O resto é entre mim e o departamento de orientação para a faculdade.

— Ah, fala sério. — Dei um soquinho no braço dele. — Para onde você quer ir?

— Eu não sei. — Charlie inclinou a cabeça. — Para onde *você* quer ir?

Revirei os olhos. Aquilo tinha se tornado um jogo, e o objetivo era tentar fazer o outro admitir para onde estava se candidatando. "Para algum curso", a gente costumava responder. "Ah, e definitivamente em uma faculdade."

Era divertido, mas no fundo, eu continuava ouvindo Nick dizer que Charlie queria ir para uma faculdade longe de casa. *Alguma bem longe daqui.* Uma parte de mim temia que ele acabasse morando em um quarto do tamanho de uma caixa de sapato em Oxford no próximo outono. Do outro lado do oceano. Quem poderia saber?

Tomei um gole do meu drinque e olhei para Nick, só para vê-lo observar Charlie enquanto ele falava. Silencioso, pensativo e talvez até um pouco triste.

Não vou ser só eu, eu sabia. *Ele também vai sentir saudade. Vamos sentir muita saudade dele.*

~

Atacamos as sobremesas. Exageramos tanto que precisei parar um pouco para respirar depois do primeiro prato, mas vi Charlie comer o segundo (uma combinação que incluía fatias de torta de abóbora, nozes pecã e maçã, além de uma generosa porção de sorvete de menta com pedaços de chocolate). Tínhamos jantado na sala da frente com os DePietro, que moravam no fim da rua, mas agora estávamos no cantinho do café da manhã da cozinha.

— Sua mãe acha que você tem anorexia? — perguntei, notando mais uma vez a magreza dele.

Charlie fez que não.

— Acho que não. Eu disse a verdade para ela. Que, além do hóquei, eu corro muito e as opções de comida na Bexley não são muito calóricas. Acho que ela acreditou nisso.

— Pelo visto você é o filho que dá trabalho — afirmei.

Exatamente como Nick, Kitsey Carmichael parecia pronta para uma fotografia de Ação de Graças. A saia dourada de pregas era linda.

Charlie deu uma risadinha.

— E *sou* mesmo. Isso não é novidade.

— Você não é nada — protestei. — Você só é...

— Desafiador — completou ele, abrindo um sorriso. — Eu sempre fui um desafio.

Eu ri, lembrando-me de quando éramos mais novos. Charlie tinha sido uma criança precoce, sempre mantendo os pais alertas.

Quando a gente estava no jardim de infância, nossos pais começaram a chamá-lo de *prefeito* porque Charlie conhecia todo mundo do bairro, e todo mundo o conhecia. E eu tive que sorrir naquele momento, já que era exatamente assim na Bexley. Dava para largá-lo no meio de qualquer situação, e ele conseguia sair cheio de novos amigos. Eu amava isso nele.

Mas eu também amava como o gêmeo dele era discreto, calmo e controlado. A forma como sempre conseguia tranquilizar as pessoas e dar apoio tanto nos dias agitados quanto nos tranquilos. A forma como ele era simplesmente o *Nick*. De repente, fiquei com vontade de chorar ao me lembrar do nosso encontro na mesa de canapés, e como meu plano de conversar com ele tinha ido pelo ralo. *Tente de novo.* Senti meus dedos formigarem e um embrulho no estômago. *A noite é uma criança.*

— Alô. — Ouvi Charlie dizer, e saí do meu devaneio com Nick. Ele estava com o celular no ouvido. — Feliz Dia de Ação de Graças. — Então parou de falar, abrindo um sorriso. — Sério? — Ele empurrou a cadeira para trás. — Bem, diga que estou mandando um oi...

Assim que Charlie se afastou, eu também me levantei, esquecendo-me totalmente dos pratos de sobremesa. Talvez Charlie conseguisse repetir a sobremesa uma vez, mas eu só conhecia uma pessoa capaz de comer *três vezes*. Então, com o coração na boca, passei por entre os convidados até encontrar Nick olhando para a torta de abóbora na sala de jantar. Ou, para ser mais precisa, desejando o que *restava* da torta de abóbora. Não dava para chamar aquilo de fatia, com a massa já esfarelada.

— Sabe... — disse eu, hesitante. — Temos outra torta.

Nick suspirou.

— Essa já é a outra — respondeu ele. — Sua mãe a pegou na despensa depois que todo mundo devorou a primeira em alguns minutos.

— Não, Nick. — Neguei com a cabeça, mesmo que ele não tenha afastado os olhos da torta. — Acredite em mim, tem *outra*.

— Ah, a boa e velha geladeira da garagem — disse ele enquanto eu tirava a torta de dentro e entregava a ele. Não tínhamos trazido pratos, apenas garfos. — Por que não pensei nisso?

Dei de ombros e fiquei ao lado dele, encostando no capô da SUV da minha mãe. Nick já estava comendo a torta, mas eu segurei o meu garfo com força, ansiosa demais para comer.

— Você está se divertindo? — perguntei por fim, só para quebrar o gelo.

Nick assentiu.

— Estou — respondeu ele depois de engolir uma garfada. — Você e sua mãe sabem como dar uma festa de Ação de Graças. — Ele apontou com o garfo para a porta que dava para o restante da casa. — Essa festa coloca a dos meus avós no chinelo.

Quando ele riu, eu tentei rir também, mas foi praticamente impossível com as lágrimas que se acumulavam nos meus olhos.

— Desculpe — sussurrei. — Nick, me desculpe. *De verdade.*

— Tá tudo bem — disse ele, com voz neutra. — Você acabou com o meu sofrimento...

Sofrimento.

A palavra pareceu uma faca no meu coração.

— ... ao me dar essa torta aqui. — Ele colocou um pedaço enorme na boca e deu aquele sorriso fraco. O Nick sarcástico. Eu odiava o Nick sarcástico. — Então fica tudo bem quando tudo termina bem.

Tirei a torta dele.

— Não, Nick — contestei, sentindo o coração disparado. — Não estou falando da sobremesa.

— Por que não? Eu podia viver só de sobremesa.

— Eu sei — afirmei, algumas lágrimas escorrendo. Abracei a forma da torta. — Eu sei que você pode, e isso... — Minha voz ficou grave. — É uma das coisas que mais gosto em você. Tem tantas outras...

Nick se desencostou do carro, a expressão agora solene.

— Eu também — disse ele, brincando com o garfo. — Tenho tantas coisas que gosto em você.

Meu coração disparou, feliz. *Aqui vamos nós,* pensei. *Nós vamos fazer isso, vamos consertar as coisas...*

— É isso que nos torna tão bons amigos — continuou ele com aquele sorriso idiota e fraco. — Somos ótimos amigos.

Ótimos amigos.

Meu coração desacelerou tão rápido que tudo ao meu redor ficou um pouco embaçado.

— É. — Assenti de leve. — Somos ótimos amigos.

Charlie não voltou mais para a festa. Não voltou para os jogos de tabuleiros nem para pegar as sobras, nem para tomar o chocolate quente de despedida (com doces em formato de bengalinhas para dar boas-vindas ao Natal. *Que bom*, pensei enquanto minha mãe colocava as coisas na lava-louça mais tarde. *Eu não quero mesmo vê-lo.*

Porque parte de mim se arrependia, se arrependia de ter atendido a ligação dele e deixado Nick no campo de golfe para poder tirar o gêmeo dele da sala do sr. Magnusson. Eu me odiava por isso, e, naquele momento, era fácil odiá-lo também.

Somos ótimos amigos.

Mas eu continuei olhando para o celular, uma baita hipócrita. Queria que ele me ligasse, ou que uma mensagem aparecesse, só para saber como tinha sido a conversa com Luke. Porque ver o sorriso dele mais cedo...

Meia-noite: nada.

Meia-noite e meia: nada.

Uma da manhã: nada.

O que me deixou sozinha com os meus pensamentos. *Por que você não falou nada?*, eu me perguntei. *Por que você concordou com Nick, em vez de negar e contar a verdade para ele?*

Suspirei e me deitei de costas para encarar o teto com a galáxia de estrelas que brilhavam no escuro. Meu pai e eu havíamos passado uma tarde inteira colando-as quando eu era pequena e, antes de ir para o meu primeiro ano na Bexley, eu tinha feito minha mãe, uma designer de interiores, jurar para mim que não as tiraria enquanto eu estivesse na escola. Eu ainda as amava, elas sempre me lembravam de quando eu tinha ido visitar os Carmichael em Vineyard. Uma das coisas que Nick e eu mais gostávamos de fazer era sair de caiaque à noite, desaparecendo no lago Oyster. Tudo ficava na mais completa escuridão, a não ser pelas estrelas acima de nós. Magia pura para os meus olhos.

Mas, naquela noite, as minhas estrelas me assombravam, levando-me de volta ao sexto buraco do campo de golfe.

— Você não faz ideia do que você significa para mim, Nick Carmichael — sussurrei para mim mesma... O que eu queria dizer para você esta noite. *Você é o amor da minha vida...*

Eu já sei há um tempo. Mais do que qualquer coisa, eu quero me casar com você um dia. Quero que a gente jogue hóquei com nossos filhos na porta da garagem e que a gente ensine a eles a fazer trilha de bicicleta. Eu quero que a gente seja aquele casal de velhos que ganha todos os campeonatos de bocha em um condomínio na Flórida. E é por isso que não posso ser sua namorada nesse momento. Somos jovens demais para tudo isso começar.

Quando era uma e meia da manhã, depois que finalmente consegui pegar no sono, acordei com o celular vibrando no travesseiro.

— Alô?

— Você tá acordada? — perguntou Charlie.

— Eu estou agora.

— Ah, foi mal...

— Não precisa se desculpar. O que houve?

Eu o ouvi suspirar.

— Tem como você vir pra cá? Eu imagino que você ainda esteja em coma alimentar... — A voz dele vacilou. — Mas eu tô precisando conversar.

— Pode deixar. — Eu já tinha me levantado e estava calçando minhas botas. — Estou indo.

~

— Isso tem a ver com o Luke? — perguntei depois de me enfiar embaixo das cobertas de Charlie e, como ele fazia sempre que eu estava chateada, eu o abracei com os braços e as pernas. — Sobre o que vocês conversaram?

— Sobre umas coisas — disse ele, enquanto eu encostava o rosto nas costas dele. — Um monte de coisas...

Tipo ser ótimos amigos?, pensei com amargura enquanto estávamos quietos, tão quietos que dava para ouvir o tique-taque do relógio de Charlie na cômoda. O quarto dele obrigava você a enfrentar os próprios pensamentos.

Comecei a esfregar as costas dele, do mesmo modo que a sra. Carmichael fazia sempre que Charlie se descontrolava quando era pequeno. Ele queria me contar, eu estava sentindo.

Depois de alguns minutos, ouvi Charlie perguntar se eu me lembrava da nossa briga no Pandora's.

— Sim, eu me lembro — afirmei, abraçando-o com mais força. Eu precisava deixar Nick de lado por ora. — E sinto muito. Eu fui muito grossa com você.

— Mas você estava certa — sussurrou ele. — Sobre tudo.

E ele se encolheu todo.

— Você é perfeito, Charlie — disse eu depois de deixá-lo chorar por um tempo. — Você é totalmente perfeito e eu te amo tanto. Amo você mais do que qualquer outra pessoa no mundo inteiro. Não importa o que aconteça, eu sempre vou te amar e quero que você seja feliz.

— Eu não sei o que fazer. — Sua voz falhou, demonstrando medo. — Eu não faço ideia do que fazer.

Dei um beijo no ombro dele.

Silêncio.

— Ele disse que me ama — sussurrou Charlie. — Antes de desligarmos, ele me disse.

Arfei.

— E o que você disse?

— Eu não disse nada. Só "Feliz Ação de Graças."

— Mas você *ama* o Luke?

Minha pergunta ficou no ar por um momento e então eu ouvi:

— Promete que não vai rir?

— Prometo.

Charlie respirou fundo.

— Sim, eu amo o Luke. Desde o dia que a gente se conheceu.

E eu amo o seu irmão, pensei, abraçando meu amigo e chorando com ele. *Eu amo muito seu irmão.*

VINTE
CHARLIE

O bando se reuniu para ir ao Peace Love Pizza no sábado para comemorar o início das aulas de inverno, mas, como Nick diria, eu estava em outra galáxia o tempo todo. Não notei o litro de gordura que escorreu da minha fatia de pizza de frango, não notei os amigos de Val me fulminando com o olhar a três mesas da nossa. A única coisa que notei foi que Luke não estava lá. Não estou me sentindo bem, ele escreveu no grupo. Não vou hoje à noite.

Fiquei mexendo em uma das minhas pulseiras embaixo da mesa, o cordão de couro com um pingente de âncora. Luke tinha permanecido estoico enquanto eu abria a caixa em outubro, mas então dera um sorriso de satisfação quando eu disse que adorei, como se estivesse afirmando: *Sim, eu sou o gênio dos presentes.*

Nós nos encontráramos algumas vezes no campus durante a semana, mas não tivéramos uma conversa de verdade desde o dia de Ação de Graças. Uma tempestade de neve atingiu Grosse Pointe, então Luke teve que passar o feriado na casa dos meus primos.

— Então, onde você está agora? — perguntara ele quando já estávamos conversando havia quase duas horas naquele dia. — Ainda andando?

Eu tinha dado um sorriso.

— Não. Estou sentado na escada de entrada de um vizinho. — Os DePietro estavam na casa da Sage e eu tinha dado umas cem voltas pelo bairro. — E você?

— Na sala de TV do andar de cima.

— Eles ainda têm aquele sofá vermelho?

Eu não sabia dizer quando foi a última vez que eu estivera em Grosse Poite, mas eu me lembrava da sala de TV que ficava no segundo andar da casa dos meus primos: parede com painéis de madeira e prateleiras de livros e o sofá mais fundo que a humanidade já viu. A pessoa literalmente *afundava* nele.

— O único e inigualável — dissera Luke. — Sua tia anda dizendo que quer se livrar dele. As almofadas já estão começando a ficar puídas.

— Que pena.

— É...

— Tá, no que você está pensando? — eu tinha perguntado quando ele parara de falar. Eu havia me acomodado melhor no degrau para ficar mais confortável.

Uma pausa.

— Como você sabe que estou pensando em alguma coisa?

— Dá para notar na sua voz — eu explicara. — Quando você está perdido em pensamento, ela fica mais suave... — Fechei os olhos, tentando imaginar. — Eu sei que você está deitado aí, todo esticado, tamborilando na perna. Sei também que está olhando para alguma coisa do outro lado da sala, mas não está *vendo* nada de verdade. Ah, e você está mordendo a língua.

Porque nem sempre o Luke estava prestando atenção no jantar ou na aula. Até ele às vezes viajava na maionese.

— É uma aquarela que Banks pintou na escola — murmurou Luke depois de um segundo. — Um navio pirata, armado com um monte de canhões.

Eu ri.

— E no que você está pensando?

Ele não respondeu.

— O que foi? — brinquei. — Você precisa falar mais alto.

Ele ficou em silêncio, mas depois disse:

— Estou pensando em como eu amo você.

Eu tropecei subindo as escadas da Brooks e caí bem no meio do caminho para o terceiro andar.

— Tá tudo bem, Charlie? — perguntou Samir Khan, no patamar da escada.

Fiz uma careta ao ouvir a pergunta. Eu não sei onde que eu estava com a cabeça quando achei que o alojamento estaria deserto, mas foi exatamente o que pensei. Eu não esperava esbarrar com ninguém.

— Tudo certo. — Eu me levantei do chão, esperando que não estivesse óbvio demais o quanto eu estava tremendo. *Agora saia do meu caminho.*

O terceiro andar estava silencioso, e parte de mim cogitou dar uma passada rápida no banheiro para vomitar. Eu não tinha ideia do que deveria fazer. *Eu simplesmente o beijo? Ou me declaro primeiro? E o que acontece se ele tiver mudado de ideia? É diferente beijar um cara? Isso vai mudar tudo?*

Fiquei parado diante da porta dele por um longo tempo, uns cinco minutos talvez. E, então, eu me desafiei a bater.

— Meu mordomo está doente! — gritou Luke. — Pode abrir!

Foi o que fiz e, assim que o vi, fiquei tonto. Luke estava sozinho, sentado na cama com o computador, usando uma camiseta branca e a calça de pijama que eu tinha comprado no site de Vineyard Vines no dia seguinte ao feriado de Ação de Graças. Era verde com chapéus de Papai Noel. Paguei o frete expresso para que ele recebesse antes de voltar para a escola. O Natal era o feriado favorito dele.

Luke ergueu o olhar da tela e nos entreolhamos.

— Oi. — Ele fechou o computador. — Tudo bem?

— Desculpe ter demorado tanto — falei sem pensar.

Luke riu e se levantou da cama.

— Sim, eu cronometrei. Cinco minutos do lado de fora da minha porta. Agora, escuta, esse lance de "superformando" não é...

Não o deixei terminar. Em vez disso, atravessei o quarto e o abracei. Eu o abracei de verdade. Com os dois braços em volta dele, afundei o rosto em seu pescoço. Luke ficou parado por um tempo antes de me abraçar de volta, e eu meio que desmoronei em cima dele.

— Desculpe ter demorado tanto — repeti. — Mas eu estou decidido agora.

Pelo menos era o que eu esperava.

Luke se afastou para me observar. Ele inclinou a cabeça, fingindo estar confuso. Porque eu sabia que ele sabia o que eu queria dizer. O brilho em seus olhos o denunciou. Mesmo assim, ele disse:

— Explique, por favor.

— Fica comigo. — Eu me desvencilhei do abraço para segurar a mão dele. A minha estava tremendo muito, mas nossos dedos se entrelaçaram de alguma forma, sem pensarmos muito, como se já tivéssemos feito isso umas cem vezes. Não precisava de esforço. — Por favor. Vamos ficar juntos. Eu estou apaixonado por você. Sempre soube que ficaríamos juntos, mesmo antes de nos conhecermos. Me dei conta disso no dia em que eu ouvi você falar no telefone... — Apertei a mão dele. — Eu estava confuso, mas, agora, estou pronto. — Fiz uma pausa. — Se você ainda quiser.

Luke ficou em silêncio por um segundo, o segundo mais longo e mais silencioso da vida, mas depois ele riu.

— Ah, quer dizer então que está apaixonado por mim.

Soltei o ar.

— Esse é o diagnóstico.

Seu rosto se iluminou.

— Sinto muito ouvir isso.

— Dá para perceber. — Dei um sorriso.

— Eu topo — disse ele, assentindo. — Desde que seja só eu. Porque, de acordo com as minhas irmãs, eu nunca fui bom em dividir as coisas...

— Você não vai precisar dividir — garanti. — Vamos ser só você e eu e ninguém mais.

Nenhum de nós disse mais nada. Nós só meio que olhamos um para o outro.

Luke foi o primeiro a falar.

— Eu estou doente — disse ele, parecendo meio entupido. — Então, eu entendo se você...

— Não tem problema. — Fiz que não, ouvindo um zumbido nos ouvidos. — Tenho um sistema imunológico de ferro.

— Então fica por sua conta e risco.

Engoli em seco.

— Você já...? — Comecei a perguntar, sem conseguir dizer tudo. *Você já beijou um cara antes?*

Ele entendeu o que eu queria dizer.

— Já.

Olhei para o chão.

Eu nunca, pensei, mas não disse nada. Nada jamais foi tão óbvio.

Mas Luke continuou com voz suave:

— Mas eu nunca quis tanto beijar uma pessoa quanto eu quero beijar *você*.

Ergui a cabeça e nossos olhares se encontraram.

— Sério?

— Charlie. — Ele ficou me olhando. — Você é um idiota.

Meu coração disparou.

— Você está com uma doença contagiosa — declarei.

— E você disse que não se importava — retrucou.

Respirei fundo. Ele estava certo, eu não me importava. Nem um pouco.

— Tá legal.

Luke assentiu.

— Tá legal.

— Então, como a gente...?

Luke sorriu, balançou a cabeça e passou o braço pelas minhas costas para me puxar para ele. Fiquei tão perto que consegui sentir o seu coração. O peito dele contra o meu.

— Você pensa demais — murmurou, me segurando por um tempo. Ele era tão quente e firme, e meus olhos começaram a se fechar. — É só relaxar e deixar acontecer. — Ele encostou a testa na minha. — Tudo bem?

Assenti, de olhos fechados.

— Ótimo — disse ele.

Então, abri os olhos a tempo de ver o sorriso dele antes de os seus lábios encontrarem os meus.

E assim como Luke, eles eram quentes e firmes e, de alguma forma, já tão conhecidos. Senti as pernas cederem sob o meu corpo e caí contra a porta fechada, batendo minha cabeça. Escorreguei e puxei Luke comigo. Uma confusão de braços e pernas, e nós continuamos nos beijando. Luke murmurou alguma coisa ininteligível e eu murmurei algo ininteligível em resposta.

Seja lá o que foi, estávamos de acordo.

Fui até a cidade cedo na manhã seguinte. O *brunch* no Addison só era servido a partir das onze da manhã, mas o Pandora's abria às sete. Como era de se imaginar, Luke estava apagado quando cheguei ao quarto dele trazendo café e sanduíches para o desjejum. "Quero o sanduíche de bagel doce com salsicha, ovo e queijo", pedira eu, lembrando-me das preferências dele. "Vão ser dois, por favor."

Eu sabia que a porta estaria destrancada porque ele tinha me pedido para apagar a luz quando saí na noite anterior. Coloquei a sacola de delícias na escrivaninha e dei três passos até a cama. Eu me agachei e toquei seu braço.

— Oi — sussurrei.

Os olhos castanhos de Luke se abriram rápido e vi o corpo dele se contrair.

— Puta merda — resmungou ao se dar conta de que era eu. — Você é um psicopata.

Inclinei a cabeça para o lado.

— Será que me esqueci de mencionar isso ontem à noite?

— Eu não me lembro. — Ele revirou os olhos. — Se fosse o caso, queria achar que eu teria pelo menos trancado a porta.

— Ah, isso não faria diferença. — Abri meu casaco e descalcei as botas. — Eu não preciso de chave para abrir uma porta.

— Como todo psicopata que se preze.

— Só os que sabem o que estão fazendo.

Assenti e fiquei ali parado por mais um segundo. Então Luke puxou as cobertas e abriu espaço para mim, sorrindo.

— Vem aqui.

Eu retribuí o sorriso e me deitei com ele. Luke nos cobriu e virei de lado para compartilharmos o travesseiro. Ele deu um beijo no meu rosto, ou melhor, no cantinho da minha boca. Senti um frio na barriga. Ainda meio que preocupado, mas também excitado. Ali estava eu, na cama com um cara. Eu estava beijando um cara — *o Luke*. Finalmente.

Eu era eu.

— Bom dia — sussurrou Luke.

— Bom dia — sussurrei em resposta.

Ele deu uma risadinha, e eu encostei a cabeça em seu peito para sentir as vibrações. Tudo doía dentro de mim. Ele tinha a melhor risada.

— Que horas são? — perguntou. — Sete?

Eu sorri.

— Quase nove.

Luke gemeu.

— Dá no mesmo.

— Como assim?

— O Addison ainda não abriu.

Dei risada.

— Foi por isso que eu fiz um leve desvio na rota para trazer o café da manhã.

Ele arregalou os olhos.

— Pandora's?

— Onde mais?

Luke suspirou de felicidade.

— Você é um verdadeiro príncipe.

— Não sou mais um psicopata?

— Talvez eu tenha julgado rápido demais.

Eu ri de novo. E foi quando me veio um estalo. *C.* Eu sabia o que significava, e não tinha nada a ver com o meu nome. Levantei uma das sobrancelhas e fiz cócegas em Luke.

— Príncipe Charmoso?

— Príncipe Charmoso. — Ele riu e se inclinou para me beijar de novo, um pouco depois de sussurrar: — E a sua coroa está no armário.

VINTE E UM
SAGE

Havia duas grandes notícias no café da manhã de segunda-feira. A primeira foi que Charlie Carmichael parecia ter sofrido uma concussão.

— Você *não* teve uma concussão — disse Luke, desviando os olhos do celular. — Fique calmo.

Charlie riu, o canto dos olhos enrugando.

— Talvez eu tenha tido mesmo. — Ele se virou para nós. — Foi muito difícil me concentrar no dever de casa ontem, e eu acordei com essa baita dor de cabeça...

— Tome um Tylenol. — Luke foi direto. — Ou um Advil.

— Aqui — disse Jack antes que Charlie tivesse a chance de responder. — Siga o meu dedo. — Ele levantou o indicador e começou a mexer de um lado para o outro para Charlie acompanhar. — Você fica tonto?

Reese riu.

— E onde foi que você se formou em medicina, dr. Healy?

Jack deu de ombros.

— Certificado on-line. — Ele sorriu para ela, que bagunçou o cabelo dele. Os dois estavam juntos desde o baile.

— Um pouco — respondeu Charlie. — Estou meio tonto.

— Como você acha que aconteceu? — perguntou Jennie, mastigando um pedaço de bacon.

— Ah — disse Charlie, e vi o rosto dele ficar um pouco vermelho. — Bem, eu...

— Ele escorregou — interrompeu Luke.

— Isso. — Charlie estalou os dedos. — Foi isso. Eu escorreguei.

— Em uma casca de banana.

— Igual ao jogo *Mario Kart*.

— Exatamente.

E os dois começaram a conversar, falando em uma velocidade que ninguém conseguia acompanhar. Tomei um gole do suco de laranja e quase me engasguei quando Reese se inclinou e fez um gesto para os garotos, cochichando:

— Por que eles não se pegam logo?

Eu sabia que ela estava brincando, mas... mesmo assim. *Bem, a questão é que eles já estão se pegando*, pensei em responder.

Charlie me ligara depois da meia-noite de sábado, quando eu estava me torturando na cama vendo fotos antigas de mim e Nick no meu notebook. Só colegas, só amigos e agora nada.

— Alô — eu atendera o celular tentando manter a voz normal. — Para onde você foi depois da pizza?

Ele não respondera na hora; eu ficara ouvindo sua respiração, mas ele não respondera.

— Você está sozinha? — perguntara ele, por fim.

Eu dera uma olhada para uma foto de dois verões atrás, eu nos ombros de Nick no show de Dierks Bentley. Meus olhos fechados enquanto eu gritava, e ele olhando para mim e sorrindo. Eu nunca tinha notado antes.

— Sim. Estou sozinha.

— Eu beijei o Luke — contara ele bem rápido. — A gente se beijou esta noite.

Meu coração tinha dado um salto no peito e eu pulara da cama.

— O quê? Ai, meu Deus, Charlie. — Eu respirara fundo. — O beijo foi bom?

— Bom? — Eu nunca tinha ouvido aquele tom vindo dele antes. Eu soubera que ele sorria. — Sage, eu nem consigo... — Charlie suspirara de novo, sonhador e apaixonado. — Tipo, você *sabe*, sabe?

Sim, eu tinha pensado com os olhos ardendo e olhando novamente para minha foto com Nick. *Eu sei.*

Enquanto a "concussão" de Charlie foi rotulada por todos como *fake news*, a segunda notícia era totalmente verdadeira, a confirmação de um boato que estava rolando desde a noite de sábado.

— Puta merda — disse Nana no meio de *Podres de ricos*. — Adivinhem o que a Val acabou de me mandar por mensagem?

Reese apertou o pause.

— Conta logo.

— Ela está dizendo que ouviu que alguém do segundo ano viu a Emma Brisbane hoje à noite. — Ela fez uma pausa. — Na sala comum da Mortimer com Nick Carmichael.

Senti um aperto no peito, e as palavras saíram antes que eu pudesse me controlar:

— Isso não quer dizer nada.

— Eu não teria tanta certeza... — Nina mandou outra mensagem para Val e depois sorriu. — Porque aparentemente esse aluno os viu depois, andando em direção ao...

Não o sexto buraco, rezei. *Por favor, tudo menos o sexto buraco.* Nick não faria aquilo, não mostraria as constelações para Emma. Além disso, estava frio demais para ficar no campo de golfe, mas eu não conseguia pensar claramente. Alguma coisa estava envolvendo e estrangulando o meu coração.

— Parece que a Val estava certa — disse Jennie. — Esse deve ser o ano deles.

— Bem, eu só acredito vendo — respondeu Reese, antes de continuar o filme.

Mas agora, no Addison, estávamos vendo com os nossos próprios olhos. Cody Smith assoviou da mesa dos garotos do time de hóquei quando Nick e Emma entraram na sala de jantar de mãos dadas. Ele deu um sorrisinho e baixou a cabeça, sem querer a atenção, enquanto Emma ficou radiante, amando cada segundo.

Nina me cutucou.

— Pode pagar — disse ela. — Vinte dólares, lembra?

Controlei um suspiro. Nina estava tão animada com a possibilidade de Nick e Emma que, por impulso, eu havia proposto uma aposta, dizendo que era uma bobagem. Assenti de má vontade.

— Transfiro para você depois.

— Mal posso esperar para ver a mensagem que você vai mandar com a transferência.

Ela riu.

— É, vai ser demais — resmunguei, enquanto a fala *Ele é meu marido* aparecia na minha mente. Outra citação de *Doce lar*. Meu estômago se revirou.

Jack fingiu socar a mesa.

— Tudo bem, então — disse ele. — Agora que Nick e Emma estão juntos, vamos ao que interessa. — Ele fez um gesto para mim e para Charlie. — Vocês já estão nesse chove não molha há muito tempo, não acham?

O bando ficou em silêncio.

O Jack *realmente* tinha perguntado aquilo.

Charlie e eu nos olhamos. Ele não estava exatamente apertando o maxilar, apenas *contraindo*, e vi um lampejo de medo em seus olhos. Fiquei me perguntando o que ele estava vendo nos meus. Provavelmente um tremor.

Eu estava lutando para controlar as lágrimas.

Nossos amigos ficaram em silêncio. Esperavam o momento que desmentiríamos, como sempre fazíamos, ou que finalmente nos declararíamos. *Eu amo o Charlie*, pensei em dizer para resolver essa questão de uma vez por todas. *Mas não dessa forma!*

— Sabe, Jack — disse Luke de repente —, acho que essa chuva já passou a essa altura. — Ele ficou olhando casualmente para o celular. — Talvez seja hora de esquecerem isso.

Luke e eu nos sentamos à nossa mesa de sempre no Pandora's por volta das sete da noite na quarta-feira. Tínhamos criado o hábito de fazer o dever de casa aqui depois do jantar, só nós dois.

— Eu te vi no treino hoje — disse ele enquanto tirávamos as coisas da nossa mochila pesada, os livros faziam um estrondo contra a mesa. — Você mandou bem.

Nós dois estávamos fazendo atletismo em quadra coberta naquele semestre, mas, enquanto Luke treinava corrida de longa distância, minha especialidade era o salto com vara. Adrenalina pura.

— Eu sei — respondi. — Não derrubei a vara nem uma vez.

Esperei que Luke fosse levantar uma das sobrancelhas diante da minha autoconfiança, já que aquele era o estilo do Charlie, não o meu. Em vez disso, ele inclinou a cabeça e perguntou:

— Imagino que estivesse colocando a raiva para fora?

— É isso mesmo.

Ele estendeu a mão na mesa e eu a peguei, apertando com força.

— Sinto muito — lamentou. — Eu queria ter te contado antes, mas não tivemos um momento à sós. — Ele fez uma pausa. — Pelo visto, só eu que sei?

— Isso. — Assenti. — Tipo, o Charlie também sabe, mas...

Meneei a cabeça, como se tivesse deixado essa história para trás. *Ele vai se apaixonar rápido e você vai destruí-lo quando decidir que as coisas tinham que seguir o próprio rumo...* Ele não tinha pedido desculpas e, para ser sincera, não sei se ele pediria. Talvez tivesse se esquecido totalmente disso ou talvez não se arrependesse das palavras. Não que eu pudesse culpá-lo. Eu mesma tinha dito que não queria um relacionamento sério até estar mais velha.

Mas isso tinha sido antes de Nick, antes de eu me apaixonar por ele. Era tão irônico: Charlie achava que eu partiria o coração do irmão dele, mas era o Nick que estava partindo o *meu*.

O barista chamou nosso nome um segundo depois. Nossas bebidas estavam prontas.

Eu me ofereci para pegá-las, e, quando voltei para a mesa, Luke não estava sozinho. Tristan Andrews e seu cabelo arrepiado, em um penteado que mais parecia com a barbatana de um tubarão, estava parado ali, conversando com ele.

— Que bom que te encontrei aqui — disse ele. — Como foi de Ação de Graças?

— Foi ótimo — respondeu Luke. — E você?

— Ah, tudo bem, também. É bom ir para casa. — Ele riu. — Mas é bom voltar.

Luke assentiu e pegou o lápis que tinha prendido atrás da orelha, dispensando-o educadamente. *Hora de voltar aos estudos.*

Mas eu sabia que a conversa ainda não tinha acabado.

— Que bom que te encontrei aqui — repetiu Tristan —, porque eu queria... — Ele ajeitou o cabelo. — Eu queria saber se você está a fim de sair comigo um dia desses?

— Ah. — Luke colocou o lápis na mesa e ficou olhando para ele por um segundo, como se estivesse escolhendo as palavras. — Ah, que gentil, Tristan, mas... — Ele ficou vermelho. — Eu meio que já estou com uma pessoa...

— Você *meio que está com uma pessoa*? — perguntei assim que Tristan saiu meio sem jeito (principalmente depois de descobrir que eu tinha ouvido tudo). — Luke!

— O quê? — Ele tomou um gole de café. — Eu *estou com* uma pessoa. — Ele abriu um sorriso. — E ele não é de se jogar fora.

Eu ri.

— Eu sei, mas... — Tentei não fazer careta, torcendo para que o que eu estava prestes a dizer não soasse errado. — Hum... você pode falar essas coisas?

Luke franziu as sobrancelhas.

— Se eu *posso*?

Senti uma queimação no estômago. Sim, eu disse a coisa errada.

— Não é isso. — Tentei me corrigir. — O que estou dizendo é que achei que fosse segredo. Foi o que o Charlie me disse. E eu acho... — Hesitei. — Eu só queria saber.

— É verdade — afirmou Luke. — A gente concordou em manter segredo. Ele quer, e eu entendo. Mas só por um tempo, até ele estar pronto. — Luke deu de ombros. — Mas eu sou *eu*, e todo mundo sabe disso, então, se alguém perguntar, não vou mentir sobre ter um namorado. — Ele falou mais baixo. — Porque nós dois sabemos que guardar segredos nunca é a melhor solução.

Senti um aperto no peito.

— Sinto muito, Sage — lamentou. — Como seu amigo, vou sempre ser sincero com você. — Ele olhou bem no fundo dos meus olhos. — Charlie diz que você é um raio de sol ambulante, mas, desde que Nick terminou tudo, parece que sua luz se apagou...

Minha voz falhou.

— Por favor, Luke. Não.

— Mas realmente vale a pena? — perguntou ele. — Fingir que não foi de verdade? Só porque seus pais se divorciaram, não significa que vai acontecer o mesmo com você. Os meus se conheceram quando tinham dezoito anos...

— Luke, para — pedi. — Por favor. Para.

Luke ficou vermelho.

— Tá legal — murmurou ele. — Foi mal. Fui longe demais.

Assenti, com o rosto enrubescido também.

Voltamos ao dever de casa.

Quando ergui o olhar do meu livro, me arrependi na hora. Emma e Nick estavam no balcão, ambos usando casaco do time de hóquei.

— Ai, meu Deus — resmunguei. — Por acaso eles estão me seguindo?

Uma pergunta ridícula, já que Emma era uma frequentadora muito mais assídua no Pandora's do que eu e estudava ali todas as manhãs. Charlie e eu às vezes a víamos quando saíamos para nossa corrida.

— Oi, Emma! — gritou o barista agora.

— Vamos embora — sugeriu Luke enquanto ela pedia chocolate quente para os dois, com muito chantili.

Ele gosta mais de marshmallow, pensei. *E ele gosta de esfarelar biscoito por cima. Delícia de inverno, é como ele chama a combinação, que inventou na cozinha da minha casa quando tínhamos nove anos.*

Ele te contou isso, Emma?

— Sage? — chamou Luke.

— Não. Não, vamos ficar. Tá tudo bem. — Senti um nó na garganta. — Eu tenho que ficar bem.

— Tá — disse Luke, mas ele falou de novo enquanto eu destampava o marca-texto. — Você sabe que estou aqui — sussurrou. — Estou sempre aqui, até quando você não conseguir ficar bem.

Assenti e me obriguei a continuar lendo, mas era impossível me concentrar. A cada poucos segundos, eu olhava para Nick, tomando chocolate quente com a nova namorada na mesinha perto da janela. *Ele sente também?*, me perguntei. *Ele sente minha presença aqui?*

Nossa mesa era tão grande que nenhum deles nem olhou na nossa direção. Mas, um minuto depois, quando Emma se levantou para pegar guardanapos, eu literalmente me levantei com um salto.

— Vou lá dar um oi para o Nick — anunciei com a voz aguda. Era como se houvesse um ímã me atraindo para ele.

O olhar de Luke era de confusão, mas ele fez um joinha.

Então, atravessei o café, os olhos de Nick encontraram os meus quando eu quase tropecei em uma cadeira no caminho.

— Oi — disse eu, tentando ser casual. Meu coração estava disparado. — O chocolate quente está bom?

— Ah, oi — cumprimentou ele. — Tá bom. — Ele olhou para a caneca. — Poderia ser um pouco mais grosso, mas, no geral, está gostoso.

Uma onda de confiança me invadiu. Nick sempre disse que o melhor chocolate quente era grosso e cremoso, como veludo líquido.

— Uma pena esse não ter marshmallow — comentei.

Ele ignorou.

— O que está fazendo aqui? — perguntou ele.

— Dever de casa — respondi. — Luke e eu gostamos de vir pra cá estudar... — Fiz um gesto para nossa mesa, de onde só dava para ver a pontinha do boné de Luke. — De qualquer forma... — Dei um sorriso.

— Eu queria saber se você queria andar de bike amanhã? Levar a Ace e a Abelhinha para uma das trilhas de cross-country.

Aceite, pensei, enquanto alternava o peso do corpo de um pé para o outro. *Aceite para que eu saiba que ainda existe* algo *entre nós.*

Mas Nick fez que não com a cabeça.

— Desculpe. — lamentou Nick, enquanto eu ouvia o *clique-claque* de botas atrás de mim. — Emma e eu vamos...

— Oi, Sage — disse Emma toda animada, meu estômago embrulhou ao ver o sorriso de sempre dela. Ela estendeu a mão para tocar no meu cachecol branco de tricô. — Adorei isso!

— Valeu. — Tentei retribuir o sorriso. — Foi minha mãe que fez.

— É muito fofo — elogiou, passando por mim para se juntar a Nick na mesa.

Fiquei observando ela dar um beijo no rosto dele e se aconchegar ao seu lado. O canto dos meus olhos começou a arder.

Sai daqui, pensei, mas a conexão entre minha mente e minhas pernas tinha sido cortada.

Nick tossiu.

— Fica para outro dia, Sage — comentou ele. — Quem sabe?

— Tá bom. — Assenti, piscando para não chorar. — Fica para outro dia.

Como se tivesse lido minha mente, Luke já tinha arrumado nossas mochilas quando voltei para mesa. Nós as colocamos nas costas e saímos para a noite sem dizer nada. Nenhum de nós falou até pararmos no fim do quarteirão, esperando para atravessar a rua. Luke me puxou para um abraço e chorei no seu ombro.

Charlie sugeriu irmos ao cinema no sábado.

— Só nós dois? — perguntei, e ele me olhou, um pouco hesitante.

— Não — respondeu ele. — Luke também.

Assenti.

— Claro. O que a gente vai ver?

Agora estávamos na entrada esperando o Luke, que mandara uma mensagem: Encontro vocês lá. Estou carregando esse trabalho em grupo nas costas. Se eu sair agora, vai dar merda.

— Eu nunca tinha notado antes — comentei —, mas o Luke é meio metido, né?

Charlie olhou para mim.

— Você só percebeu isso agora? — Ele sorriu. — Eu adoro isso.

Revirei os olhos.

— Claro que adora.

Ele deu de ombros, sorrindo, e um silêncio agradável se instalou entre nós. Comecei a me lembrar de Emma parando na nossa mesa no jantar e sendo irritantemente legal, como sempre.

— Sem concussão? — perguntara ela para Charlie.

Ele negara com a cabeça.

— Não. Tudo ótimo.

Depois de saber daquilo, os técnicos de hóquei não queriam arriscar e o levaram até a enfermaria para fazer exames. Eles iam jogar contra a Ames no fim semana seguinte, e ninguém queria que Charlie ficasse no banco.

Foi estranho quando Charlie quebrou o silêncio ao dizer:

— Então, o Nick e a Emma, hein?

Meu coração quase parou. Nenhum de nós dois tinha tocado naquele assunto, e eu esperava continuar assim. Luke era a única pessoa com quem eu queria falar e chorar as mágoas. Mas Charlie resolveu tocar no assunto.

— É. — Ouvi-me responder em um sussurro. — Nick e Emma.

Charlie se aproximou.

— Sinto muito, Sage... pelas coisas que eu disse. — Ele meneou a cabeça. — Eu fui um babaca. Eu só... — Então parou de falar. — Ele é meu irmão. É o melhor de nós.

— Ele é mesmo. — Concordei com a cabeça, sentindo o olho marejar de lágrimas. Mas forcei um sorriso. — Sem querer ofender.

Charlie riu e me deu um abraço.

— Eu te amo, Sage.

Eu correspondi ao abraço.

— Também te amo, Charlie.

— Ei, que boné bonito! — gritou alguém, e eu me virei e vi Luke com seu sorriso de sempre.

Charlie tocou na aba do boné desbotado.

— Valeu — agradeceu ele. — Eu não sabia que bonés tinham a ver comigo, mas esse aqui é bem maneiro.

— Onde você comprou? — perguntou Luke se aproximando de nós. Ele e Charlie não fizeram menção de se abraçar.

Mas é claro que não vão fazer isso, pensei. *Estamos em público.*

— Sabe que eu não sei — disse Charlie. — É que eu ganhei de presente.

— Está mais para você *roubou* de alguém.

— Ei...

— Mas, de qualquer forma — continuou Luke —, esse alguém tem muito bom gosto.

Charlie sorriu.

— O melhor.

Luke sorriu também e deu um apertinho no braço de Charlie. Mas logo afastou a mão quando Charlie se encolheu.

— Ah, foi mal.

— Tranquilo — murmurou Charlie. — Hum, olha só.

Luke e eu acompanhamos o olhar dele e vimos Reese e Jennie entrando no cinema. Jennie acenou para nós quando nos viu. Olhei para os meninos. Charlie estava olhando para o chão, e Luke parecia... desanimado.

— Como elas sabiam que a gente vinha? — cochichou Luke enquanto Charlie dava dois passos gigantes para se afastar dele. — Achei que elas iam patinar no gelo.

— É, eu também — respondi.

Às vezes, no inverno, eles mantinham o rinque aberto para os alunos patinarem. A Reese e o Jack tinham feito uma conta naquela manhã para ver quantos pares precisariam alugar, e eu disse que não precisava de um...

— Ah, merda — falei para os meninos. — Acho que eu mencionei que a gente vinha ao cinema. — Olhei para eles. — Foi mal.

Antes que eles pudessem responder, Jennie se aproximou e Reese veio logo atrás.

— Oi, gente!

— Por que vocês não estão no rinque? — perguntou Charlie.

— Está muito lotado — respondeu Jennie. — Muito *mesmo*.

— E Jack não consegue se equilibrar — acrescentou Reese, fazendo um gesto com a mão. — Eu o deixei aos cuidados do Paddy.

Nós três assentimos.

— Bem — disse Charlie. — Vamos entrar?

⁂

No meio do filme, percebi que Charlie tinha parado de assistir. Ele estava vendo Luke assistir ao filme e, quando nos entreolhamos por acaso, ele me deu um sorriso tímido.

Retribuí o sorriso, mas fiz um gesto de que eu precisava ir ao banheiro. Reese e Jennie não me viram sair, estavam totalmente focadas no Chris Hemsworth sem camisa.

Depois de lavar e secar as mãos, eu não voltei na mesma hora. Em vez disso, eu me sentei em um banco do lado de fora do cinema, peguei o celular e abri o Instagram. Nina tinha postado um story da patinação dos alunos. Havia música e conversa ao fundo. "Um pé na frente do outro", disse Paddy no vídeo, enquanto Jack se segurava nele com os dois braços, tremendo nos patins. "Calma, cara. Você vai conseguir..."

Depois, o vídeo fez uma panorâmica de todo o rinque. Reese e Jennie estavam certas, estava *realmente* lotado. Ali estava Val com as meninas do futebol, e Dove com seus amigos do segundo ano. Mas foi só quando Nina deu um zoom em duas pessoas que eu me mexi.

Nick e Emma.

Os dois estavam de mãos dadas e rindo, Emma usando o casaco dele de hóquei. "Pare de se mostrar, Nick!", gritou alguém quando ele a fez girar. "A gente já entendeu! Você tem tudo!"

Você tem tudo.

Eu rapidamente bloqueei a tela do celular e voltei para o cinema subindo dois degraus de cada vez. Charlie não estava mais olhando para

Luke, mas os dois tinham esticado as pernas, deixando que se tocassem sutilmente. Eu quase tropecei neles.

— Merda — murmurou Charlie. — Sage...

Com o rosto queimando, fiz um gesto com a mão e me atirei na poltrona, as palavras que Luke tinha me dito na quarta-feira voltaram para me assombrar: *Valeu a pena mesmo? Fingir que não era de verdade?*

Não, não tinha valido. *Algum dia,* fiquei repetindo para mim por tanto tempo, mas talvez esse dia tenha acontecido mais rápido do que eu imaginava. Fechei os olhos me lembrando de Nick e eu abraçadinhos no campo de golfe naquela última noite, tão felizes antes da ligação de pedido de ajuda de Charlie.

Mas não importa, pensei. Não importava porque eu ainda estava presa entre os gêmeos. Eu não podia trair a confiança do Charlie para fazer o Nick mudar de ideia. Eu não faria isso. Não podia. Charlie é quem deve contar a verdade.

A decisão é dele, percebi. *A decisão de quando "algum dia" vai chegar é totalmente do Charlie.*

Eu não tinha escolha, a não ser esperar.

Esperar e ver Nick e Emma juntos.

VINTE E DOIS
CHARLIE

Meus pais não conseguiam estar em todos os jogos de hóquei, mas sempre compareciam às competições de fim de semana e levavam a galera para jantar no Bistrô depois.

— Fiz uma reserva para dez pessoas — disse minha mãe na sexta-feira. — Mas talvez eu deva mudar para onze? Caso você queira levar outra pessoa...?

Fechei os olhos e mordi a parte interna da bochecha. Ela sempre fazia isso, jogava um verde, esperando que eu levasse uma garota.

— Não, mãe. Dez está bom — respondi, olhando na direção de Luke.

Ele estava de cabeça para baixo no sofá, totalmente concentrado em um thriller psicológico. Até minha mãe ligar, eu fazia o mesmo. No meu caso, era um exemplar dele antigo de *Os homens que não amavam as mulheres*. Eu não costumava ler muito, mas Luke rira ao ouvir aquilo. "Eu já vi suas notas de inglês, C. Aposto que você lê bastante."

— Ah — respondeu minha mãe, decepcionada. — Tudo bem, então. Vamos deixar a reserva para dez.

— Dez? — perguntou Luke depois que desliguei. — Para quê?

Eu me juntei a ele no sofá, escorregando para encostar a cabeça no couro frio. Luke moveu as pernas, que agora estavam no meu colo.

— Um jantar — respondi, sentindo uma queimação no estômago. — No sábado, depois do meu jogo. Ela e meu pai sempre levam Nick, eu e o pessoal do hóquei ao Bistrô.

— Ah — disse Luke. — Então, é um lance do time.

Assenti enquanto desbloqueava o celular para mandar uma mensagem para minha mãe:

Na verdade, 11. Vou levar a Sage.

Maravilha, respondeu ela colocando um emoji sorrindo. Mal posso esperar para vê-la!

Não era apenas o pessoal da Bexley que adorava a ideia de Sage e eu juntos, mas meus pais também. Imaginei minha mãe com caixas de fotos com uma etiqueta: *para a os slides do casamento.*

— A Emma vai? — perguntou Luke.

— Vai — respondi. Já que, sim, Emma iria. Nick a tinha convidado.

— Porque ela é a dirigente do time...?

— Isso — menti. — Porque ela é a nossa dirigente...

Luke ficou em silêncio, como se soubesse que eu estava mentindo. *Sinto muito*, eu queria dizer. *Ainda não.* Meus pais... Eu mal conseguia me segurar perto de Luke, precisei me controlar muito para não entrelaçar os dedos com os dele no almoço ou abraçá-lo pelos ombros enquanto íamos para aula. Às vezes eu me imaginava fazendo essas coisas, mas logo depois eu sentia um aperto no peito. *Não*, eu pensava, morrendo de medo. *Ninguém pode saber*.

Porque as pessoas seriam cruéis. Tristan Andrews tinha sido alvo de fofocas por semanas logo que chegara ao campus para o primeiro ano (era meio que óbvio só de olhar para ele), e mesmo que Luke não tivesse deixado essa situação abalá-lo, ele também passara por isso. Eu não conseguiria. Simplesmente não conseguiria.

— Foi até bom falar nisso — disse Luke. — Acho que não vou conseguir ir ao jogo. Tenho um trabalho de história para entregar na terça.

— O quê? Sério?

Eu gostei de Luke ter assistido ao jogo, gostei de vê-lo pular na arquibancada quando fazíamos um gol. Aquele gol foi para você, escrevi para ele do vestiário na semana anterior, no intervalo do jogo. Aposto que você diz isso para todas as garotas, foi a resposta (mais tarde, porém, no quarto dele, Luke declarou que o hóquei era o melhor esporte e se atirou nos meus braços).

— Pois é. — Ele levantou a perna e bateu com o joelho de leve no meu queixo. — Eu quero aproveitar o fim de semana para terminar.

— Mas podemos nos ver depois? — perguntei.

— Sim — afirmou. — Contanto que eu conseguir adiantar alguma coisa, claro.

— E contanto que eu não fique refém no jantar — resmunguei.

Luke levantou os olhos do livro.

— Então, não fique — disse ele. — Se você não quer ficar preso em um lugar, C., é só não ficar. A vida é sua. — Nick esbarrou o joelho de novo em mim. — Eles vão entender.

Será mesmo?, me perguntei. *Eles realmente entenderiam?*

Bexley acabou vencendo o jogo por 4-3, e eu estava me sentindo um babaca quando a entrada foi servida. Sage tinha se sentado longe de Nick e Emma, mas a vi olhando para o meu irmão. *Não foi só uma ficada*, percebi quando a mão dela encontrou a minha por baixo da mesa. *O que quer que eles tenham tido significou tanto para ela quanto para o Nick.*

Fiz uma careta ao me lembrar do que eu tinha dito para ela e temi ser tarde demais para consertar as coisas. Não deixe que a conversa no jantar gire em torno de Emma, escrevera Nick no grupo da família. Ela às vezes fica tímida. Ajam com naturalidade.

Ele gostava dela; era mais do que um par para um baile. Nick estava tentando partir para outra, e parecia que estava funcionando pela forma que ele a tinha apresentado aos nossos pais, com um sorriso orgulhoso e a mão nas costas dela. "Mãe, pai, essa é minha namorada, Emma."

E, também, ele não estava correspondendo aos olhares de Sage.

Não que fosse fácil acompanhar, nossa mesa era barulhenta e cheia. Nick e os caras estavam tentando falar todos de uma vez.

— Ainda bem que aquele último lance entrou — disse meu pai para Cody quando as coisas se acalmaram um pouco. — Porque, cara, a arbitragem... — Ele deu um assovio baixo. — Que horror. Ninguém superou o seu amigo Jack nas provocações hoje.

— Deixa de ser otário — repetiu Paddy. — E aprende a apitar que nem homem!

Todo mundo começou a rir, Emma os acompanhou. Minha mãe meneou a cabeça, mas estava segurando um sorriso.

— Sério, Jay? — disse ela enquanto eu me empertigava. — Sério?

— E quem era aquele jogador da Ames? — perguntou meu pai, quando chegaram os pratos. Olhei para o frango, e meu apetite não demonstrou o menor interesse. — O número dezenove?

— Dan Richards, ala esquerda — respondeu Nick de forma automática. Ele conhecia todos os jogadores dos preparatórios e as estatísticas deles. — O que tem ele?

— Nada — respondeu meu pai. — Só que ele...

— Faz giros — disse Paddy, com um riso debochado. — Ele gira em vez de pegar velocidade, como se estivesse fazendo patinação artística.

— É porque ele fez patinação artística quando era pequeno — interveio Emma, enrubescendo. Ela entendia dos números. E ainda fez uma pesquisa extra.

Mais risos, mas tudo isso foi abafado pelo zumbido nos meus ouvidos. Comecei a afundar na cadeira quando vi meu pai abrir a boca, e foi quando Sage decidiu ganhar vida e endireitar os ombros.

— Você não pode falar nada sobre patinadores artísticos, sr. Carmichael — disse ela com firmeza. — Se não me falha a memória, você ficou bem *chateado* quando Nathan Chen não se saiu bem em PyeongChang e comemorou muito quando Adam Rippon conquistou a medalha de bronze.

Todo mundo ficou em silêncio até meu pai dar risada.

— Eu não me atreveria, Sage. — Ele levantou a caneca de cerveja. — Um brinde à volta de Chen em 2022!

Minha mãe levantou a taça de vinho.

— Tim-tim!

No meio-tempo, escapuli para o banheiro, me apoiando na porta depois de trancá-la. Era um daqueles de cabine única.

— Como estão as coisas? — perguntei quando Luke atendeu.

— Estou na biblioteca, começando as notas de rodapé — disse ele.

— E aí?

Engoli em seco.

— A gente vai conseguir se ver mais tarde?

— Se você desligar e me deixar terminar, sim.

— Tá. E foi muito difícil de escrever?

— Não, foi bem simples. Não sei se é o meu melhor trabalho, mas está feito.

Meneei a cabeça e disse:

— Aposto que é inovador.

— Acho melhor você ler antes de fazer uma declaração tão categórica — retrucou Luke.

Eu ri.

— Estou com saudade — murmurei, mesmo que fosse absurdo. Luke e eu tínhamos nos encontrado no café da manhã. Pigarreei. — Isso deve parecer...

— Você quer passar a noite comigo? — perguntou ele.

Você quer passar a noite comigo?

Passei a mão pelo cabelo, desejando que não houvesse ninguém no restaurante. Ao mesmo tempo, outra parte de mim não estava nem aí. Pensar em Luke fazia meu coração palpitar de alegria. Tudo ficava melhor. Tudo ficaria melhor quando eu o visse.

— Tipo assim, é permitido fazer isso, né? — continuou Luke. — Dormir na casa de um colega?

— É — assenti. — Mas precisa de autorização. — Eu tinha conseguido algumas para dormir no quarto de Nick. Tudo que eu precisava fazer era mandar uma mensagem para o supervisor da nossa casa, o sr. Fowler.

Luke riu.

— Então pega logo essa autorização.

Soltei o ar.

— Preciso levar o saco de dormir?

— Sim, e o seu travesseiro.

— E você vai providenciar lanchinhos?

— Só se você tiver alguma história de terror para contar.

Sorri.

— Essa sempre foi minha especialidade.

Começamos a nos agarrar dois segundos depois que Luke fechou a porta e a trancou. Eu ainda estava de terno e gravata do jogo, então, ele me ajudou a tirar o paletó enquanto eu desabotoava a jaqueta preta dele.

— Impressionante — sussurrou, quando a peça caiu no chão.

Eu o beijei.

— Valeu. Eu sou ótimo para desabotoar coisas.

— Eu já suspeitava.

Luke sorriu e tirou minha gravata para eu tirar a camisa. Tirei o boné dele e joguei para longe. Começamos a andar para trás em direção à cama.

— Tudo bem para você? — perguntou ele, enquanto trocávamos carícias. — Ou é melhor irmos para o telhado do centro de atletismo?

Eu ri e o beijei de novo, lembrando-me do que eu tinha dito para ele na primeira vez que tínhamos subido lá. Leni Hardcastle e o rito de passagem.

— Não — respondi, nervoso, mas também sentindo uma onda de calor dentro de mim. Algo incrível estava prestes a acontecer. — Tá ótimo aqui.

Luke me jogou na cama.

— É mesmo?

— É.

Assenti e nós dois rimos enquanto tentávamos tirar o casaco de moletom e a camiseta pela cabeça dele.

— Puta merda, você usa roupa demais — disse eu.

— Eu sou friorento.

Eu ri.

— Mas como você é mimado.

Luke parou de me beijar para responder:

— Diz a pessoa que claramente tem ansiedade de separação.

— Não diagnosticada — respondi depois de mais um beijo.

Ele revirou os olhos.

— Até parece.

Eu o abracei.

— Eu só gosto de ouvir a sua voz.

— Eu também — respondeu. — Nossa voz é incrível mesmo.

— Com certeza — concordei.

E, então, não a usamos por um tempo.

— Eu te amo — sussurrei mais tarde. — Eu te amo muito.

Luke pegou a minha mão.

— Ótimo — sussurrou ele para mim, enquanto entrelaçava os dedos nos meus. — Porque é recíproco.

O despertador tocou às 7:15, e ele ficou assistindo enquanto eu me vestia todo atrapalhado. O jogo daquela manhã estava marcado para as nove.

— Você me empresta uma gravata? — perguntei enquanto abotoava a camisa amarrotada. Não era uma boa ideia usar a mesma dois dias seguidos. Alguém poderia notar.

Luke assentiu.

— Tá no armário.

Abri a porta e peguei a primeira que vi, cinza e lisa. Dei o nó e me virei para olhar para ele, ainda embaixo das cobertas com o cabelo totalmente bagunçado. Sorri.

— Você é lindo.

Luke riu.

— Já me disseram.

— Quem? — Vesti o paletó.

— Bem... minha mãe, minhas irmãs, minha avó, Sage, Nina...

Dei uma risada e me joguei em cima dele para me despedir.

— Já entendi. Todo mundo te ama.

Luke deu de ombros.

— É mais ou menos isso.

— Deve ser difícil.

— Mas eu me viro.

— Você vai hoje? — perguntei baixinho.

Meus pais iam estar lá também, mas Sage os apresentaria, não eu. "Meu querido amigo Luke!" era o que ela provavelmente diria, do jeitinho que eu precisava que fosse. Eu não estava pronto para mais que isso.

Mas, de repente, desejei que eles o conhecessem.

Mesmo que fosse só um aperto de mãos.

— Você devia estar lá para me ver mandar mal — acrescentei, já que eu estava exausto. A gente não tinha dormido muito. — Existe uma grande possibilidade de me colocarem no banco.

— Claro. — Luke sorriu. — Vou mandar uma mensagem para a Sage para tomarmos café antes.

Retribuí o sorriso e lhe dei um abraço apertado.

VINTE E TRÊS
SAGE

Eu estava com Luke quando recebi um e-mail da Daggett, dizendo que Charlie tinha "cordialmente me convidado" para o jantar de Natal Cafona daquela semana. No ano anterior, Paddy tinha me convidado, e nós dois fingimos ter ânsia de vômito enquanto Charlie e sua namorada da época se pegavam enquanto decoravam a árvore com biscoitos natalinos.

— Eu me sinto meio mal — admiti depois que Luke leu o convite. Estávamos na padaria da cidade, esperando os cupcakes para o aniversário de Reese. — É *você* que devia ir com ele.

Luke deu de ombros.

— Melhor você do que outra pessoa.

Eu ri, mas foi forçado.

— Só não fique se aproveitando dele — avisou Luke. — Ouvi dizer que ele é comprometido.

— Pode deixar — afirmei, quando a fila andou.

— O que vocês vão querer? — perguntou uma mulher simpática atrás do balcão.

— Queremos uma dúzia — respondeu Luke, e fiquei ouvindo, enquanto ele repetia a lista de sabores aprovados por Reese, terminando com: — E um Boston Cream em uma sacola separada.

Franzi a testa.

— Esse último é para você?

Ele sorriu e revirou os olhos.

— Claro que não.

Pagamos as compras para a festa da Reese e voltamos para o campus.

— Cadê o Charlie? — perguntei depois que conseguimos espaço na geladeira de Brooks para a caixa branca da confeitaria. Balancei a sacola de papel pardo. — Você vai fazer a entrega especial para ele?

Luke fez que não com cabeça.

— Não, achei que você podia fazer isso. Preciso falar com a Keiko Morrissey sobre um assunto importante.

Suspirei.

— Ele vai ficar tão decepcionado.

— Mas não deveria... Afinal, a escolha de convidar você para a festa de Natal foi dele.

— Achei que você tinha dito que não se importava.

— Eu não me importo.

Estreitei os olhos. Não sabia se ele estava brincando ou não.

— Onde ele está?

— No Porão da Knowles.

Assenti.

— Você quer que eu dê algum recado?

— Claro. — Luke riu. — Fala que ele precisa me recompensar hoje à noite.

A festa da Daggett aconteceu no mesmo dia em que saiu várias decisões antecipadas das universidades, incluindo Yale, UVA e a *minha* primeira opção. Jennie ficou sabendo que tinha entrado em Stanford no dia anterior (eu tinha largado meu dever de matemática para ir correndo dar os parabéns para ela depois de ouvir o grito de felicidade), e, às cinco da tarde, sairia a decisão do meu próprio destino. Eu tinha decidido que só veria o resultado depois da festa, então demoraria um pouco mais do que isso para confirmá-lo. Charlie não tocara no assunto sobre a escolha da faculdade. Tudo que ele disse é que tinha feito várias candidaturas, uma delas era uma decisão antecipada.

Ele não disse mais nada, mas, depois da festa, na qual todo mundo tinha que usar suéteres cafonas de Natal, Charlie sugeriu que déssemos uma volta pelo campus. Caminhamos em silêncio por alguns minutos, passando pelos alojamentos femininos e pela biblioteca, e foi quando ele falou:

— Desculpe — disse. — Desculpe por não estarmos passando tanto tempo juntos.

— Ah — respondi, um pouco surpresa.

Havia algumas semanas desde a última vez que tínhamos saídos juntos, só nós dois, mas eu não estava ligando para isso. A gente sempre se via durantes as refeições, e eu já tinha perdido a conta de quantos "encontros" tivemos para ir ao cinema ou ao Pandora's com ele e Luke.

— É totalmente culpa minha — continuou. — Eu passo todo o meu tempo com ele...

Apertei seu braço.

— Relaxa. Tá tudo bem. Você gosta dele de verdade. Eu entendo. Não estou me sentindo deixada de lado, nem nada do tipo. A gente continua se vendo o tempo todo.

— Você não fica sentindo que está de vela?

Neguei com a cabeça.

— Não muito. Para mim, estou saindo com os meus dois melhores amigos.

Charlie assentiu.

— Que bom.

— Muito bom — concordei.

Forcei um sorriso. Eu realmente adorava sair com o Luke e com Charlie, mas, ao mesmo tempo, eu também *sofria*. As piadas internas, as risadas e o jeito que eles se *olhavam*...

Era um lembrete constante de tudo o que eu não tinha mais com o Nick.

— E aí? — arrisquei depois de um tempo de silêncio. — Alguma notícia do Nick?

Eram quase oito horas da noite, e era bem provável que ele já soubesse a decisão de Yale. Fiquei imaginando se ele estava nervoso...

Provavelmente, não, decidi, já que Charlie tinha mencionado que o irmão tinha recebido um "comunicado de probabilidade" algumas semanas antes. Aquilo era basicamente uma garantia de que seria aceito desde que não estragasse tudo antes de a decisão final ser enviada. Ele não tinha com que se preocupar.

Charlie riu.

— Ele já deve estar encomendando presentes de Natal com o tema Yale neste exato momento.

Ele desbloqueou a tela do celular e me mostrou a mensagem:

Juntos até o fim, Buldogues!

— Ah, eu sabia que ele ia ser aceito. — Soltei um suspiro de alívio, a respiração se condensando no ar frio. — Aposto que o treinador de hóquei teria queimado o prédio de admissões se ele não fosse aceito. Dê os parabéns para ele por mim.

Eu queria muito poder eu mesma fazer isso.

— Pode deixar — disse Charlie, e, então, paramos aleatoriamente na frente da capela. — Vamos ver? Você me disse que sua resposta chegaria hoje... — Ele mordeu a parte interna da bochecha. — Eu também estou para receber uma. Bem, duas, na verdade.

Dei um sobressalto de animação.

— Sim, vamos. Vamos ver.

Abrimos nosso e-mail. Charlie olhou para mim.

— No três?

— Tá — concordei. — Beleza.

A gente se aproximou, e Charlie respirou fundo.

— Um... dois...

E quando o *três* chegou, cliquei no link da minha resposta e fiquei observando enquanto ela carregava lentamente, pixel a pixel, até eu finalmente ler:

Prezada srta. Morgan, é um prazer lhe oferecer uma vaga...

O tempo congelou por um segundo, e fiquei olhando para a carta, até Charlie me cutucar com o cotovelo.

— E aí?

— Eu entrei! — Eu me virei para olhar para ele, o coração disparado. — Eu entrei! Entrei na Middlebury!

— Middlebury?! — exclamou ele. — Caraca, Sage, *mandou bem*! Precisamos estourar um canhão de confete!

Eu ri. A Middlebury ficava em Vermont e tinha um programa acadêmico maravilhoso, e eu ainda ia poder esquiar e pedalar à vontade. ("Uma opção ambiciosa", dissera meu orientador, exatamente como Yale e Bowdoin. "E daí?", dissera Nick quando eu contei aquilo para ele. "Uma opção *ambiciosa* não significa *impossível*." Ele tinha apertado minha mão. "Acho que você deve tentar, Morgan. Acho que você deve arriscar.")

Quase disse em voz alta *Eu preciso mandar uma mensagem para o Nick*, mas me lembrei do Charlie.

— E quanto a você? Tudo certo?

Ele assentiu.

— Johns Hopkins.

— Uau, nossa! Parabéns!

— Valeu. — Ele sorriu. — Eu consegui a UNC também. — Ele esfregou a parte de trás da cabeça. — Eu meio que quero estudar em um lugar maior...

— Eu já saquei. — Ri e o cutuquei com o cotovelo. — Mas o que eu quero saber mesmo é para qual você mandou sua decisão antecipada.

Ele balançou a cabeça, mas um sorriso apareceu.

— Eu não posso, Sage. Eu até gostaria... — Ele encolheu os ombros. — Se não rolar, eu não quero pensar no assunto, nem conversar com ninguém.

— Tá. — Assenti. — Eu entendo.

Afinal, também não tinha contado para ele sobre a Middlebury.

Nós nos abraçamos e, quando Charlie se afastou, ele abriu a boca para falar algo, mas o celular dele vibrou.

— Eu tenho que ir me encontrar com o Luke — explicou depois de ler a mensagem. — Quero contar para ele pessoalmente, e a resposta da Virginia vai sair daqui a pouco, às oito...

— E depois vocês vão falar sobre como vocês vão sentir saudade um do outro? — brinquei, já que as férias de inverno começavam no dia seguinte.

A sra. Carmichael e minha mãe iam nos buscar de carro para nos levar de volta para Darien.

Charlie riu.

— Ah, a gente vai fazer muito mais do que conversar... — Ele fez um gesto para a calça vermelha cafona. — Você já *viu* como eu fico bem com essa calça?

Eu o empurrei.

— Ah, vai lá. Não quero ouvir mais nada.

Ele não precisou de mais encorajamento, porém, quando se virou para me olhar, sussurrou:

— Valeu.

— Imagina — respondi, dando um apertinho no braço dele. — Johns Hopkins e UNC. Estou muito orgulhosa de você, Charlie.

— Eu estou muito orgulhoso de você também, Sage. — Ele fez uma pausa. — Mas, não, não é isso. — Ele alternou o peso do corpo para o outro pé. — Obrigado por me proteger.

Inclinei a cabeça.

— Proteger você?

— É. — Charlie assentiu. — Eu sei que foi por isso que você manteve seu namoro com Nick em segredo, para me proteger, para que ninguém desconfiasse... — Ele parou de falar e meneou a cabeça. — Você devia me odiar.

Ah, Charlie, pensei, sentindo um nó na garganta. *Ah, Charlie...*

— Eu deixo as pessoas acreditarem no que querem — disse ele baixinho. — Você sabe que elas acreditam que a gente é apaixonado, e eu gosto disso. Eu nunca neguei. — Sua voz falhou. — Mas isso não é justo com você, nem com Nick. Se vocês quiserem voltar...

Um lampejo de esperança surgiu dentro de mim. *Você vai contar para ele?*, eu quase perguntei. *Se Nick e eu quisermos ficar juntos, você vai contar a verdade para ele? Sobre nós? Sobre você?*

Só que, quando ele parou de falar, eu me ouvi dizer feito um idiota:

— Não, não. Pode parar por aí. Eu *nunca* conseguiria te odiar.

— Eu também nunca conseguiria te odiar.

Charlie deu um sorriso de alívio, sem notar os meus ombros se curvando de decepção. Ele não fazia ideia de como eu estava presa, nem como ele era única pessoa que poderia me salvar. Eu ainda não sabia se minha chance com Nick seria *agora*, mas, caso ele descobrisse o segredo do Charlie? Eu gostaria que fosse.

Charlie abriu os braços para um abraço de boa noite, e eu aceitei.

— Você é a melhor, Sage — sussurrou no meu ouvido. — A *melhor*.

Não sou, não, pensei enquanto limpava o nariz no casaco dele. *Mas estou tentando.*

A caminhada da capela para a Simmons não era longa, mas, naquela noite, pareceu demorar uma eternidade. *Aceita!* não parava de passar pela minha mente, enquanto eu desviava das poças de gelo escuro, mas também a minha pergunta não feita: *Então você vai contar a verdade para ele?*

Parei bem do lado de fora do meu alojamento... porque vi duas pessoas em pé ali de mãos dadas, e mesmo que o cara estivesse de boné, de alguma forma eu soube que era o Nick. Meus olhos se encheram de lágrimas.

A namorada dele me viu primeiro.

— Oi, Sage! — disse Emma. — Você se divertiu hoje à noite?

— Ah, oi! — Eu me obriguei a seguir pela entrada. — Foi bem divertido. Eu e Charlie fomos aplaudidos de pé no karaokê.

— Qual música? — perguntou ela.

Dei de ombros.

— "Baby, It's Cold Outside", mas Paddy cantando "All I Want for Christmas" foi bem melhor.

— Minha nossa. — Emma deu risadas, mas Nick continuou sério.

Então, quando a gente já estava entrando no território do constrangimento, a porta da frente felizmente se abriu.

— Em, vem logo! — Lucy fez um gesto para ela entrar. — Está passando o seu filme favorito no canal Hallmark.

O rosto de Emma se iluminou.

— O do cupido de Natal?

Luci assentiu.

Emma e Nick se despediram.

— Aproveite as férias, Nick — disse ela, dando um abraço nele (graças a Deus, porque eu não queria vê-los se beijando).

Então, Emma ficou na ponta dos pés e pressionou os lábios contra os dele. Eu olhei para o chão, sabendo que eu deveria entrar, mas também querendo esperar para dar os parabéns para Nick.

— Você também, Emma — disse ele. — Me avisa quando o avião pousar.

Emma tocou meu braço antes de entrar.

— Chama as meninas e vem ver o filme com a gente — convidou. — Ele é fofo demais.

Concordei com a cabeça, mas senti minha pele ficar arrepiada. Era ridículo como a Emma era legal. Eu também me considerava uma pessoa bem legal, mas eu nem tinha esperanças de um dia ser tão legal quanto ela.

— Parabéns! — disse eu, assim que ela se afastou. — O Charlie me contou.

Nick sorriu, e meu coração quase parou quando a covinha apareceu. Eu não a via há tanto tempo, e ele parecia muito feliz.

— Valeu. — Ele soltou o ar. — É um alívio. Eu não conseguia parar de pensar sobre isso.

— Você merece — declarei. — Seus pais estão felizes?

Nick assentiu.

— Sim. Meu pai está babando, e minha mãe basicamente chorando.

— Que máximo — afirmei, e ficamos em silêncio, ouvindo apenas gritos e risos que vinham da casa.

— Emma, como este filme pode ser o seu *preferido*? — Ouvi alguém perguntar. — É constrangedor de tão cafona.

Nick ficou alternando o peso do corpo de um pé para o outro.

— E você? — perguntou ele suavemente. — Recebeu resposta...?

— Ah, sim... — comecei, sentindo os olhos ficarem marejados de novo. — Eu fui...

Aceita!

Aceita!

Aceita!

— Sage? — E finalmente percebi o que Nick estava dizendo. — Tá tudo bem? Você parece...

Eu saí do meu transe.

— O quê?

— Sinto muito — disse ele, presumindo o pior. — Foi um não?

— Não — respondi. — Foi um sim. Eu entrei.

Nick abriu um sorriso.

— Viu! Eu te disse! — Ele deu uma risada. — Eu *disse* que eles iam perceber o quanto você é épica!

— É, você disse.

As lágrimas agora estavam escorrendo pelo meu rosto gelado. Nick perguntou por que eu estava chorando.

— É bobeira — respondi. — Mas ainda não consigo me imaginar estudando sem vocês. — Minha voz falhou. — Eu gostaria que todos nós pudéssemos ir para o mesmo lugar.

Um instante depois, antes que eu me desse conta, Nick estava me abraçando, e eu retribuí o abraço, enquanto chorava no peito dele. Seu casaco vermelho era quentinho e estava com cheiro do Humpty Dumplings, mas também tinha o cheiro de Nick... tão perfeito e conhecido e que me fazia pensar na fogueira, e eu não queria soltá-lo.

Mas, com a hora de voltar para o alojamento chegando, ele deu um último apertãozinho. *Não, por favor,* pensei. *Eu quero isso. Eu amo isso. Sinto saudade disso. Não me deixe.*

Claro que ele não sabia ler mentes, então, não entendeu a mensagem, mas antes de se afastar, ele sussurrou no meu ouvido:

— Eu também queria que a gente ficasse junto.

VINTE E QUATRO
CHARLIE

As três semanas do recesso de Natal passaram se arrastando. "Quanto mais você quer uma coisa, mais ela demora para chegar", meu pai costumava brincar, mas eu só queria que os dias passassem mais rápido. Realizamos os eventos tradicionais de sempre: cortar a árvore de Natal, seguido pela festa de gala dos Hardcastle na véspera de Natal, um almoço tranquilo na casa dos meus avós e ficar em casa de pijama do dia 26 ao dia 30 de dezembro, jogando jogos de tabuleiro. O Ano-Novo era comemorado em Sugarbush esquiando com Sage e o pai dela, e *finalmente* estava na hora de voltar para Bexley.

Mas logo eu tive que partir de novo.

— Eu não quero ir — declarei enquanto abraçava Luke.

Era pouco antes das oito da manhã, o primeiro sábado de aulas do novo ano. Ele tinha um horário livre, e eu estava liberado das aulas para poder pegar o ônibus para Massachusetts às nove da manhã (a gente ia jogar contra a Tabor hoje e amanhã). Eu tinha passado a noite no quarto dele, minha mochila e minha sacola de viagem já prontas. Meu equipamento de hóquei aguardava por mim no rinque.

Luke se virou e afundou o rosto no meu pescoço, resmungando:

— Tão dramático.

Sorri e passei a mão pelo cabelo dele. O Luke sonolento era um dos meus Lukes favoritos, todo fofo e amarrotado, com cabelo bagunçado e de pijama. Eu tinha sentido uma dor física na noite anterior, quando entrei embaixo das cobertas com ele, nossas pernas se enroscando... Um paraíso. *Como posso ter isso todas as noites?*, eu havia me perguntado depois que Luke adormecera. *Eu* preciso *ter isso todas as noites.*

— Volta pra cá — gemeu Luke quando eu já estava de pé, com o casaco do time e tentando preparar uma xícara de café. Ele levantou a ponta do edredom. — Por favor.

— Desculpe. — Neguei com a cabeça. A gente já tinha usado a opção soneca do despertador algumas vezes, e era uma boa caminhada até o rinque, saindo da Brooks. — Já vou ter que ir correndo para lá.

— Mas você é um ótimo corredor — comentou, com um sorriso.

Eu estava apaixonado por ele.

— Tique-taque...

— Tá bom. — Coloquei sua nova caneca laranja da UVA na mesa. — Mas só um pouquinho.

— Quero a cama da janela — disse Paddy quando passei o cartão para entrarmos no nosso quarto do terceiro andar do Hampton Inn perto do campus da Tabor. Ele e eu sempre ficávamos juntos nas viagens.

Joguei o travesseiro do Luke na cama mais próxima. Era frio e macio e tinha o cheiro dele, menta e sabonete e mais alguma coisa única que o fazia ter aquele cheiro. Paddy fez o mesmo e, depois, abrimos nossas bolsas de hóquei para arejar o equipamento. Patins, caneleiras, protetores de ombro, protetores de cotovelo, luvas — tiramos tudo para que pudesse secar durante a noite. Nada pior do que usar equipamento úmido de manhã.

Depois disso, o time se reuniu no quarto do Nick por mais ou menos uma hora. Amanhã, começávamos cedo, então o treinador Meyer nos informou que passaria por volta das quinze para as onze da noite para ver se todo mundo estava em seu devido lugar. Fiquei passando os canais até encontrar o jogo do Ragers-Bruins na TV, e Cody começou um jogo de cartas antes de alguns de nós ir atrás das máquinas de venda automática no corredor. As coisas se acalmaram depois que fracassamos epicamente em um trote para Emma no quarto andar.

— Vou desligar agora, Paddy — disse ela, depois de dois minutos dele ofegando no telefone do hotel. — Durma bem.

— Hum, eu não sei bem como dizer isso — começou Paddy depois que o treinador Meyer passou no nosso quarto —, mas você se importa se eu fizer uma ligação por vídeo? — Ele ficou vermelho. — Hum, a Val queria saber como foi o jogo...

Paddy tinha convidado Val para o nosso Natal Cafona, e os dois estavam ficando desde então. (Estranho? Um pouco.)

— Tudo bem, eu saio — falei, pegando meu novo iPad na mochila. — Também quero fazer uma ligação.

Paddy riu.

— Quem?

Senti um aperto no peito, mas encolhi os ombros de forma casual.

— Bem que você gostaria de saber, né?

Peguei o elevador até o hall. Já tínhamos ficado neste hotel antes, então eu meio que conhecia todas as atrações. O centro empresarial estava trancado, mas passei o cartão do meu quarto e entrei. Havia quatro computadores Dell e duas impressoras, e dava para ouvir o zunido de alguma coisa enquanto eu me sentava em uma das cadeiras giratórias. Mas, em vez de fazer o log-in em um dos computadores, coloquei os pés na mesa e desbloqueei a tela do meu iPad para abrir o FaceTime.

Luke apareceu na tela depois de três toques, sentado à escrivaninha dele, a qual chamava de *centro de comando*. O rosto estava vermelho, e a respiração, pesada, como se tivesse corrido.

— Oi.

— Vocês acenderam os holofotes do campo sintético essa noite — falei.

Ele riu.

— Foi uma *loucura*.

Sage e as garotas vinham monitorando a situação da neve no campo a semana toda. "Ainda tem neve e gelo", relatara Reese na quarta-feira, mas, no jantar de ontem, Nina tinha informações mais promissoras, "Tudo derretendo enquanto conversamos aqui!"

— Tinha muita gente — explicou Luke, tirando o boné de beisebol para passar a mão no cabelo. *Descolado atlético* era como as meninas chamavam o estilo, já que ele não cortava desde antes das férias. Eu meio que amava.

— É? — perguntei. — E aí?

— E — ele deu uma gargalhada — eu não sinto a menor inveja deles. Nada se compara ao que temos.

— Verdade, nós somos intocáveis — concordei, já que usávamos minha chave mestra nos fins de semana.

("Será que a gente deixa um bilhete?", brincara Luke depois que saímos da sala de estudo de Jennie uma noite, e eu vou admitir que era estranho participar de reuniões do conselho estudantil ali.)

Luke se levantou da cadeira e foi para a cama, encostando a cabeça na parede.

— E como foi o jogo? O Twitter tá uma loucura.

Abri um sorriso.

Ele estava falando da conta do time no Twitter: @BexleyDiscoBoys. Uma criação da Emma. Ela postava a agenda de jogos, notícias de lesões ou mudanças no time titular, além de fazer tuítes durante todos os jogos. *Espero que estejam com fome, Tabor!*, foi um dos meus tuítes favoritos. *Porque é outro sanduíche Carmichael! 3-1 #BBVIH.*

Mas acabamos perdendo por 5-3.

— As coisas ficaram meio tensas — contei. — O Nick acabou com um cara. Sério, as placas do rinque chegaram a *tremer*...

Ele assentiu, enquanto eu me lembrava da jogada de defesa, e perguntou:

— A sua família foi?

— Foi — respondi. — Acho que todos os pais foram. Eles fizeram um churrasco antes do jogo.

— Parece ter sido divertido... — comentou Luke, e parecia que ele queria dizer mais alguma coisa, mas não disse.

Senti uma queimação no estômago, então mudei de assunto:

— Onde vai ser o jogo de pôquer hoje?

Todo sábado, os alunos do CPE — e mais ninguém — se reuniam para um jogo de pôquer na Brooks por volta da meia-noite. Eu tinha comprado na Amazon uma caixa organizadora para dinheiro porque o jarro dele já não comportava mais os seus "ganhos".

— No quarto do Dave Taylor — disse Luke, antes de dar um risinho. — E o seu cara está com *tudo* hoje.

— É mesmo? — Arqueei uma das sobrancelhas. — E o que vai fazer com os espólios da noite?

— Levar meu namorado para jantar fora — respondeu sem hesitar.

Dei uma risada e revirei os olhos.

— Ah, você já pagou a conta no Pandora's muitas vezes.

— Nada disso — negou Luke, fazendo que não com a cabeça para enfatizar o que dizia. — Não estou falando do Pandora's. Estou falando de um jantar *de verdade*. No Bistrô ou no Bluebird.

— Mas a gente não pode ir — respondi, sentindo o calor subir pelo meu pescoço. — Vai parecer que estamos em um encontro.

Luke suspirou.

— E essa é a ideia. A gente tem que ter um encontro. Um encontro *de verdade*.

Eu não disse nada. Em vez disso, imaginei Paddy ou alguém aparecendo na nossa mesa. *Ah, o que temos aqui?*, eles diriam, e Bexley inteira saberia em menos de uma hora.

— As coisas não podem continuar assim, Charlie — falou Luke com voz suave. — As coisas não podem ser assim para sempre.

— Eu sei — respondi, enquanto meu coração martelava no peito. — Eu sei. Eu só preciso de mais...

Mas, antes que pudesse dizer *tempo*, ouvi a porta do centro de reuniões se abrir. Nick e Paddy estavam ali quando girei a cadeira.

— Nossa, que fofo — disse Paddy, com um sorriso enquanto meneava a cabeça. — Eu *sabia* que tinha alguém.

Já Nick parecia estar prestes a me dar um soco.

Olhei para o meu iPad e Luke estava em silêncio. Os lábios contraídos em uma linha, enquanto ele ajeitava os óculos. Eu não sabia o que dizer. Um zumbido tomou conta dos meus ouvidos.

— Fala sério, Charlie. — Paddy adentrou a sala, puxando uma cadeira. — O que que tá rolando? Um revival com a Dove?

— Sério? — Nick continuou parado na porta. — Temos um jogo importante amanhã e, em vez de dormir, você está aqui de papo com a *Dove*?

— Não. É a Sage — respondi, antes de fazer uma careta. Por que eu ainda estava fazendo isso? — Foi mal, eu perdi a noção do tempo...

Paddy riu.

— Com certeza.

Eu estava suando, mas o ignorei e olhei para a tela e vi Luke me encarando.

— O Nick está certo — disse eu, com o coração tão apertado que mal conseguia respirar. — É melhor desligarmos.

Você não precisa contar para todo mundo ao mesmo tempo, Luke escreveu mais tarde, depois que eu já tinha escovado os dentes e me deitado. Mas comece com o Nick. E logo. Por favor.

VINTE E CINCO
SAGE

Na tarde de domingo eu estava me questionando: *Será que é adequado convidar o namorado de outra menina para assistir a um filme comigo?*

Luke, infelizmente, achava que não.

— Então você não confiaria no Charlie? — perguntei, decepcionada.

— Se alguém o chamasse para burlar as regras da escola e ele dissesse sim?

— Eu não disse isso. O que eu disse foi que eu não confiaria em *você* com o *Nick*. — Ele riu, sentando-se no meu sofá da terapia. — Ele voltou a olhar para você.

Meu coração quase parou.

— Oi?

— É, no café da manhã, no almoço e no jantar. Ele olha para a nossa mesa. Parece que está retomando a antiga rotina.

Porque eu também ando olhando para ele, pensei. No outro dia mesmo, eu ficara observando enquanto Nick e seu gosto pelos doces contemplavam seriamente todas as opções de sobremesa no Addison. Bolo de chocolate? De baunilha? Ou talvez de coco? Eu só havia desviado o olhar quando Emma fora para o lado dele e apontara para o de baunilha, a opção mais clássica, mas também a mais tediosa.

Nick se servira de uma fatia, mas colocara uma de coco também.

Porém, antes que eu pudesse contar isso para Luke, Charlie entrou no meu quarto.

— Oi — disse eu. — Como você conseguiu entrar aqui? Eu tive que passar a minha carteirinha para o Luke entrar e depois pedir permissão da minha supervisora.

Como resposta, ele mostrou uma chave de metal de aparência antiga.

— Fácil. — Ele sorriu. — Eu tenho a chave do reino. — Então tirou o casaco. — E subi de fininho pela escada dos fundos.

Revirei os olhos, e Luke se virou na *chaise*.

— Olá — cumprimentou, sorrindo e dando batidinhas no lugar ao lado dele. — *Mon petit ami*.

Charlie enrubesceu e se juntou ao *petit ami*. Luke lhe deu um beijo rápido, e então sorriu quando Charlie afundou o rosto no pescoço dele e murmurou algo em seu ouvido. Fiquei em silêncio, deixando que eles tivessem seu momento. Não queria parecer metida, mas eu era a melhor vela do mundo.

Só que era chato.

— Você também — respondeu Luke, depois se virou para mim e fez um gesto para o lençol branco pendurado na minha parede. — Netflix?

Concordei com a cabeça e comecei a arrumar tudo. Em outubro, Nick tinha dito que a tela do meu laptop não era legal para os nossos filmes.

— Então, acho que vamos ter que ir para o seu quarto — retrucara eu, franzindo o nariz. — Não consegui uma TV, o privilégio dos privilégios.

— Mas eu gosto mais do seu quarto — argumentara ele. — A sua cama é melhor. — Ele tossira. — Aqui é muito mais confortável com esse monte de travesseiros macios e tudo mais.

Na semana seguinte, ele aparecera com uma caixa de papelão, carregando um projetor e outros materiais para improvisar um cinema.

— Onde você conseguiu isso? — perguntara eu, observando enquanto ele conectava tudo. Não parecia ser muito antigo, mas também não era novinho em folha.

— Meus avós — respondera ele. — Ainda estão se livrando das coisas. Minha avó leu algum livro sobre isso e agora está obcecada em se desfazer de tudo que não usa mais.

Assistimos a *Para todos os garotos que amei* naquela noite, mas naquele momento, com Luke e Charlie, eu não consegui prestar atenção ao drama familiar que escolheram. Minha mente tinha voltado para *O amor não tira férias*. Nick tinha aparecido um dia nas férias, e nós havíamos assistido de novo depois de fazermos brownies juntos, enquanto conversávamos e brincávamos de uma forma tranquila outra vez.

— Eu sei que a casa da Iris nem é de verdade — dissera ele, depois de uma garfada do brownie. — A fachada foi criada por computador.

Eu olhara para ele com uma careta e respondera com o meu melhor sotaque sulista:

— Tá de sacanagem comigo, né?

Nick começara a rir ao ouvir a citação de *Doce lar*. Tudo sempre voltava ao filme *Doce lar* pra gente.

— Não — respondera ele de acordo com o filme. — Eu não estou *de sacanagem* com você. — Então sorrira, mostrando a covinha e tudo. — Bem, talvez um pouco. Ela não foi criada por computador, mas a produção a construiu para o filme. Todas as tomadas internas foram gravadas em um estúdio em Culver City.

— Isso que eu chamo de acabar com a fantasia — brincara eu, mas minha voz saíra ofegante, e meu coração acelerara.

Nick notara e desviara o olhar, concentrando-se nas sobras do brownie.

— Acho melhor fazermos mais amanhã — sugerira ele. — Mas vamos tirar do forno antes para ficar puxa-puxa no meio.

— Tá bem — concordara rapidamente. — Boa ideia.

E sorrira.

Ele ia voltar.

Quando o programa de TV acabou, já estava escuro lá fora, e Luke tinha dormido com a cabeça apoiada no ombro de Charlie.

— Olha só para ele — disse Charlie tão suavemente que eu não sabia se ele estava falando sozinho ou comigo. — Ele é tão lindo.

— É — concordei e tirei uma foto. — Lindo demais.

— Eu não fazia ideia — continuou Charlie naquele quase sussurro, como se não tivesse me ouvido. — Eu não fazia ideia de que era possível se *sentir* assim por alguém...

As palavras dele quase me fizeram perder o ar. *Quem É você?*, quase perguntei, olhando para meu amigo. Nunca tinha visto Charlie soar tão romântico — tão *comprometido*. Senti um aperto no peito, pensando em Nick de novo. Admirei meu projetor e o lençol branco, emoldurado com luzinhas. Ele tinha montado um *cinema* no meu *quarto*. Não conseguia me lembrar se eu tinha agradecido. Lembrava-me de ter dito "Ficou o máximo!", mas não de ter dito "obrigada".

Emma teria agradecido.

Ela merece o Nick, pensei com tristeza. *Eu não mereço, e talvez nem tenha o meu algum dia.*

— Sage — disse Charlie antes dos meus olhos ficarem totalmente marejados. A voz dele ainda era baixa. — Me manda essa foto que tirou?

Luke saiu primeiro, resmungando e reclamando de outro trabalho em grupo.

— As coisas não andam — disse ele enquanto Charlie abotoava o casaco para ele antes de passar as mãos pelas mangas de forma carinhosa. — Eu dei uma tarefa para cada um, mas, se eu não der uma olhada no Google Docs hoje à noite, quem sabe o que vai sair amanhã...

Eu ri.

— Você é um ditador louco.

— Não. Eu delego.

Charlie forçou uma tossida.

— Ditador louco.

Luke mostrou o dedo do meio e foi embora.

— Me ajuda a sair escondido? — pediu Charlie, um pouco depois.

Assim que estávamos sãos e salvos do lado de fora, brincamos com o fato de Luke estar provavelmente curvado sobre o MacBook resmungando.

— Não. Eu já o vi em ação — contou Charlie. — Se ele não gosta do que alguém fez, ele muda. Ele explica o motivo, mas muda. Super demonstra poder. E, no fim da explicação, as pessoas ainda pedem desculpa *para ele*. — Atravessamos o pátio na direção da Belmont Way. — É impressionante.

— Vocês não fizeram um trabalho juntos? — perguntei, cruzando o braço no dele. Estava frio àquela noite. — No outono?

— Fizemos. Mas não aconteceu nada disso. A gente escreveu tudo literalmente juntos.

— Bem, porque você é o melhor aluno da turma. E *possivelmente* porque ele já estava fascinado por você.

— Não, não estava — disse Charlie. — E essa é a melhor parte. — Ele suspirou. — Luke me ama, mas não está fascinado por mim. — Seus olhos brilharam sob a luz do poste. — Sabe como é?

Abri um sorriso e apertei o braço dele.

— Sei. Eu entendo — respondi ao mesmo tempo que ouvi passos e uma voz conhecida chamar: — Vocês dois vão fazer o anúncio no *Bexleyan*?

Um segundo depois, Nick apareceu na rua. Eu não sabia de onde ele estava vindo nem para onde ele ia, mas sabia o que ele *achava*.

Charlie e eu andando sozinhos pela rua de braços dados e sorrindo um para o outro...

— O jornal? — perguntou Charlie. — Do que você está falando?

O gêmeo dele fez um gesto em direção a nós, e me apressei para soltar o braço do Charlie.

— Você e a Sage — disse ele. — Aconteceu. Finalmente. A espera acabou. Vocês dois estão... — Ele hesitou. — *Juntos.*

— Não estamos, não — neguei no instante em que senti Charlie se empertigar. — Nós somos apenas *amigos*, Nick. Só isso.

Nick soltou um suspiro de frustração, um suspiro que parecia estar prendendo por eras.

— Você é inacreditável. Vocês dois são.

Franzi as sobrancelhas. De onde aquilo estava vindo? *E as férias de inverno?*, fiquei me perguntando. *E o filme* O amor não tira férias, *e os brownies meio crus? As coisas estavam bem, não estavam?*

E ele tinha a Emma. A boa e perfeita Emma.

— Porque isso é ridículo — continuou ele. — Nenhum de vocês está saindo com ninguém e é óbvio que vocês são completamente apaixonados. — Ele respirou fundo. — Então *fiquem* juntos de uma vez. Estou cansado dessa merda, assim como todo mundo.

Ficamos todos em um silêncio chocado.

— Nick... — Eu respirei, enquanto pensava em algo para dizer.

Mas antes que meu cérebro entrasse em ação, Charlie interveio:

— Vamos dar uma volta, Nick.

— O quê?

— Vamos dar uma volta — repetiu Charlie. — Só você e eu.

Charlie pegou a minha mão, e percebi o que estava acontecendo quando ele deu um apertão. Retribuí o apertão com toda a minha força.

— Eu tenho que fazer dever de casa, Charlie — respondeu Nick. — Vou voltar para a Mort.

— Então, eu vou com você, mas... hum... a gente precisa conversar.

Nick franziu as sobrancelhas, mas assentiu enquanto ia em direção ao alojamento.

Charlie respirou fundo e, quando tentou soltar a mão da minha, eu segurei com força.

— Você é perfeito, Charlie — sussurrei, sentindo que ele tremia de nervoso. — Totalmente perfeito. E eu te amo. Sempre.

VINTE E SEIS
CHARLIE

Precisei de todo o meu autocontrole para não voltar e pedir que Sage viesse com a gente. Nick e eu estávamos andando pela Belmont Way, mas eu não sabia bem por onde começar. Tinha medo de abrir a boca e acabar vomitando. Então, meu irmão falou primeiro:

— Você queria falar.

Concordei com a cabeça.

— Então fala — incentivou ele.

— Tá. — Olhei em volta para me certificar de que não tinha ninguém por perto. Estava bem frio, então a maioria dos alunos já devia estar nos alojamentos, mas não dava para saber. Respirei fundo. — Nick, não tem nada rolando entre mim e a Sage.

— Até parece que isso é verdade — resmungou ele.

— E nunca vai ter — acrescentei. — Pode acreditar.

Nick acelerou o passo na frente da capela.

— E por que eu deveria acreditar? Ela me disse a mesma coisa, mas aqui estão vocês, há *quatro* anos já, deixando claro para todo mundo que o único motivo da existência de vocês é ficar juntos.

Merda, pensei. De repente, eu me odiei, percebendo que Nick acreditava exatamente no que todo mundo na Bexley acreditava em relação a mim e Sage. Eu sempre tinha achado que ele era imune. Por quê? Só porque ele era meu irmão?

Meu Deus, isso só piorava tudo.

Fiz que não com a cabeça.

— Não é assim. Ela não me ama dessa forma. — Senti um calor subir pelo pescoço, mas me obriguei a dizer: — E eu *não consigo* amá-la dessa forma. É *impossível* para mim pensar nela dessa forma.

— Então você tem algum problema, Charlie. — Ele olhou para mim. Os olhos estavam sérios, nem parecia ele. — Porque ela é a melhor garota do mundo.

Parei de andar, sentindo um aperto no peito e o corpo ficar dormente. *Problema*, ouvi de novo. *Você tem algum problema, Charlie.*

— Você vem? — perguntou ele, já a alguns passos à minha frente.

Não me mexi.

— Você se lembra do nosso último jogo de futebol?

Nick enfiou as mãos no bolso e voltou.

— Hã? Quando a gente estava no oitavo ano?

— Isso.

— Acho que sim. — Ele parou do meu lado. — Foi aquele que você levou um cartão amarelo?

— Isso.

— Deveria ter sido vermelho. Você acabou com aquele garoto.

— Eu sei.

— E o que tem o jogo?

Senti a garganta quase se fechando.

— Você lembra *por que* eu o empurrei?

— Lembro, porque ele estava dizendo alguma coisa sobre você querer... — Nick parou de falar, completando o restante em pensamento.

Durante aquele jogo, eu tinha recebido a missão de marcar o melhor jogador do outro time, e não foi surpresa nenhuma o garoto não ter gostado muito. "Por que você está tão *obcecado* por mim?", ele ficou perguntando isso no primeiro tempo da partida, e eu só ignorei. Mas, de uma hora para a outra, as coisas se agravaram. Ele ficara frustrado porque eu sempre interceptava os passes que eram destinados a ele. Então, eu o empurrara sem querer e ele agarrara a minha mão, gritando: "Se você queria ficar de mãos dadas, era só me pedir!"

E foi quando eu o havia empurrado *com força*. Eu me lembrava do meu pai me perguntar sobre isso depois do jogo, mas não consegui contar. Então, o Nick respondera dizendo: "Foi uma coisa idiota, pai. O garoto quis fazer parecer que o Charlie queria ficar de mãos dadas com ele, como se ele fosse gay ou algo assim."

Nosso pai tinha caído na risada ao ouvir aquilo.

Às vezes, eu ainda conseguia ouvir.

Depois de um minuto, ouvi Nick sussurrar:

— Mas você não pode ser...

Olhei para os paralelepípedos no chão.

— Mas sou.

Nick ficou em silêncio.

Eu fiquei em silêncio.

E o silêncio só foi rompido quando Paddy e Cody chegaram alguns minutos depois.

— Os Carmichael! — Paddy deu um tapa nas nossas costas. — O que tá rolando?

Eu fui o primeiro a falar.

— Estamos revendo o plano de ataque. — Fiz um gesto com a cabeça em direção à Brooks. — Ouvi dizer que tem um bolo grande na geladeira.

Ontem, o Jack tinha se certificado de avisar para todo mundo e as respectivas mães que era o aniversário dele.

— Ah, tem? — perguntou Paddy.

Ao mesmo tempo que Cody disse:

— Eu não vou contar.

Eles foram embora logo depois, percebendo que tinham interrompido alguma coisa. Mas Nick e eu ficamos parados ali. Começou a nevar, do jeitinho que Luke adorava: flocos leves como plumas. Estávamos deitados no telhado do centro de atletismo em dezembro e deixamos uma camada nos cobrir. "Esse é o meu tipo favorito de neve", sussurrara ele. "Os deuses estão tendo uma briga de travesseiros."

O farol de um carro me trouxe de volta à realidade, a esse momento em silêncio com Nick. Nos dirigimos à calçada para deixá-lo passar, e todo o calor que senti pensando em Luke esfriou, igualando minha temperatura à ambiente. Depois que o carro passou, eu e meu irmão gêmeo nos olhamos. *Por favor, diga alguma coisa*, tentei pedir para ele.

E Nick recebeu a mensagem, porque começou a alternar o peso do corpo de um pé para o outro, e pigarreou, como se estivesse se preparando para dizer alguma coisa. Mas, então, ele olhou para o chão... e a sensação era de ter levado um soco no estômago quando ele murmurou:

— Não sei o que dizer.

— Tá. — Eu afastei o olhar, mesmo que ele não estivesse olhando para mim. Eu me esforcei para controlar as lágrimas que ameaçavam cair, e talvez tenha até dado de ombros. — Eu entendo.

Ele respirou fundo.

— Charlie...

Comecei a me afastar.

— Durma bem, Nick.

VINTE E SETE
SAGE

Mais tarde naquela noite, quando eu estava fazendo umas anotações distraídas sobre as leituras para a aula de budismo, meu celular começou a vibrar. *Charlie*, pensei na hora, desconectando o aparelho do carregador.

Mas não era ele.

— Alô — atendi.

— Oi — disse Nick com voz suave e depois não disse mais nada. Ele ficou em silêncio por um tempo até dizer: — Você sabia, né?

Meus olhos de repente se encheram de lágrimas. A voz dele... estava tão neutra... o tom dele não me dava nenhuma pista de como ele se sentia em relação a tudo. Eu estava completamente no escuro.

— Sabia — admiti, começando a passar o dedo em alguma inicial entalhada na escrivaninha. — Eu já sei há um tempo.

Ele ficou em silêncio.

— Há quanto tempo?

— Desde o feriado de Ação de Graças — respondi. — Mas eu desconfiava há anos.

— Ah.

— Você não está com raiva de mim, né?

— Não — disse Nick depois de outra pausa. — Mas eu gostaria que você tivesse me contado.

Olhei para o teto branco.

— Eu queria muito e quase te contei algumas vezes. — Eu me lembrei das noites que passamos juntos no outono. — Mas só Charlie podia contar, não eu.

— Eu sei — concordou ele com um suspiro. — Eu só queria ter *sabido*...

Eu me remexi na cadeira, perguntando-me no que ele estava pensando. *Em Charlie? Ou talvez em nós? Ainda estaríamos juntos se ele soubesse?* Eu não fazia ideia.

Nick pigarreou.

— Eu amo Charlie do mesmo jeito — afirmou —, caso isso não esteja claro. Ele é meu irmão... meu melhor amigo... E eu quero que ele seja feliz.

Abri um sorriso, mesmo que ele não pudesse me ver. Eu falava para o Charlie que a família dele ia entender, e ali estava o Nick, fazendo exatamente isso. Talvez Charlie contasse para os pais e para todo mundo em breve.

— Que bom ouvir isso, Nick — respondi. — Ele sofre por isso há muito tempo, então estou feliz, sabe... — Parei de falar, sem saber direito o que eu queria dizer, mas esperando que ele entendesse.

Ele entendeu.

— Eu me sinto um idiota — comentou. — Você estava certa. Ele *estava* agindo de forma estranha no outono. Eu percebi, mas não quis pensar no assunto, porque eu estava com tanto ciúme...

— Ei, tá tudo bem — assegurei. — Ele já está bem melhor. — Parei por um tempo, esperando não estar prestes a meter os pés pelas mãos. — Eu realmente acho que esses dois últimos meses foram os mais felizes da vida dele.

Silêncio, e então:

— Hum... Ele está namorando?

Franzi as sobrancelhas.

— Ele não te contou?

Nick suspirou.

— Não. Eu estava muito chocado, e depois fomos interrompidos...

Eu me inclinei e comecei a cutucar as iniciais de novo, tentando decidir se eu deveria contar para ele ou não.

— Hum... ele tá — respondi, decidindo que sim, ele merecia saber. — Charlie está namorando. Desde o dia de Ação de Graças.

Nick ficou quieto, processando a informação.

— É o Morrissey, não é? O Luke?

— É — confirmei, um pouco surpresa. Eu não tinha certeza, mas achava que aquela era a primeira vez que ouvia Nick dizer o nome de Luke. Mesmo que não fosse segredo que ele era um dos meus melhores amigos. — Como você sabia?

— Eu não sabia — respondeu ele. — Até agora. Eu nem sabia se Luke era gay mesmo... Pensei que fossem só boatos... e eu achava que vocês dois meio que se gostavam...

E foi por isso que Luke nunca foi mencionado, percebi contendo um resmungo.

— Mas faz sentido — acrescentou ele. — Porque eles estão sempre juntos, e Charlie fica diferente quando está com ele... fica protetor.

— É — concordei. — Totalmente inseparável e muito protetor.

Eu me lembrei do jeito discreto, mas firme, que Charlie se colocara ao lado de Luke na fila meio fora de controle da Tuck Shop, pronto para protegê-lo de um esbarrão acidental, e o jeito como ele era rápido para demonstrar apoio a Luke durante qualquer discussão na hora do jantar. "Sim, se algum dia as coisas chegarem a um duelo", disse Luke uma vez, revirando os olhos, "Charlie é o meu assistente".

Mais uma vez, Nick não respondeu logo de cara.

— Acho melhor eu desligar — disse ele, por fim. — Acho melhor eu ligar para ele. Charlie se mandou depois que encontramos com Smith e Clarke, e eu quero conversar mais. Quero que ele saiba que está tudo bem.

Concordei com a cabeça.

— Parece uma ótima ideia.

— Valeu. — Ele tossiu. — Que bom que a gente conversou.

— Bom mesmo. — Meu coração disparou. — É sempre muito, muito bom falar com você.

Nick riu.

— Tá, a gente se vê por aí.

— Tá. — Eu sorri. — A gente se vê.

VINTE E OITO
CHARLIE

Nick me mandou mensagem às nove da noite, perguntando se eu não queria ir dormir com ele na Mortimer. O treinador Meyer já disse que tudo bem, escreveu, mas eu esperei uns bons cinco minutos antes de verificar com o sr. Fowler e pegar meu saco de dormir. Meu irmão já estava esperando por mim na varanda da frente, usando calça de moletom, o horrendo casaco tribal e um cobertor imenso enrolado nos ombros como uma capa. Nós nos olhamos por alguns segundos e ele fez um gesto para entrarmos.

— Foi mal por antes — desculpou-se Nick assim que chegamos ao quarto dele.

Vi que ele tinha deixado um dos travesseiros no sofá para mim. Havia uma caixa de fudge na mesa, junto com um pacote de Doritos e dois refrigerantes de gengibre. Meu irmão era a única pessoa que eu conhecia que tomava isso puro.

— Tá de boa — respondi, largando minhas coisas no sofá.

Eu desconfiava de que ele já tinha acabado com a maior parte dos fudges.

— Não está, não. — Ele tomou um gole na garrafa. — Eu fui babaca e isso não foi legal da minha parte. Eu só fiquei... surpreso.

Assenti.

— Eu sei.

Nós não nos falamos por um minuto.

— Há quanto tempo você sabe? — perguntou ele.

Eu hesitei, sem saber se queria contar. Parte de mim queria que ele simplesmente *soubesse*, e seguiríamos a partir dali. Mas, quando Nick encostou o joelho dele no meu, soube que não seria assim.

Respirei fundo.

— Há um tempo — admiti. — Alguns anos.

Fiquei mexendo na minha velha pulseira de corda, lembrando-me de quando eu tinha doze anos: sentindo uma chama de alguma coisa depois que Cal tinha rido de uma das minhas piadas. A forma como meu coração tinha disparado. *Charlie, Charlie,* dissera ele, *assim você me mata.*

Foi só depois que eu descobrira a verdade. O desejo pela aprovação dele, como eu ficava observando obsessivamente a forma como ele e minha irmã ficavam de mãos dadas, a curva do maxilar dele, tão marcada e confiante. Isso sem mencionar o grande ataque que eu dera quando os dois terminaram. Enquanto Kitsey tinha afogado as mágoas no sorvete, meu eu de catorze anos tinha chorado de soluçar. "O Charlie não está nada bem", eu ouvira meu pai dizer no telefone para o tio Theo, rindo. "Até parece que é ele que está com o coração partido!"

Foi quando eu soubera, e isso colocou em xeque tudo o que eu era. Mas, na cama naquela noite, eu tinha controlado o sentimento e o reprimi completamente. *Ignore isso*, eu dissera para mim mesmo. *Esqueça ele e ignore isso.*

Mas eu nunca consegui reprimir de verdade. Aquele sentimento se tornou constante, impossível de ignorar.

— Nossa, uau — disse Nick. — Há anos?

— É. — Esfreguei a testa.

— Então, você estava sempre fingindo com todas aquelas garotas?

Suspirei.

— Exatamente.

— Deve ter sido... — ele passou a mão pelo cabelo — ... difícil pra caramba.

Dei de ombros e sorri.

— Só um pouco.

— Mas agora você tem o Luke.

— Isso... — Levantei uma das sobrancelhas. — Agora eu tenho o Luke.

Nick começou a arrancar o rótulo da garrafa.

— Conversei com a Sage mais cedo.

— Ah — respondi, sentindo uma onda de alívio.

Eles conversaram. Eles estavam conversando. Eu esperava que aquilo significasse que eu não tinha ferrado com tudo entre os dois, que eles poderiam voltar. Talvez aquele fosse o primeiro passo.

— Você sabe que ela sempre soube, né? — acrescentei. — Desde muito antes de eu contar para ela.

Nick assentiu.

— Ela me disse.

— Que bom.

— Você vai contar para os nossos pais? — perguntou Nick.

Suspirei.

— É complicado. Eu meio que queria ter contado no Natal, mas aí... — Parei de falar sem saber o que dizer.

Nick tomou outro gole do refrigerante.

— Quando você acha que as coisas vão descomplicar?

— Eu não sei. — De repente eu me senti muito cansado. — Vou resolver isso.

Meu irmão assentiu.

— Agora me fala sobre o Luke.

Fiquei sem reação.

— Como assim?

— Me conta sobre ele?

— Hum... — comecei, mas não sabia bem o que Nick esperava que eu dissesse. — Ele é legal e gente boa... e eu gosto muito dele... — Eram coisas bem genéricas, mas não queria que o clima ficasse constrangedor.

— Fala sério, Charlie — disse Nick. — Você sempre nos ouviu falando sobre garotas e deve ter sido um saco. Então, sou todo ouvidos. Como ele é *de verdade*?

Meu coração se encheu de felicidade.

— Sério?

— Claro.

— Tá legal. Ele é totalmente épico — comecei, e depois contei várias informações aleatórias.

Contei sobre como Luke tomava no mínimo três xícaras de café forte e puro de manhã. Contei que Detetive era seu jogo de tabuleiro favorito, e que ele fazia anotações sérias sempre que jogava. Contei que Luke dirigia o Land Rover Defender do pai quando estava em casa e que gostava de colocar vinagre na batata frita. Que ele cantava muito mal, mas não errava nenhuma nota no piano. Contei que ele queria ser um agente do FBI um dia.

— E você deveria ver como ele dorme. — Eu me vi dizendo. — Eu sempre sei quando ele está sonhando, porque seus lábios se levantam em um sorrisinho, e a respiração dele fica mais profunda. E as pálpebras estremecem sem se abrir...

Nick tossiu. *Informação demais.*

— Ele também manda bem na cozinha — comentei, mudando de assunto. — Você tem que provar a panqueca de canela que ele faz . A família dele tem dois gatos, a playlist dele no Spotify é perfeita, e ele adora escutar One Direction escondido de todo mundo...

Eu continuei falando por um longo tempo, mas Nick não me cortou. Foi só quando bocejei que as coisas se acalmaram. Ele apagou a luz e foi para a cama, e eu fechei o zíper do meu saco de dormir.

— Obrigado por me contar — disse ele baixinho depois que demos boa noite.

— De nada — sussurrei em resposta.

— Eu estou feliz por você — acrescentou. — Sabe? Feliz por você e ele.

Sorri no escuro.

— Valeu.

— Não precisa agradecer.

— Boa noite, Nick.

Nick ficou em silêncio e depois disse:

— Eu te amo, Charlie.

— Também te amo — respondi.

E dormimos em seguida.

VINTE E NOVE
SAGE

— Acho que o Luke tem um namorado — declarou Reese uma noite, transbordando confiança.

Nós quatro estávamos no quarto dela nos arrumando para a confraternização exclusiva para formandos com o tema "Velho Oeste". Parei de trançar o cabelo de Jennie, na esperança de ter ouvido errado, porque, caso contrário...

— Oi? — perguntei.

— Acho que Luke Morrissey arrumou um namorado — repetiu ela. — É uma coisa meio óbvia, né?

— O que é óbvio? — perguntou Nina, entrando no quarto com o carregador.

Ela se sentou na cama de Reese e plugou a fonte na tomada. Estava perfeita com a blusa de flanela laranja e a saia marrom de franjas.

— O Luke está namorando — repetiu Reese pela terceira vez.

— Caraca, com certeza! — Nina concordou rapidamente com a cabeça. — Todas aquelas trocas de mensagens!

— E ele sempre vai embora cedo — disse Jennie. — Já faz um tempão desde o último filme que ele assistiu com a gente.

Eu queria gritar. "Até amanhã, galera", era a despedida padrão de Luke. "Minha cama está com saudade de mim". E ele *se esforçava muito* para esconder o sorriso quando saía para encontrar o Charlie.

— Exatamente — concordou Reese. — Você não acha, Sage?

Você tem que entrar no papo, disse para mim mesma. *Se não falar nada, vão achar que você sabe de alguma coisa.*

— Sage?

— Acho que é possível — disse eu por fim, começando a fazer outra trança em Jennie.

— Ah, que ótimo. — Reese uniu as mãos e, com um sorriso, perguntou: — E *quem* a gente acha que é?

— Eu tenho que te contar uma coisa — falei quando Charlie e eu saímos do "saloon" daquela noite.

A ilha da cozinha tinha sido transformada em uma espécie de bar, havia pessoas jogando cartas na mesa e conversando por todos os cantos. Entramos para pegar refrigerante e seguimos para um canto mais tranquilo da sala. As meninas e o Luke estavam do outro lado, envolvidos no caos do touro mecânico. Até o momento, o recorde de montaria era de Nick, mas Charlie planejava quebrá-lo mais tarde. ("Achei que você estava tentando melhorar a questão do ego dele", eu havia sussurrado com Luke, que suspirara e respondera: "Tem sido difícil.")

Charlie tirou a tampa e tomou um gole do refrigerante. Ajeitei seu chapéu de caubói. Ele parecia ter saído diretamente de um filme do John Wayne.

— O que foi? — perguntou ele.

— É que... — respirei fundo — ... as meninas têm certeza de que Luke está namorando... e... hum... elas meio que estão tentando descobrir quem é.

E elas estavam cada vez mais perto da verdade, desconfiadas de que era alguém que ainda não tinha saído do armário, já que Luke tinha dito no mês anterior que Tristan Andrews não fazia o tipo dele.

Eu não sabia que reação Charlie teria, mas ele só revirou os olhos.

— Claro que estão. Será que ninguém pode cuidar da própria vida nesta escola?

Não respondi, mas pensei: *Por que você não conta? Elas são suas amigas.*

— Mal posso esperar pelo fim de semana — acrescentou ele, irritado. — Só quero sair daqui.

Fiquei atenta ao ouvir isso.

— Aonde você vai?

A gente ia ter um fim de semana prolongado por causa do feriado de Martin Luther King Jr. Minha mãe ia me buscar amanhã para irmos esquiar nas montanhas Poconos. O sr. e sra. Carmichael estavam viajando, então os gêmeos ficariam no campus.

Charlie olhou em volta para se certificar de que não tinha ninguém ouvindo.

— Charlottesville, na Virgínia.

— Charlottesville? — perguntei. — O que você vai fazer lá?

— Vou à UVA.

Levantei uma das sobrancelhas.

— A Universidade da Virgínia?

Charlie deu de ombros.

— Luke quer conhecer.

Dei um sorriso e comecei a cantar a minha versão da música tema de *Gilmore Girls*:

— E para onde o Luke vai, você vai atrás...

— Meu Deus, Sage...

— ... seja onde for...

Charlie resmungou e baixou a aba do chapéu. Resisti à vontade de perguntar a ele sobre a faculdade, presumindo que a escolha ainda não estivesse definida. Ele não tinha dito mais nada sobre a decisão antecipada, então algo me dizia que não tinha rolado. Eu não queria cutucar na ferida.

— E como você pretende conseguir isso? — perguntei, já que sair do campus estava longe de ser uma coisa fácil.

Se não estivéssemos apenas indo à cidade, os supervisores das casas precisavam de autorização dos pais antes de permitir nossa saída.

— Simples — respondeu Charlie. — JCarmichael@gmail.com.

— Mas é claro! — exclamei.

Aquele era o e-mail secundário do sr. Carmichael. Ele o tinha criado alguns anos antes, dizendo que queria "separar" os assuntos profissionais e pessoais, mas acabou o deixando de lado. Só que Charlie levara menos de três segundos para conseguir entrar na conta, já que o pai era conhecido por usar a mesma senha para *tudo*, e passou a tirar vantagem daquilo sempre que precisava. Ele já tinha se dado várias autorizações.

— Basicamente, a escola acha que eu vou passar o fim de semana em casa e isso... — Ele parou de falar e deu um sorriso. — Ah, oi pra vocês.

Eu me virei e vi Nick e Emma aproximando-se. Os dois estavam de camisa de flanela e chapéu de caubói, e Nick usava uma estrela dourada de xerife. Emma transparecia felicidade com um sorriso, mas Nick parecia estressado e não parava de esfregar a testa.

— Você quer ir comigo pegar uma bebida, Emma? — perguntou Charlie depois de alguns minutos conversando sobre o touro mecânico.

Ele fez um gesto para a garrafa vazia de refrigerante em direção ao saloon. Assim que eles saíram, os ombros tensos de Nick pareceram relaxar.

— Então — disse ele. — Vai esquiar no fim de semana, né?

Assenti.

— Vou. Tô torcendo para não chover.

Nick riu e cruzou os dedos de uma das mãos.

— E o que você vai fazer? — perguntei, mesmo sabendo a resposta. Ele ia ficar na escola.

Nick revirou os olhos, mas percebi um leve riso.

— O Charlie me colocou de plantão. Eu vou ter que atender todas as ligações dos nossos pais enquanto ele e Morrissey dão uma escapulida.

Dei risada.

— Você é um irmão maravilhoso.

Nick passou a mão pelo cabelo.

— Eu até queria ir com eles. — Ele tossiu. — Só que não. Porque é claro que eles vão... hum...

— Você ficaria totalmente de vela. — Dei um sorriso.

— Exatamente. — Ele suspirou. — Eu só não quero ficar aqui.

— Então vamos esquiar — convidei de repente, sentindo meu coração disparar. — Vem para Poconos com a gente. Minha mãe não vai ligar. Ela tem o código de entrada da garagem para pegar as suas coisas...

Nick fez que não com a cabeça.

— Eu não posso, Sage — sussurrou, aproximando-se mais. — Tenho que ficar aqui. — Ele fez um gesto para Charlie e Emma, voltando com refrigerante. — Eu preciso fazer uma coisa aqui.

Nick olhou para o chão, mas logo depois levantou a cabeça e nossos olhares se encontraram. Os olhos dele eram tão azuis.

Senti a esperança reacender. Ele ia terminar. Ia terminar tudo com Emma. Peguei a mão dele, não para segurar, mas para dar um aperto de apoio. Deixando meus sentimentos de lado, Nick sempre teria meu apoio.

— Tá legal, gente — disse Emma enquanto eu soltava a mão do namorado dela. — Charlie desafiou *oficialmente* o touro. Ele vai subir daqui a algumas rodadas.

— É verdade — confirmou Charlie. Ele começou a arregaçar as mangas. — Me desejem sorte.

— Espero que você se dê mal — respondeu Nick em voz neutra.

Concordei com a cabeça, sentindo um frio na barriga.

— Tô com o Nick!

— Ah, fala sério. — Charlie abriu um sorriso. — Onde está o espírito de competição de vocês?

Nós dois mostramos o dedo do meio para ele.

Ele revirou os olhos.

Emma riu.

TRINTA
CHARLIE

O trem que Luke e eu pegamos não foi tão cedo quanto eu gostaria, mas encontramos uma seção vazia e colocamos nossa bolsa de viagem no compartimento superior antes de nos sentarmos. O plano era fazer o dever de casa durante a viagem, então, fiquei surpreso quando Luke abriu a mochila e pegou os óculos Ray-Ban e me entregou sem falar nada.

— Para que isso? — perguntei.

— Para completar seu disfarce — respondeu secamente, fazendo um gesto para minha roupa.

Eu estava com um casaco de lã por cima do moletom Adidas dele. O capuz estava cobrindo o gorro preto que a sra. Morgan tinha tricotado para mim.

— Ah — disse eu, mordendo a parte interna da bochecha. Nosso trem tinha uma baldeação em Washington e um monte de alunos da escola morava lá. Não éramos os únicos esperando na plataforma. — Foi mal.

Luke me olhou por um tempo.

— Vai ser assim o fim de semana inteiro?

— Não. Não, eu juro.

Eu tirei o capuz da cabeça.

Já tinha escurecido quando chegamos a Charlottesville e pegamos um Uber até o nosso Airbnb. Era um apartamento bem próximo do campus da UVA, uma cortesia do cartão American Express que a mãe de Luke rastreava. Diferentemente de mim, a autorização de Luke para deixar a escola era autêntica.

— Ela sabe que estou com você? — perguntei.

— Você quer saber se ela sabe que estamos *aqui*? Ou se *estamos namorando*?

As duas coisas, pensei. E ela sabia as duas.

Isso me deixou um pouco inseguro. E se a mãe dele contasse para os meus tios?

O apartamento era um estúdio, com piso de tábua corrida e cada um dos cantos tinha sido arrumado para ser usado como um cômodo. A pequena cozinha foi montada contra a parede de tijolos ao fundo e contava com uma mesa da Ikea e duas cadeiras de alumínio. Mais alto do que a geladeira, Luke abriu a porta e só viu um frasco de ketchup.

Havia um pequeno sofá sobre um tapete de corda diante de uma TV de tela plana. Fui dar uma olhada no banheiro e quase esbarrei na pia. Era bem compacto.

— Vamos tirar cara ou coroa para ver quem vai ficar com a cama? — brincou Luke.

— Nem pensar — respondi, jogando-me no colchão.

Depois do longo dia no trem, aquilo era a coisa mais confortável do mundo, uma cama queen com lençol listrado e travesseiros brancos.

— Eu vou ficar muito bem aqui — continuei. — Você pode se virar no sofá.

Luke riu e se jogou em cima de mim e começou a me beijar.

— Que cavalheiro você é — sussurrou ele. — Obrigado por vir comigo.

— E por que eu não viria? — perguntei, passando a mão no cabelo dele. — Tipo, eu também...

O estômago de Luke roncou.

Eu inclinei a cabeça e comecei a rir.

— Vamos procurar um lugar para jantar?

— Agora não — respondeu Luke. — Talvez mais tarde. Agora eu só quero...

Eu não o deixei terminar a frase.

～

Nós dois estávamos com a barriga roncando na manhã seguinte, já que *talvez mais tarde* nunca chegou. Fomos até uma rua que era o maior ponto de encontro da universidade, com várias lojas, cafés, restaurantes e um centro de estudo. Tudo digno de cartão-postal. Também havia algumas ruas laterais que eu sabia que eu e Luke iríamos explorar em algum momento. Mas primeiro fomos à Bodo's Bagels para depois irmos ao tour no campus.

— Eu fiz uma pesquisa — admitiu Luke enquanto empurrávamos a porta. — E esse é o *melhor* lugar para tomar café da manhã.

— Parece que você está certo, se isso... — fiz um gesto para a longa fila de alunos, a maioria parecendo de ressaca depois de uma noite de sexta-feira animada — ... é uma indicação.

Luke riu e se aconchegou mais perto de mim e, depois de dois copos de café e sanduíches de queijo, ovo e salsicha, atravessamos a rua e entramos na faculdade. Eu tinha baixado o mapa, mas Luke parecia conhecer os caminhos de cor. "Meu pai me trouxe em um dos reencontros dele", eu me lembrei de Luke ter me contado uma vez, mas ainda era difícil de acreditar. Ele devia ser bem novinho na época.

Começamos com o Jardim Central.

— Que bom. Um jargão semelhante — brinquei.

Mas, diferentemente do jardim circular da Bexley, o da UVA era retangular e extenso, um pátio histórico contornado por pavilhões de tijolos neoclássicos e fileiras de quartos individuais.

— Nosso fundador, Thomas Jefferson, chamava essa parte de "Vila Acadêmica". — Eu ouvi um guia próximo explicar para um grupo de pais e potenciais alunos atrás dele. — Trata-se do centro simbólico do campus e, para o último ano, quarenta e sete alunos são selecionados para ocuparem esses quartos. É uma verdadeira honra.

— Venha comigo — disse meu guia particular, atravessando o gramado e me levando para uma calçada de pedra.

Luke parou diante de uma porta preta cuja placa dourada informava: Sydney Blair. Do lado de fora, havia uma cadeira de balanço e uma pequena pilha de lenha. Eu também tinha pesquisado e descobri que cada um desses quartos contava com uma lareira.

— É aqui — disse Luke. — Este foi o quarto do meu pai. — Ele engoliu em seco. — Ele foi um dos acadêmicos Jefferson.

Graham Morrissey, imaginei o nome gravado na placa e, dali a quatro anos: Luke Morrissey. Parecia inevitável.

Ficamos ali parados em silêncio por um minuto.

— Como você se lembra disso? — perguntei por fim. — Você só tinha uns dez anos da última vez que veio aqui, não é?

Luke deu um sorriso de lado.

— Charlie, eu me lembro de tudo — respondeu, batendo com o quadril contra o meu. — *De tudo*.

Esperei um segundo, mas depois me inclinei para dar um beijo no rosto dele sem me preocupar em checar se tinha alguém olhando. *Você consegue fazer isso*, percebi mais cedo, enquanto tomava café da manhã cercado por estranhos. *Você pode ser qualquer um aqui, ninguém te conhece neste lugar. Você pode ser* você *mesmo. A faculdade é para isso, e você pode começar agora.*

Eu *queria* começar agora.

Peguei a mão de Luke e entrelacei os dedos nos dele.

Luke sorriu.

— Vamos — disse ele, me puxando. — Tem muita coisa para vermos.

E ele estava certo. Havia *muita* coisa para ver e, de alguma forma, vimos tudo. Passamos pelos diversos prédios, corremos gritando pelo anfiteatro a céu aberto (os alunos que passaram por ali olharam para nós como se fôssemos loucos), encontramos o estádio de futebol e descemos pelas escadas da biblioteca para conhecermos a sala de estudos com ar de Hogwarts. Luzes fracas, exatamente como a sala comunal da Grifinória, com tapetes asiáticos, e móveis e luminárias antigos e estantes de livros por todos os lados. Alguns alunos estavam estudando, outros, deitados, dormindo.

— Pode ir — sussurrou Luke, enquanto estávamos parados na porta.

— Acho que eu não devo. — Ele deu de ombros. — Afinal, sou da Corvinal.

— Então só o Nick vai poder entrar — cochichei. — Porque Sage é Lufa-Lufa, e eu tenho certeza de que eu sou da Sonserina.

— O quê? Claro que não, C. — Ele bagunçou meu cabelo. — Os gêmeos Weasley são da Grifinória, lembra?

Revirei os olhos, e ele riu. Algumas pessoas ergueram a cabeça dos respectivos notebooks e nos fulminaram com o olhar. O que só fez Luke rir ainda mais, então eu agarrei o pescoço dele e escondi o seu rosto no meu ombro.

— Melhor se acalmar, Corvinal — cochichei. — Caso contrário, não vamos poder passar...

Nosso último destino foi a famosa rotunda, o farol dos jardins. Ela foi modelada em homenagem ao Panteão de Roma, erguendo-se poderosa com seu exterior de tijolos, colunas coríntias brancas e a cúpula.

— Você pode tirar uma foto minha? — pediu Luke. — Eu prometi para minha mãe.

Ele me entregou o celular dele, mas, depois de tirar uma foto, peguei o meu no bolso de trás e tirei outra. Aqui estamos nós, UVA, escrevi e mandei para Sage pelo Snapchat... e, depois de alguma hesitação, para o Nick também.

Ele foi o primeiro a responder, Sage devia estar esquiando. Não havia foto, só uma mensagem: Você não deveria estar na foto também?

Fomos jantar no centro da cidade, em uma churrascaria cara em um shopping a céu aberto. "A gente devia ter um encontro", eu não tinha me esquecido do que Luke dissera naquela noite pelo FaceTime, um pouco antes de Paddy e Nick aparecerem na sala de reuniões. "Um encontro *de verdade.*"

Mas, em vez de ser custeado pelos ganhos dele no pôquer, fui eu que paguei o jantar. Ele já tinha gastado com o Airbnb, e eu fiquei responsável pela comida.

— Carmichael — comuniquei para a garçonete. — Reserva para Carmichael, mesa para dois.

Isso é muito melhor do que o Bistrô, percebi assim que nos sentamos. *E que o Bluebird, sem dúvida. Muito melhor.*

Luke estava lindo demais de calça jeans escura e um suéter verde-escuro, com a gola da camiseta branca aparecendo, e o cabelo dele perfeitamente imperfeito.

— O que foi? — perguntou, ao levantar os olhos do cardápio e ver que eu o estava encarando. — Tudo bem?

— Tudo ótimo. — Fiz que sim com a cabeça, sentindo o rosto queimar. Tomei um gole de água. — Você é tão bonito que deveria ser um crime.

— Obrigado. — Ele inclinou a cabeça com um sorrisinho. — Você também não é de se jogar fora. — Ele riu. — Mesmo que eu já tenha visto *hyaku* variações deste look.

Suspirei. Eu não falava japonês, mas imaginei que *hyaku* devia significar cem ou centena, já que eu estava usando a minha roupa de sempre: blazer azul e uma gravata listrada.

— Foi mal — disse eu. — Não é culpa minha ter crescido no estado mais elegante dos Estados Unidos.

Luke riu e estendeu a mão para mim com a palma para cima.

Coloquei a minha sobre a dele por um segundo, antes de entrelaçar os nossos dedos.

— Eu gosto disso — sussurrou ele.

— Eu também — respondi baixinho.

Não soltamos as mãos até a comida ser servida.

— Tá bom — disse Luke na escuridão. Já estávamos no apartamento, debaixo das cobertas. — Primeiro cara que você ficou a fim?

— O primeiro? — perguntei com um sorriso. A gente fazia isso na maioria das noites, contando todo tipo de coisas e histórias sobre nós, às vezes de quando éramos crianças ou de pouco tempo atrás. — Sério?

— Claro — afirmou. — Eu quero saber.

— Bem, não é nenhuma novidade — respondi. — Foi você, é claro.

Luke riu.

— Mentiroso.

— Oi? — respondi e parei de traçar o número oito entre as escápulas dele.

— Eu sei que foi o namorado da sua irmã — disse ele. — O Cal, né? O cara da foto no seu mural?

Fiquei em silêncio por um tempo. A foto do Cal e eu tomando sorvete juntos em Vineyard.

— Foi — murmurei. — Foi ele mesmo. Ele era muito legal.

— E gato também — acrescentou Luke. — Muito gato.

Dei de ombros.

— Acho que sim.

— Você acha?

Luke se aninhou mais a mim e entrelaçou as pernas nas minhas. Senti quando ele beijou o meu pescoço. Não consegui pensar em mais nada.

— Sua vez — disse eu quando consegui falar de novo. — Quem foi o primeiro cara de quem você ficou a fim?

Ele não hesitou.

— Você.

Dessa vez fui eu que ri.

— Engraçadinho.

— Eu tinha dez anos — contou Luke enquanto eu voltava a acariciar as costas dele, traçando oitos ali. — Foi em uma festa no bairro, durante um jogo de pique-esconde. Nós nos escondemos juntos, e passamos o restante do tempo juntos. Ele tinha esses olhos azuis imensos, e eu sentia meu rosto ficar vermelho sempre que ele ria...

— Como você se lembra de coisas de quando você tinha dez anos?

Luke riu e bocejou.

— Eu já te disse, C. Eu me lembro de tudo.

Nós dormimos logo depois disso. Ele apagou antes de mim. E a última coisa de que me lembrava foi fazer uma nota mental para perguntar o que ele estava sonhando, porque, quando meus olhos estavam quase fechando, eu o ouvir dizer:

— Você estava usando calça de jacaré.

O trem de volta à Bexley saía às dez da manhã na segunda, mas pedi ao motorista do Uber para fazer uma parada no caminho para a estação.

— O que estamos fazendo aqui? — perguntou Luke quando eu abri a porta do carro diante da rotunda da UVA iluminada pelo sol. — Nós já...

Eu o ignorei e pedi aos turistas madrugadores que tirassem uma foto nossa. Luke ajeitou o boné novo escrito VIRGINIA e eu apoiei o braço nos ombros dele. Ele então estendeu a mão, entrelaçando os dedos com os meus. Os fotógrafos ficaram um pouco surpresos, porém depois a mulher falou para a gente sorrir.

Mas eu já estava sorrindo.

TRINTA E UM
SAGE

Eu sabia que alguma coisa estava errada quando vi o Luke comendo cereal no café da manhã na terça-feira. Eu tinha chegado à escola um pouco antes do toque de recolher na noite anterior, então era a primeira vez que eu me encontrava com todo mundo desde o fim de semana. Charlie se levantou para me dar um abraço, mas Luke não.

— Mas o que é isso? — perguntei, enquanto me sentava com o meu bagel amanteigado e gesticulava para o café da manhã dele. — Nada de omeletes nem panquecas? Achei que você não era o tipo de pessoa que come cereais.

Nossos olhares se encontraram, e eu não ia mentir... ele parecia triste.

— Bloqueio de chef — respondeu com um sorriso.

Mas não era genuíno. Tinha alguma coisa errada. Fiquei em dúvida se eu deveria mandar uma mensagem para ele, mas uma voz conhecida interrompeu meus pensamentos.

— Tudo bem se eu me sentar com vocês?

Ergui o olhar e vi o recém-solteiro Nicholas Carmichael parado ali, esperando nossa autorização para se sentar. Foi ruim, escreveu Nina no nosso grupo, ele a levou ao Captain Smitty's, e ela começou a chorar. Aí Reese disse: Parece que ela já tinha até comprado um vestido para o baile do Dia dos Namorados da Mortimer...

— Claro. — Dei um sorriso com coração disparado, e todo o bando assentiu, concordando.

— Valeu — respondeu ele, sentando-se ao meu lado. Nossos ombros roçaram, antes de ele cortar uma pilha de panquecas. — Nossa, Luke, você está certíssimo — disse ele depois de engolir. — Isso fica épico com canela!

— Então foi tudo bem? — cochichei durante a aula de arquitetura. — Vocês se divertiram?

Charlie e eu estávamos no meio do nosso último projeto: um prédio moderno com elementos do estilo vitoriano. Tínhamos que entregar até o fim da semana.

— Eu diria que essa é uma declaração precisa — cochichou ele, virando o lápis para apagar uma linha torta. — Considerando que Luke disse que não queria ir embora.

Sorri e revirei os olhos.

— Sorte a dele que vai passar os próximos quatro anos lá.

Charlie ficou em silêncio e depois admitiu que ele também não queria voltar, antes de recomeçar a trabalhar no nosso desenho. Mas notei o sorrisinho em seus lábios, um leve curvar de lábios discretamente orgulhoso que, do nada, me fez pensar em Nick.

Com quem eu me vi andando para o almoço no Addison.

— Como foi o fim de semana de plantão? — perguntei depois de contar para ele sobre Poconos. — Seus pais chegaram a ligar?

— Sim — respondeu ele fechando o casaco de hóquei. — Mas fui eu que liguei para eles. Para minha mãe, na verdade. Eu queria falar com ela sobre... — Ele parou de falar.

Emma, imaginei. Nick queria contar para a mãe dele sobre a Emma. *Eita*. Comecei a brincar com as luvas, me sentindo constrangida. Não que o rompimento deles tivesse qualquer coisa a ver comigo, mas...

Será que tinha?

Talvez?

Só um pouquinho?

Nick mudou de assunto antes que eu pudesse fazer qualquer pergunta.

— O Charlie te mandou aquela outra foto que tiraram na cúpula? Dos dois juntos?

— Mandou.

Assenti, tentando parecer animada, mesmo que a minha reação inicial à segunda foto que Charlie mandou tenha sido da mais pura inveja. Vê-lo com aquele sorrisão feliz nos braços de Luke... bem, aquilo me fez desejar uma foto igual, só que uma minha e do Nick. *Se ele tivesse vindo com a gente*, eu tinha pensado sentada na cama do hotel. *Se ele tivesse esquiado comigo...*

Ele não teria terminado com a Emma, pensei, voltando a andar animada. *Se eu o tivesse convencido a ir, Emma ainda seria a namorada dele.*

Mas não era. Não mais.

— É uma foto épica — disse Nick enquanto eu olhava para o rosto lindo dele, sentindo um aperto no peito. Ele tirou o iPhone do bolso e bateu na tela. — Não é?

— Ai, meu Deus, Nick! — Ofeguei ao ver o sorriso feliz de Luke e Charlie. — Você *não pode* usar essa foto como papel de parede!

— Por que não? — perguntou. — Eu torço por eles.

Eu o encarei.

— Torce?

— Claro. O Luke é legal, e eu nunca vi o Charlie tão feliz... — Ele parou e olhou para mim. — Você não torce?

— Dã, o que você acha? — Olhei em volta para ver se não tinha ninguém ouvindo. — Eles são lindos juntos, mas você tem que trocar. O Charlie vai *surtar* se vir isso.

Imaginei Nick recebendo uma notificação e alguém vendo a foto. Uma das coisas que eu amava nele era que ele não era o tipo de cara que ficava mostrando o celular para todo mundo, mas era melhor prevenir do que remediar.

Andamos em silêncio por mais alguns metros e passamos pela Knowles.

— Ele te disse alguma coisa? — perguntou Nick, ajustando a mochila.

— Sobre contar para as pessoas?

— Não — respondi, suspirando. — Ele não disse nada.

Nick assentiu e depois ficou mexendo no celular. Fiquei olhando para o restaurante, lembrando-me dos ombros curvados de Luke naquela manhã, até ouvir Nick me chamar.

— Essa é melhor? — perguntou ele, mostrando o novo papel de parede: nós dois na fogueira em Vineyard, muitos anos antes do jogo da garrafa. A gente devia estar no sexto ano, nós dois usávamos aparelho. Estávamos com cordão laranja fluorescente, sorrindo enquanto segurávamos marshmallows recém-tostados.

Um misto de sentimentos me atingiu. *Eu torço por eles*, pensei. *Torço muito por esses dois.*

— Sim — respondi para o Nick. — Bem melhor.

Ele sorriu, os dentes brancos e agora retinhos.

No dia seguinte, enviei uma mensagem para Luke, que ainda estava desanimado, perguntando se ele queria ir ao Pandora's depois do treino. Você leu a minha mente, respondeu ele, que já estava na nossa mesa favorita quando eu cheguei à cafeteria mais tarde. Alguns cadernos e um MacBook lhe faziam companhia.

— Oi. — Dei um sorriso e tirei a mochila, colocando-a no banco em frente a ele. — Quer alguma coisa?

— Café puro, por favor.

Depois de comprar um café preto para ele e um café com leite para mim, fui direto ao ponto:

— Você não se divertiu neste fim de semana?

— Oi? — Luke arregalou os olhos. — Por que você acha isso?

— Porque você anda meio desanimado ultimamente.

Luke ajeitou os óculos.

— É, eu sei. Mas não é porque eu não me diverti. Esse fim de semana... — ele olhou para mim e sorriu — foi o *melhor* da minha vida.

— Então qual é o problema?

Luke desviou o olhar.

— É só que eu gostaria que as coisas pudessem ser o tempo todo como foram lá.

— Tipo vocês dois de férias?

— Não é isso. Eu estou falando de como foi *tudo* entre nós dois enquanto estávamos lá.

Senti um aperto no peito ao perceber que minha desconfiança estava se confirmando.

— Eu fico até com raiva de mim — murmurou Luke. — Eu disse para mim mesmo que tudo bem, que eu não ligava de manter tudo em segredo. — Ele suspirou. — Mas isso foi antes de eu perceber como seria se não *fôssemos* um segredo.

Fiquei procurando algo para dizer, mas ele continuou:

— Charlie me deu a mão, Sage. Nós ficamos de mãos dadas o tempo todo, em todos os lugares em que estivemos, independentemente de ser no campus ou na cidade... Ele até me deu um beijo no rosto. — Luke sorriu. — Havia muita gente em volta, e todos *sabiam* que a gente estava junto, e eu *gostei* disso. Gostei de passear pela rua sem precisar esconder de ninguém que éramos um *casal*. Estou tentando ser paciente... Nossa, estou tentando *tanto*... mas isso de repente ficou impossível. Ele significa muito para mim, e eu quero que as pessoas saibam disso.

Respirei fundo. Ali estava: Luke Morrissey era humano. Ele tinha sido um santo ficando com Charlie às escondidas, mas queria mais. E então eu me perguntei... O Charlie estava disposto a ceder? Ou ele ia fugir?

Ou Luke seria como Nick e *desistiria*?

— E o que isso significa? — perguntei suavemente.

Luke passou a mão pelo cabelo, e a manga subiu o suficiente para eu ver as pulseiras de Charlie no pulso dele: uma preta e vermelha listrada, e a outra de corda desbotada verde e branca. Senti um nó na garganta, já que aquela era outra declaração do quanto Charlie o amava. Aquelas pulseiras eram de Charlie, e apenas dele. Ele nunca deixava ninguém mais usar.

— Eu não sei — respondeu Luke, parecendo mais decepcionado do que nunca. — Eu não sei.

O Pandora's estava bem calmo naquela noite, então estudamos sem distrações até a sineta da porta tocar, anunciando a entrada de alguém. Luke ergueu o olhar do notebook e levantou uma das sobrancelhas.

— Minha nossa — disse ele, e eu me virei e vi o Nick no balcão, com a mochila pendurada no ombro e o cabelo bagunçado depois do treino de hóquei. — Que coincidência.

Antes que eu tivesse tempo de pensar, me levantei e acenei para ele.

— Que sutil, Sage... você disfarça muito bem — sussurrou Luke.

— Para com isso — pedi sussurrando também, enquanto Nick olhava para trás de brincadeira, como se eu estivesse falando com outra pessoa.

Ele inclinou a cabeça, deu um sorriso de lado e apontou para si mesmo perguntando só com os lábios:

— *Quem, eu?*

Meu coração deu um salto pela primeira vez em muito tempo.

— Ele está me dando mole, não está? — perguntei para Luke só para confirmar se eu não estava ficando doida.

— Tá, sim. — Luke assentiu. — Não muito bem, mas está.

Sorri. Nick nunca foi bom naquelas coisas, mas eu adorava flertar com ele. Eu tinha me esquecido de como era divertido.

Ele foi até a nossa mesa depois de pedir um prato com refil do Pandora's. *Frango Alfredo*, eu sabia sem nem ter que perguntar.

— Não tinha nada de bom no Addison hoje — explicou, deslizando no banco para se sentar ao meu lado. — Só uma coisa que parecia um bolo de carne.

— Mas eles *têm* alguma coisa boa? — brinquei.

— É por isso que eu sempre faço a minha própria comida — comentou Luke, meneando a cabeça. — Eu realmente não entendo como vocês sobreviveram a quatro anos comendo a comida daqui. — Ele olhou para nós dois. — Vocês sabem que o fornecedor de comida daqui também presta serviços para várias prisões, né?

— Oi? — exclamei.

Ele assentiu.

— O termo *comida institucional* não inclui apenas escolas.

Nick riu.

— Não conte isso para o meu pai! Ele e meu tio Theo vivem dizendo o quanto sentem falta da comida daqui... — Seu celular vibrou. — É o Charlie — disse ele, lendo a mensagem. — Ele torceu o tornozelo no treino, mas já colocou gelo e agora quer saber se pode passar aqui? — Ele olhou para Luke. — Você não respondeu às mensagens dele?

Luke ignorou a segunda pergunta.

— Não, tudo bem — falou Luke. — Diz para Charlie me encontrar no meu quarto. — Ele começou a guardar as coisas, e eu o vi revirar os olhos. — Isso se ele conseguir subir a escada com o tornozelo torcido.

— Ele é bem direto mesmo, né — comentou Nick assim que Luke saiu. — O sarcasmo dele é afiado.

— Muito — concordei enquanto serviam a massa dele.

Mas a tigela logo ficou entre nós.

— Posso te fazer uma pergunta? — disse Nick, enquanto dividíamos a comida e travávamos uma batalha de garfos por um pedaço suculento de frango.

— Só se eu ficar com esse pedaço — respondi.

Ele aceitou.

Sorri e coloquei na boca.

— Manda.

Mas Nick hesitou.

— Por quanto tempo você acha que ela vai ficar chateada? — perguntou ele por fim, colocando o garfo na tigela. — Eu me sinto muito mal...

Eu me sobressaltei um pouco.

— Sage, quanto tempo você acha?

Abri a boca para responder, mas não consegui. Quanto tempo eu achava que Emma Brisbane levaria para superar o Nick?

— Sei lá. — Dei de ombros. — Eu não tenho muito contato com ela. — Mordi o lábio inferior pensando em quando ele e eu terminamos. — Mas ela com certeza está sofrendo. Ela gostava de você de verdade, Nick.

Pela careta que ele fez, ficou óbvio que os sentimentos de Emma por ele eram bem *maiores,* e que ela dissera isso para ele. E, por mais que isso me matasse, presumi que talvez ele tenha dito que era recíproco, Nick era legal demais para não responder a uma declaração.

Uma declaração...

Conte para ele!, algo dentro de mim disse. *Conte para ele que você o ama!*

Mas eu não podia. Não podia, porque mesmo que Nick soubesse sobre o Charlie, ele tinha acabado de terminar com a Emma, e ainda tinha uma parte de mim que... se preocupava...

— Sinto muito. — Preferi dizer para quebrar o silêncio. — Sinto muito por tudo.

— Valeu — disse Nick antes de suspirar. — O fato de esse lugar ser um ovo é uma droga. — Ele olhou pela janela, em direção ao campus. — Eu tenho coisas para fazer, mas não quero que ela seja obrigada a ver. — Sua voz diminuiu para um sussurro. — Eu ainda me sinto péssimo por você ter visto...

Senti uma agitação.

— Coisas? — perguntei. — Que coisas?

— Deixa para lá.

— Nick, fala sério.

Ele riu.

— Tô falando — disse ele, dando um sorriso de lado. — Deixa para lá, Morgan.

TRINTA E DOIS
CHARLIE

O tempo no fim de janeiro ficou estranhamente quente para a época, então Sage e eu retomamos nossas corridas.

— Acho que você tem um problema. — Ela meneou a cabeça quando a porta da Dag fechou. — Você tá empolgado demais com essas coisas de faculdade. — Ela riu. — E nem é a sua faculdade.

Nem é a sua faculdade.

— Verdade, não é — respondi, fechando o zíper do corta vento azul-marinho e laranja. — Até porque a UVA é tecnicamente uma *universidade*. — Bocejei. — Além disso, olha quem fala.

Ela sorriu e revirou os olhos. Sage estava muito animada para fazer parte das Panteras de Middlebury no ano que vem.

— As montanhas! — ela vivia dizendo. — Esqui! Bicicleta! Trilha!

— E faculdade — lembrava eu. — Não se esqueça da faculdade...

Aquele comentário me rendeu um soco no braço.

— Tá legal — disse eu gesticulando para o agasalho. — Eu não resisti. Estou feliz e quero demonstrar o meu apoio.

— Ah, tá... — respondeu Sage devagar, inclinando a cabeça. — Você está animado pelo *Luke* e quer apoiar o *Luke*.

Um bocejo me salvou de ter que responder.

— Você está acordado? — perguntou ela.

— Nem tanto. — Pisquei algumas vezes e começamos a correr pelo Portnoy Circle, em direção à Darby Road. — Só dormi umas três horas.

— E por quê?

Eu demorei a responder porque não sabia se eu queria contar para ela. Mas engoli em seco e sussurrei:

— A Dove me convidou para a festa de casais.

Sage riu.

— Ai, meu Deus, por quê?! Que ridículo! *Você* deu um pé na bunda *dela*. Não foi o contrário. Sem querer ofender, mas por que ela te convidou?

Suspirei.

— Você se lembra do que eu disse quando terminei com ela? *Eu gosto muito de você, mas acho que a gente não deveria ficar junto...*

— Agora — completei.

As diversas festas para o Dia dos Namorados estavam prestes a começar e se estenderiam até o feriado, e a Hardcastle tinha dado início às comemorações neste fim de semana. Dove me encontrara depois do treino de hóquei ontem, trazendo uma caixa de macarons do Pandora's, e eu tinha demorado para entender o que estava acontecendo. O treino tinha sido bem pesado, e tudo que eu queria era ficar abraçadinho com Luke e ver *Survivor*. Mas a visão desaparecera quando Dove abrira um sorriso doce e me oferecera os macarons, dizendo: "Você quer ir à festa comigo?"

— Exatamente — confirmei para Sage.

Ela suspirou.

— Foi um jeito idiota de terminar, Charlie.

— Eu sei, foi bem mais ou menos — concordei.

Sage então disse:

— Deve ter sido constrangedor, mas pelo menos ela deve ter entendido o recado quando você disse não.

Senti o estômago queimar quando Sage olhou para mim.

Ela me empurrou.

— Charles Christopher Carmichael, *por favor*, diga que você recusou o convite. Diga que você não aceitou.

Fiquei calado.

Outro empurrão.

— Mas que merda é essa, Charlie?

— Cara, eu não tive muita escolha. — Acelerei o passo. Sage fez o mesmo. — Tipo assim, o que eu podia fazer? Ninguém diz não para essas coisas. Você é convidado, você *vai*.

— É, mas você tem namorado. — Sage franziu as sobrancelhas. — O que vai acontecer quando ela começar a te dar mole?

— Se isso acontecer, vai ser uma coisa unilateral — respondi. — Avisei que eu iria como amigo só.

Ela lançou um olhar desconfiado.

— Você deveria ter perguntado primeiro ao Luke.

Olhei para a frente e contraí o maxilar.

— Eu sei.

— Você já contou para ele?

— Ainda não. — Fiz que não com a cabeça. — Mas vou contar hoje mais tarde.

— Ok, ótimo.

— Eu sei. Vai ficar tudo bem. — Assenti, esperando que ela não notasse o tremor na minha voz. — Ele vai entender.

Sage mordeu o lábio.

— Vamos torcer para que sim.

O clima continuou quente durante a semana, então todo mundo começou a se vestir como se estivéssemos em pleno verão. Reese não ficou impressionada quando fomos para a reunião escolar de sexta-feira e passamos por caras de short e camisa polo em cores pastel e garotas de vestido curto e chinelo de dedo. "Só porque esquentou não significa que você deve se vestir fora da *estação*."

Dez minutos depois, eu estava revendo minhas anotações para a reunião (como representante do departamento de artes do conselho estudantil, eu tinha que apresentar a logística para o baile de inverno da Bexley) quando Nick se sentou ao meu lado na sua cadeira no comitê.

— Ei, como estão as coisas?

— Tranquilo — disse ele. — Eu fui ao correio.

Deixei minhas anotações de lado.

— E...?

— Recebi tudo.

— As lanternas chegaram?

— Sim. — Ele sorriu. — E a tinta *e* as pulseiras neon.

Eu ri.

— Claro. Não podemos nos esquecer das pulseiras neon.

Nick me cutucou com o cotovelo.

— Para com isso. As pulseiras neon são *essenciais*.

Ele estava certo, eram mesmo. Sage sempre levava um monte de pulseiras verdes, roxas e laranja quando ia para Vineyard. Uma das fotos na minha colagem era dela e do Nick quando estavam no ensino fundamental. Os dois de aparelho, usando colares e pulseiras neon e segurando marshmallows assados. Foi no verão que eu percebi que Nick gostava da Sage. Ela estava sorrindo para a câmera, mas ele estava sorrindo para ela.

Nesse verão, pensei. *Nesse verão as pulseiras neon e as fogueiras e os marshmallows vão ser melhores do que nunca, e talvez não seja mais só nós três...*

— Vai dar certo — disse eu para ele. — Estou sentindo que vai rolar.

Nick suspirou.

— Espero que sim.

Bati meu joelho no dele.

— Não. Você *sabe* que vai. Ela... — Parei de falar, sem saber como explicar. Pensei em Sage naquelas últimas semanas, a forma como ela agia sempre que Nick estava com a gente, que fazia refeições com a gente. — Ela brilha, Nick — murmurei. — Ela brilha quando está com você.

Meu irmão não disse nada; só ficou olhando para o palco, onde Sage estava sentada na beira com Luke e os outros formandos.

— E você? — perguntou ele por fim, e eu o vi fazendo um gesto com a cabeça para indicar Luke. Ele não precisava verbalizar a última parte: *você vai convidá-lo?*

Sim, pensei enquanto tentava atrair o olhar de Luke, sentindo uma pontada no peito quando ele me ignorou — porque ele sempre sabia quando eu estava olhando. "Pare de ficar me encarando", Luke às vezes dizia sem nem erguer o olhar do dever de casa. "A matéria de economia vai ficar com ciúmes."

— Charlie? — chamou Nick, mas eu não respondi até as luzes baixarem, e Jennie assumir seu lugar no palco.

— Eu quero — respondi. — Eu quero *muito*.

Luke estava no celular quando me esgueirei para o quarto dele no sábado.

— É, não estou com muita fome ainda — dizia ele. — Então, acho que podemos jantar por vota das sete?

Ele estava no seu centro de comando, estudando a tela do notebook.

Fechei a porta e fiquei o observando coçar a testa, ouvindo o que quer que Sage estivesse dizendo do outro lado, e sorri ao notar a camisa do Arsenal. Ele realmente estava acompanhando os jogos da Premier League ultimamente e era o mais novo recruta do fã-clube de Nick. Um monte de caras abarrotava o quarto do meu irmão para assistirem juntos aos jogos de domingo.

— Legal, até já. — Luke assentiu e olhou para mim quando desligou.

— Era a Sage?

— Afirmativo — respondeu ele voltando a atenção para o computador.

Eu o abracei por trás.

— E onde vocês vão jantar?

Luke se inclinou para a frente para se afastar.

— Vamos ao Humpty Dumplings.

— Hum... Que delícia.

— Sim. — Ele pigarreou ainda concentrado na tela. — É melhor você ir embora.

Passei a mão pelo cabelo dele.

— Ainda não. Tem tempo.

— São 17:27.

— É, então é melhor eu ir mesmo — concordei. A festa começava às seis da tarde. — Você quer vir? Dá o nó da gravata para mim?

— Não — respondeu. — Estou de boa.

— Tá. — Meu estômago embrulhou de repente. — Acho que a gente se vê depois.

— Manda um beijo para a Andorinha.

Eu fiquei parado ali, sem saber o que fazer... até que segurei o encosto da cadeira dele para virá-lo para mim e ficarmos um de frente para o outro. Os lábios de Luke estavam contraídos em uma linha fina e os olhos pareciam lâminas cortantes.

— Eu já entendi — sussurrei, com o coração apertado. — Você está puto.

Luke revirou os olhos.

Eu suspirei.

— Então por que você disse que estava tudo bem?

Porque quando contara para ele, logo depois da corrida com a Sage, eu me convencera de que ele tinha levado na boa. Ele não tinha dito nada no início. Em vez disso, havia levantado e saído para tomar um banho, mas, quando voltara, eu tinha perguntado diretamente se ele estava bem e ele assentira. E eu acreditei... ou melhor, meu consciente e meu subconsciente decidiram ignorar toda a razão e os pensamentos racionais para acreditar nele.

— Porque você já tinha aceitado, porra — respondeu Luke agora. — Não foi como se você tivesse me perguntado antes como eu me sentia. — Ele se levantou. — Você tomou sua decisão *antes* de me consultar, então é claro que minha opinião não importava.

— Eu sei. — Tentei pegar a mão dele. — Foi mal, mas ela me pegou desprevenido. Eu não sabia o que fazer.

Luke não cedeu.

— Eu não quero que você vá. Sei que não é justo dizer isso, mas eu preferia que você não fosse. Não quero que o meu namorado vá a um evento romântico do Dia dos Namorados com uma das suas ex-namoradas.

Nenhum de nós disse nada por alguns segundos. Luke estava olhando para o chão, enquanto eu segurava a mão impassível dele. Dei um apertão de leve nela.

— Você quer que eu diga para ela que não posso ir?

— A festa é em menos de uma hora — resmungou Luke.

— E daí? — Dei de ombros. — Se você não quer que eu vá, eu não vou.

Ele meneou a cabeça.

— Charlie, por favor, não coloque essa decisão em cima de mim. Não é justo. Você deve ir. Ela é gente boa e não merece ser magoada. Não estrague a noite dela. — Ele soltou a mão e se recostou na cadeira, virando-a de volta para o computador.

Mordi a parte interna da bochecha.

— Luke...

— É melhor você ir. — Ele me interrompeu. — Você não vai querer se atrasar.

— Tá. — Assenti. — Desculpe não ter perguntado antes.

Ele ficou em silêncio, mas, quando eu virei a maçaneta para sair, ouvi:

— Sim, teria sido muito bom.

Liguei para casa quando não restava dúvidas de que Luke estava apagado, o corpo totalmente relaxado contra o meu. Depois de duas horas fugindo das investidas de Dove, deixei a Casa Hardcastle e o avistei esperando no fim da alameda de entrada, lindo com a nova jaqueta bomber e as mãos no bolso. *Esse é o seu namorado*, declarou a voz dentro de mim. *Ele veio te buscar*.

Fui até ele.

— Cadê a Sage?

Luke deu de ombros.

— Depois do jantar, ela me largou para ficar com o Nick. Ele disse alguma coisa sobre um torneio de hóquei de mesa?

— É verdade. — O tempo estava ruim e chuvoso, então Nick decidiu adiar o plano original desta noite até o próximo fim de semana. "Porque as estrelas são essenciais e o céu precisa estar limpo", explicara ele.

— Podemos ir? — perguntou Luke depois de um tempo parados na frente do jardim da Hardcastle. Sua voz ficou mais baixa: — Porque você tá muito gato. — Ele fez um gesto para mim. Eu não estava usando terno e gravata, mas sim meu paletó preto sobre um suéter cinza. — Bem europeu.

Sorri e nos afastamos da casa.

— Escolhi pensando em você.

Ele olhou para o chão.

— Espero que sim.

— Ei. — Toquei no braço dele. — Diga que você está brincando.

Mas ele não estava, a expressão em seu rosto era de sofrimento quando fizemos contato visual. Tentei engolir o nó na garganta. *Desculpe.*

— Fique essa noite na Dag comigo — murmurei, olhando em volta para ver se não tinha ninguém por perto. Então, enfiei a mão no bolso da jaqueta dele. Nossos dedos se encontraram. — É muito difícil dormir sem você.

Luke deu uma risada.

— Por quê? — perguntou. — Você tem pesadelos ou algo assim?

— Não. — Neguei com a cabeça, sentindo uma dor no peito. — Só ansiedade de separação autodiagnosticada.

— Tudo bem, eu aceito isso. — Luke soltou um risinho e uma coisa explodiu dentro de mim quando ele deu uma piscadinha. — Porque eu sofro da mesma condição.

Já era tarde, mais de duas da manhã, quando eu me esgueirei para fora do quarto. Não tinha ninguém por perto para me ver, e eu me tranquei na cabine antiga de telefone do corredor que já estava lá havia anos. Ignorei o aparelho e usei meu celular.

— Alô? — atendeu minha mãe, parecendo um pouco em pânico. Eu claramente a tinha acordado. — Charlie?

— Sou eu — respondi.

Ela soltou uma respiração longa.

— Está tudo bem?

Fechei os olhos e me encostei na parede.

— Sim.

— Não está conseguindo dormir?

— Mais ou menos — sussurrei, quando, na verdade, eu deveria ter dito, *preciso te contar uma coisa.*

Mas eu não disse, então minha mãe fez o que ela sempre fazia quando um de nós não conseguia dormir: ela começou a conversar, como se estivéssemos na mesa de jantar.

— Nicky contou que as comemorações do Dia dos Namorados estão começando — disse ela. — Você já convidou alguém?

— Não. — Olhei para o teto. — Ainda não.

— Por que você não chama a Sage?

Sage... Eu precisava acabar logo com essa ilusão de casamento tradicional de uma vez por todas.

— Porque acho que ela não vai aceitar — respondi. — Minha concorrência é forte.

Minha mãe entendeu e riu, como se soubesse o tempo todo.

— Ele é o nosso romântico.

— Pois é — concordei, aliviado, mas, de repente, senti um aperto no peito de novo.

Fiquei imaginando se ela pensava o mesmo de mim. Provavelmente não. Eu ficava com garotas por cinco minutos e falava muito pouco delas. Os fatos não me favoreciam.

Mas tem essa pessoa. Fechei os olhos. *Tem essa pessoa que eu amo com todo o meu coração. E ele está lá, dormindo na minha cama, porque quer ouvir a minha voz antes de dormir, e a coisa que eu mais amo nesse mundo é acordar e vê-lo sorrindo para mim.*

Conversamos por mais dez minutos até o papo começar a morrer.

— Eu preciso contar uma coisa — disse eu por fim, quando senti que minha mãe ia se despedir.

— O quê? — perguntou ela.

Abri a boca, mas não consegui dizer nada. Eu me distraí... Parecia que alguém estava enfiando uma faca no meu peito.

— Charlie? Você ainda está aí?

Eu me obriguei a falar.

— Você se importa com isso?

— Com o quê?

Suspirei.

— Com quem eu levo para esses eventos?

Ela riu.

— Ah, Charlie, por favor, não diga que é sua professora de economia. Ela é bonita, mas...

— Mãe — disse eu. — Eu não estou brincando.

Ela parou de rir.

— Relaxe, filho. Claro que não importa. Pode chamar a garota que quiser. Seu pai e eu entendemos.

Não, meus olhos arderam. *Vocês não entendem.*

Gostaria que ela apenas perguntasse, em vez de eu simplesmente contar para ela. Seria mais simples ser questionado e responder com um sim. Mas minha mãe não sabia que deveria perguntar, já que não havia nenhuma evidência. O que tornava tudo ainda pior.

— Charlie, é melhor você ir dormir. — Eu a ouvi dizer. — As provas estão chegando e não quero que fique exausto nem doente.

— Tá — murmurei. — Tá bom.

— Eu te amo, filho.

— Também te amo, mãe.

Desligamos depois disso, mas não me mexi.

Só fiquei sentado ali.

TRINTA E TRÊS
SAGE

Depois de ganhar a medalha de ouro do torneio anual de hóquei de mesa da Mortimer, recebi uma detenção porque achei que era uma boa ideia ignorar o despertador e continuar dormindo na sexta-feira, em vez de ir para a aula de inglês. A detenção sempre acontecia no auditório da CCC das sete às nove da noite, e eu deveria estar fazendo o dever de casa, mas não conseguia me concentrar. Era horrível ficar presa ali. Eu ainda teria três horas até a hora de voltar para o alojamento, mas não queria perder nem um minuto da noite de sábado com as minhas amigas. Um dia, elas seriam minha melhor lembrança da Bexley.

No entanto, entre todas as noites para ter que ficar de castigo, essa era definitivamente a melhor. As meninas estavam na festa, enquanto Luke e Charlie tinham ido ao cinema e depois sairiam para uma "expedição" juntos. Em dezembro, eles tinham roubado um mapa do campus no departamento de admissões e vinham, desde então, marcando um *X* em alguns lugares, como a biblioteca e o prédio de orientação universitária ("Tem um sofá maravilhoso na sala de espera", ouvi Charlie dizer antes de marcar aquele). Parece que eles querem se superar esta noite.

Passei todo o tempo de detenção totalmente perdida em pensamentos. Eu estava tão distraída que pareceu que eu tinha sido arrancada de um dos meus transes quando o dr. Latham disse que a detenção tinha acabado e que estávamos liberados. Tinha uma mensagem do Nick esperando por mim:

Me encontra no @ancoradouro quando sair. Tenho que te mostrar uma coisa!

Animada, peguei minha bicicleta e fui até a Simmons para deixar minha mochila antes de pedalar como se minha vida dependesse disso na direção do lago Perry. As estrelas brilhantes salpicavam o céu, iluminando meu caminho. Mas, quando eu saí da Ludlow Lane e entrei na Lake Road, me dei conta de como aquilo era estranho. *Por que o ancoradouro?* O ancoradouro era tão distante e não tinha literalmente nada para fazer lá. Além disso, tecnicamente não tínhamos autorização para ir lá à noite. Acelerei meu ritmo.

O que você está aprontando, Nicholas?

O ancoradouro estava escuro quando cheguei, mas eu quase tropecei — porque o píer *não* estava. Saltei da bicicleta e puxei o descanso, mas minhas pernas estavam bambas.

O píer estava brilhando. *Brilhando* e todo decorado. Lanternas Coleman contornavam as extremidades e provavelmente *centenas* de bastões luminosos verdes espalhados pelo caminho. Nick estava sentado no fim, usando alguns cordões luminosos e aquele casaco tribal lindamente horrendo.

— Oi! — cumprimentou ele quando uma tábua rangeu, anunciando a minha chegada. — Vem assar marshmallows!

Ele fez um gesto para eu me aproximar, e então notei que ele estava tentando preparar marshmallows usando o minigrill que ganhara de Natal.

— O que é tudo isso? — perguntei, sentando-me ao seu lado.

Ele me entregou um colar luminoso e um espetinho de assar com um marshmallow na ponta.

— Isso é o que Nick Carmichael faz quando resolve quebrar as regras.
Eu ri.

— Com você é tudo ou nada, né?

— Exatamente — concordou ele. — Pensei em começarmos com os marshmallows e depois a gente faz um passeio de caiaque. A noite está maravilhosa, né?

Caiaque. Sempre que eu ia à Martha's Vineyard, Nick e eu costumávamos andar de caiaque no lago Oyster. Parecia um mundo completamente diferente lá: só nós dois e as estrelas.

— O que me diz? — perguntou Nick.

— Mas onde está o caiaque?

— Na água — respondeu ele como se fosse óbvio, e eu me debrucei para ver.

Meu coração quase parou porque, ali, preso ao píer e boiando na marola, havia um caiaque, mas não era só isso. Escrito na lateral com tinta amarela fluorescente estava:

SAGE, DIA DOS NAMORADOS?

A pintura tinha escorrido e logo as lágrimas seguiram o exemplo... porque eu nunca deixei de ter *esperança*. Secretamente, mas era tanta esperança que eu demorava horas para dormir à noite. Eu queria ir com o Nick àquela festa mais do que qualquer coisa, mas eu pensava que não tinha chance. Embora estivéssemos dando um pouco de mole um para o outro, nada mudara entre nós desde o término dele com Emma, então, eu achei que o Charlie logo me chamaria para a festa da Daggett. As festas aconteceriam no mesmo dia.

— Sage? — perguntou Nick baixinho. — O que você acha?

— Claro — respondi, rindo em meio às lágrimas enquanto nossos olhares se encontravam. — Claro que sim!

A covinha do Nick apareceu antes de ele se inclinar para me dar um beijo no rosto.

Mas eu fiz questão de que nossos lábios se encontrassem. Nick me puxou para um abraço e eu correspondi. Estávamos os dois com a respiração ofegante quando nos separamos.

— Caiaque? — sugeri, e em um estalar de dedos estávamos na água. Dei um sorriso. — Agora me mostra onde está a Ursa Maior, porque eu só estou vendo as sete estrelas principais...

Então, Nick, o astrônomo, apontou a constelação gigantesca que era conhecida como "Alpha Ursa Majoris" e, depois, eu senti a mão dele no meu braço.

— Sage...

Eu me virei para olhar para ele.

— Oi?

Ele suspirou.

— Eu não quero que seja só no Dia dos Namorados.

— O quê?

— Nós — explicou Nick. — Eu quero tentar de novo. De verdade dessa vez. — Ele se ajeitou no banco, fazendo o caiaque balançar. — Eu te amo.

Sua mão ainda estava no meu braço, e eu senti minha pele toda arrepiar sob o seu toque. Eu peguei a mão dele e entrelacei nossos dedos.

— Eu também te amo — sussurrei contra nossas mãos entrelaçadas.

— Mas do que você tem medo? — perguntou ele quando eu não disse mais nada.

— Eu te amo — repeti. — Eu te amo e estou *muito* a fim de você.

Nick riu.

— Eu também. Sempre fui a fim de você. Para ser sincero, você foi a primeira garota de quem gostei.

— Exatamente. — Fechei os olhos com força. — E eu não quero que nada atrapalhe você ser o meu *último*.

— Olha... — Ele começou, mas eu continuei. Estava finalmente colocando tudo para fora.

— Tenho medo de que, se fizermos isso agora, vamos estragar tudo. Você vai para Yale, eu vou para Middlebury, e esse lance de relacionamento a distância nunca funciona. A gente é jovem demais e tem muita coisa acontecendo, e eu quero que, um dia, a gente seja aquele tipo de pais doidos por hóquei. Quero que, um dia, a gente faça uma festa de Quatro de Julho todo ano para nossos amigos. — Engoli em seco, sem o menor autocontrole. — Então, eu acho que a gente não deveria arriscar. Não quero terminar como os meus pais. Não quero estragar tudo antes de começar. A gente deveria esperar até a hora certa, até termos vivido um pouco longe um do outro.

Nick ficou em silêncio o tempo todo, mas depois recomeçou a remar, nos levando de volta à beira do lago. Subi no píer primeiro e o ajudei a puxar o caiaque para fora da água. Foi só quando comecei a comer os marshmallows que deixamos ali que ele finalmente falou:

— Essa foi a coisa mais idiota que já ouvi em toda a minha vida.

Engoli o marshmallow que eu estava mastigando.

— Oi?

— O que você disse sobre não podermos ficar juntos... É um monte de merda e parece uma perda de tempo *épica*. Por que agora não pode ser o momento "certo"? Eu quero você, e você me quer, então por que esperar? Vamos ficar juntos. Não importa se a gente é novo ou não, nem que a gente esteja indo para universidades diferentes. — Ele me prendeu em um abraço. — Concordo que talvez seja difícil. Pode ser até mesmo *muito* difícil, mas eu quero tentar.

Meu coração estava disparado. Eu também queria, queria de verdade. Para ser bem sincera, eu achava que não conseguiria ficar mais uma semana sem ele, quem diria alguns anos? Não achava que conseguiria vê-lo com outra pessoa. Já tinha sido muito difícil, principalmente agora que eu sabia o quanto podia ser bom estar com ele.

Nick sorriu e puxou meu rabo de cavalo.

— Então, o que me diz?

⁓

Pedalamos a Ace e a Abelhinha de volta ao campus principal depois de esconder as coisas de Nick atrás do ancoradouro.

— Charlie vai me ajudar com isso amanhã — disse ele.

Vi Reese e Jack no pátio da Simmons quando guardamos as bicicletas no bicicletário. Eles acenaram.

Nick acenou, mas eu não. Eu só ri e me joguei nos braços dele para que todos pudessem ver nosso beijo. Ouvi Reese dizer para Jack:

— Eu bem que desconfiei.

Infelizmente, Nick não ficou no pátio por muito tempo.

— Eu não quero que a Emma descubra assim — cochichou depois de me tirar educadamente do colo dele, agora que a ex-namorada tinha aparecido. — A gente se vê amanhã?

— Com certeza. — Eu sorri.

Nem quinze minutos depois, Charlie me ligou.

— Tenho uma notícia maravilhosa! — disse eu em cumprimento. — Agora nós *dois* temos namorado!

Mas a linha ficou em silêncio por longos cinco segundos, antes de ouvir a voz trêmula do meu melhor amigo pedir:

— Sage, vem aqui, por favor. — Ele soltou um soluço estrangulado. — Eu preciso de você.

Meu coração quase parou de bater.

— Charlie, cadê o Luke?

Mais respiração entrecortada e alguns soluços.

— Vem logo.

— Eu vou. — Eu assenti rapidamente. — Onde você está?

— No meu quarto.

— Tá. Já estou indo. Fique calmo. Vou o mais rápido que eu puder.

TRINTA E QUATRO
SAGE

Eu não costumava acordar antes das onze nos domingos, mas, naquela manhã, saí da cama às 9:53, quando meu celular vibrou com uma nova mensagem. Não vou tomar café da manhã hoje, Luke escreveu. Estou cansado demais.

Bem, pensei, entrando no meu modo melhor amiga protetora, *"cansado demais", ou não, precisamos ter uma conversinha.*

Eu estava na porta dele às 10:13, depois de atravessar a sala comum da Brooks assustadoramente vazia e subir até o último andar. Hesitei num primeiro momento, achando que talvez eu não devesse acordá-lo, mas acabei batendo na porta assim mesmo.

— Oi? — Ouvi Luke responder e me sobressaltei. Ele parecia *bem* acordado.

— E aí? — disse eu quando entrei. — Precisamos...

Mas parei de falar e fiquei completamente sem palavras. O quarto do Luke estava um *horror*. A cama estava uma bagunça de travesseiros e cobertores, e todas as gavetas da cômoda estavam abertas, com roupas para fora.

— O que você está fazendo?

— Uma limpeza — respondeu Luke, revirando o armário e tirando duas camisas xadrez lá de dentro.

Ele também estava péssimo. O maxilar contraído, os olhos avermelhados. Fiquei parada ali como uma pateta enquanto ele cruzava o pequeno quarto e dobrava as camisas de qualquer jeito antes de jogá-las na caixa de papelão em sua escrivaninha. Minha pulsação acelerou quando percebi o que ele estava fazendo.

— Luke, não — comecei. — Não...

— Eu só quero que isso tudo suma daqui — disse ele num tom seco. — Eu não quero olhar para nada disso.

Ele se virou e se ajoelhou para abrir as gavetas embaixo da cama. Dei um passo para ver a caixa que já estava preenchida pela metade: duas camisetas de Vineyard Vines, o casaco azul de Charlie com a estampa EDGARTOWN YACHT CLUB, a coroa do príncipe encantado, um cinto preto e branco e, bem no fundo, as pulseiras de Charlie.

— Você não pode fazer isso — falei, mexendo na pulseira de cordas. — Vocês dois...

— Nós terminamos.

Luke passou por mim, pegou uma caneta e rabiscou rapidamente algo num bloco antes de voltar para a cômoda.

Meus olhos marejaram de lágrimas quando me lembrei de Charlie na noite anterior. Eu o deixara encolhido na cama, todo embrulhado no edredom, como um burrito, e chorando copiosamente. "Luke terminou comigo", repetia ele sem parar, enquanto eu tentava acalmá-lo, mas não adiantava. Havia chegado a hora de voltar para o meu quarto e eu odiara ter de ir embora sabendo que Charlie ia chorar até dormir.

— O que deu errado? — perguntei agora, um pouco nervosa, achando que Luke me daria um fora por estar me intrometendo. Mas eu precisava saber.

Eu o ouvi suspirar, e então ele estava ao meu lado de novo, colocando os fones canceladores de ruído de Charlie na caixa.

— Nós fomos ao cinema — contou ele —, e estava tudo ótimo. Os lugares eram ótimos, o filme era ótimo, *ele* estava ótimo. Não tinha literalmente ninguém lá, então ele pegou minha mão e ficamos assim o tempo todo. — Ele suspirou de novo. — Depois, fomos até o percurso de arvorismo para... — Ele deu de ombros. — Você sabe. — Ele fez uma pausa. — Mas aí, ele... — Sua voz ficou baixa, como se estivesse distante, antes de voltar com toda força como um bumerangue. — E eu percebi que eu não conseguia mais fazer isso.

— Aconteceu alguma coisa? — perguntei baixinho.

Luke assentiu. A voz dele era suave, mas carregada de *raiva*.

— Quando estávamos voltando, ouvimos alguém chamar, e o que Charlie fez? — Luke apontou para o arranhão no rosto dele. — Ele *me empurrou* para a porra da floresta. Um galho me arranhou e eu caí por cima de uma pedra, só para que a porra do Paddy Clarke e da Val não nos vissem *andando* juntos.

Eu me senti tonta e me sentei na cadeira de Luke.

— E isso deixou tudo muito claro para mim — continuou ele. — Charlie não aceita quem ele é.

Senti um aperto no peito.

— Luke...

Luke balançou a cabeça.

— Ele não se aceita, Sage. Sim, ele contou para você e para o Nick, mas os pais dele *ainda* não sabem de nada, depois de três meses. Ele não falou nada para eles sobre mim. Disse que ia falar, mas não falou. Eu só os conheci por sua causa. Charlie não fez nada. Para ele não tem problema que os dois só me vejam como o "Luke lá daquela rua". — Ele suspirou. — E nem é a rua deles.

— Não, você não é... — tentei.

Luke me ignorou.

— Então, eu não consigo mais. Eu amo o Charlie. — A voz dele fraquejou. — Talvez nem seja saudável o quanto eu *amo* o Charlie, mas não posso continuar assim. Tentei muito ser paciente, mas cansei. Eu quero estar com ele *de verdade*. Quero ficar de mãos dadas em público e que as pessoas saibam que ele não vai flertar com ninguém porque está comigo. Quero apresentá-lo como meu namorado e quero que tudo sobre o que conversamos aconteça. Eu quero que *Virginia* aconteça.

Meu estômago se revirou com a sensação de que ele não estava se referindo apenas à viagem deles para Charlottesville. O casaco azul e laranja de Charlie voltou à minha mente.

— Tá vendo só? — Luke se jogou de costas na cama. — Nem *isso* ele te contou. — Ele gemeu. — Charlie Carmichael entra em uma das melhores faculdades do país e não conta para *ninguém*.

Comecei a chorar de repente.

— Não, Luke, ele contou.

Eu pisquei e me lembrei. Aqui estamos nós, UVA!, dizia o Snapchat, mas até então eu não tinha entendido o *nós*. Foi tão sutil. Mas Charlie dissera algo, a seu próprio modo. Expliquei tudo para Luke.

— Isso não conta — argumentou ele antes de dar um sorriso triste. — Tipo, agora a gente vai ficar *preso*. Você sabe, já que foi uma decisão antecipada. — Ele tirou os óculos. — É um compromisso.

— Por favor, não faça isso — sussurrei. — Não desista dele. Ele ama você. Muito.

— Eu sei que ele me ama, mas ele não está pronto. E eu estou... Estou pronto. — Luke esfregou os olhos. — Não é a hora certa, Sage. Não vou pressioná-lo. Eu nunca faria isso. Cada um merece ter seu tempo, mas não posso continuar assim. Não vai dar certo. — Ele suspirou. — Não vai dar certo agora.

Eu não queria, mas concordei em ser a portadora de Luke. Devolveria as coisas de Charlie e pegaria as de Luke de volta. "Esta é uma lista completa de tudo o que está com ele", dissera Luke, entregando-me um papel antes de eu sair. "Lembre-se de trazer tudo de volta."

Eu só assentira e dissera que tudo bem. Eu não comentara que achava que ele estava sendo duro, talvez até cruel. Depois, eu tinha seguido direto para a Daggett.

— Charlie? — chamei, batendo na porta. — Sou eu. Posso entrar?

Nenhuma resposta.

Empurrei a porta assim mesmo e encontrei Charlie usando a calça moletom desbotada de Luke e a blusa cinza da Adidas. Curvei os ombros. Eu não precisava olhar a lista para saber que aqueles eram os primeiros itens dela. Charlie estava encolhido no sofá, e vi que seus olhos estavam ainda piores do que os do Luke: não estavam apenas vermelhos, mas inchados também.

— Oi — cumprimentei com gentileza, enfiando a caixa com as coisas dele atrás da escrivaninha. — Conseguiu dormir?

— Não. — Sua voz estava rouca.

Eu me juntei a ele no sofá e peguei sua mão.

— Por que você não me contou? — perguntei. — Por que você não me contou sobre a UVA?

Charlie não respondeu.

Apertei os dedos dele.

— Não é como se eu não tivesse falado *nada* — disse ele baixinho.

— Não, eu sei — respondi, os olhos ardendo quando vi o estandarte azul e laranja da *VIRGINIA* ao lado da bandeira da casa Daggett. — Mas, por quê? Por que lá?

— Porque é exatamente o que eu quero — respondeu ele. — Eu disse para você: eu quero sair daqui, fazer algo grandioso, eu quero...

— Ele — completei. — Você quer o Luke.

Houve um segundo de hesitação, mas Charlie assentiu.

Ah, Charlie, pensei.

Como se tivesse ouvido meus pensamentos, ele afundou a cabeça nas mãos.

— Eu sei que eu não deveria ter feito aquilo, Sage, mas... — Ele gaguejou. — Eu tinha acabado de encontrá-lo, e ele tinha acabado de me encontrar, e nós não queremos ficar separados.

Não queremos ficar separados.

Eu me lembrei de pensar aquilo no oitavo ano, quando soubera que os gêmeos estiveram tentando entrar na Bexley, e novamente no outono, durante as inscrições para as universidades. Agora, não consegui evitar uma pontinha de orgulho, sabendo que, mesmo que meus amigos e eu estivéssemos indo estudar em lugares diferentes no ano seguinte, nada ia separar a gente de verdade. Ficaríamos bem.

Não, melhor do que bem, pensei, lembrando-me de Nick. *Vamos ser épicos.*

— Mas você sabe o que aconteceu. — Charlie olhou para mim com lágrimas escorrendo pelo rosto. — O Luke disse que esse não é o nosso momento. Disse que eu não estou pronto.

Respirei fundo.

— Então fique pronto.

Ele fez que não com a cabeça.

— Eu não consigo.

— Por que não? — perguntei.

Assim como Luke, eu não ia pressioná-lo, mas eu poderia lhe dar um pouco de confiança. Era o meu dever como melhor amiga. Eu ia encorajá-lo dizendo que ele poderia fazer qualquer coisa. A vida era dele e somente dele.

— Sim, você é gay, e isso está muito longe de ser a coisa mais fácil para contar para a sua família, mas você já avançou bastante! Eu sei, o Nick sabe, e nada mudou. Absolutamente *nada*. A gente ainda te ama, e seus pais também vão continuar te amando. Não há motivo para postergar isso. Se você quer ficar com Luke, você precisa contar a verdade para todo mundo. Por que você tem tanto medo?

— Porque é tarde demais — disse ele. — Porque eu já sou *ele*.

Lancei um olhar confuso para ele.

— Porque você é *ele*?

— Isso. — A voz dele ficou neutra. — Porque eu sou ele... sou *aquele cara*. O maioral do campus da Bexley. As pessoas acham que eu sou aquele cara, meus pais acham que eu sou aquele cara, e eu me esforcei muito para isso. — Ele passou a mão no cabelo. — Eu já sei há anos, Sage. Há *anos* que eu sou... do jeito que sou. Eu notava os olhos de algum garoto por baixo do capacete de hóquei... ou o sorriso de outro no campo de futebol. E teve o Cal, é claro. Teve o Cal. — Ele engoliu em seco. — Garotas são legais... todas aquelas garotas foram legais, mas foram só isso. *Legais*. Eu só fiquei com elas para me proteger, me esconder. — Ele meneou a cabeça. — Para ser o cara que todo mundo quer que eu seja, que espera que eu seja...

— Eu não — falei quando ele parou de falar. Senti um nó na garganta. — Eu não quero que você seja aquele cara. — Eu o abracei. — Nem o Nick, nem o Luke. Nós queremos que você seja feliz. Queremos que você seja *você*.

Charlie escondeu o rosto no meu ombro.

— As pessoas vão falar. — Ele estremeceu. — Vai ser uma merda. Eu não entendo por que Luke não pode esperar até estarmos na UVA. Eu vou ser melhor. Eu só não consigo lidar com tudo agora.

— Claro que consegue — afirmei. — Seja corajoso. — Fiz uma pausa, um pouco constrangida, mas sabendo que eu não poderia mentir para ele. As pessoas falavam, e ele tinha uma reputação. — Sim, as pessoas vão ficar chocadas, mas você pode contar comigo para te proteger de toda a merda.

Esperei uma risada, mesmo que fosse triste, mas Charlie não riu.

— Vai passar, Charlie — acrescentei. — Todo mundo te ama, não importa quem você seja. Tudo isso vai passar.

Charlie não respondeu. Só chorou ainda mais.

TRINTA E CINCO
CHARLIE

Na segunda de manhã, olhei para os ovos mexidos e desejei que fossem uma das omeletes de Luke.

— Você vai comer isso? — Matt Gallant apontou com o garfo para o meu prato.

Olhei e vi que ele já tinha devorado os waffles. Senti um embrulho no estômago e me arrependi de não ter matado aula para ficar na cama. *Talvez eu vá até a enfermaria*, pensei, *para ficar dormindo*.

— Pode ficar para você — respondi para Matt, bem na hora em que o Paddy se juntou a nós e soltou um suspiro.

— Bem, foi uma boa luta, amigos. — Ele estendeu a mão para apertar a de Cody. — Mas parece que a escolha foi feita.

Matt perguntou, de boca cheia:

— Do que você está falando?

Paddy fez um gesto com a cabeça para indicar uma das mesas da janela: a mesa do bando, onde Nick ocupava o meu lugar. Ele estava rindo e comendo, enquanto Sage segurava uma das mãos dele junto ao peito. Ela parecia superacordada hoje. E, sim, eu estava feliz por eles, mas era difícil demonstrar. Senti o tapinha de Paddy no meu ombro.

— Vai ficar tudo bem entre você e o Nick, Charlie?

Não respondi, porque Luke estava lá agora. Ele se sentou ao lado de Nina com uma caneca de café. *Olhe para mim*, pedi mentalmente. *Por favor, só olhe para mim.*

Mas ele não olhou, e eu fiquei encarando-o até ver Nina estender a mão e tocar no rosto dele. *O que houve?* Eu sabia o que ela estava perguntando e senti um aperto no peito, pensando na noite de sábado na floresta. Era como se alguém tivesse possuído meu corpo.

— Desculpe — pedira eu depois de empurrá-lo para fora da trilha, enquanto eu olhava para trás, me certificando de que Paddy e Val não tinham ouvido nada. — Foi sem querer.

Luke ficou em silêncio e se levantou do chão.

— Eu estou sangrando — respondera ele, a voz vazia de qualquer emoção. Aquilo fizera os pelos da minha nuca se eriçarem.

— Desculpe — eu havia repetido, aproximando-me para ver se o arranhão tinha sido grave. — Foi sem querer.

— Não, não foi sem querer. — Ele se afastara de mim. — Não *foi* a porra de um acidente.

— Você tá certo — sussurrara um segundo excruciantemente longo depois, porque o Luke e eu não mentíamos um para o outro. — Eu sinto muito.

E tinha sido ladeira abaixo a partir daí.

Durante as duas semanas seguintes, não saí com ninguém depois do treino e do jantar. Eu me trancava no quarto e tentava tomar coragem para ligar para meus pais e contar tudo. Algumas noites, eu ensaiava antes, andando de um lado para o outro. "Preciso contar uma coisa para vocês", dizia eu para a foto na parede. "Vocês já devem ter notado que eu ando meio estranho, e isso é porque eu sou..."

Mas eu nunca chegava a dizer... Um zumbido começava a soar nos meus ouvidos antes de eu conseguir dizer a palavra, como sempre acontecia.

— Aquele é o Charlie, né? — Eu tinha ouvido a Convidada Um perguntar à Convidada Dois na festa de Natal dos Hardcastle deste ano enquanto esperava uma bebida no bar. Elas estiveram a alguns metros de distância, tomando vinho.

— É, sim. — A primeira mulher assentira. — Ele é supercarismático e parece que está sempre trocando de namorada, mas, por algum motivo, a Whitney acha que ele é gay.

— Ah — tinha respondido a outra mulher, enquanto eu me encostava no bar, sentindo o zumbido aumentar. — Bem, fico imaginando como o Jay e a Allison se sentem em relação a isso...

Aquilo era o que me deixava com mais medo. Eu não fazia ideia de como as pessoas se sentiam, nem como se *sentiriam*. Eu não conseguia me lembrar deles fazendo nada além de rir das perguntas indiscretas da tia Whit, fora o fato de não termos nenhum amigo como eu. Tinha o tio da Sage, mas não contava. A gente nem o conheceu. Eu sabia que eles não eram *contra* aquilo, mas imaginei que seria diferente quando se tratasse do filho deles. *Eu ainda teria de chamar Luke de amigo?*, me perguntei. *Mesmo se eles soubessem?*

Era um tiro no escuro.

~

— Então, acha que o apartamento é uma boa ideia? — perguntou meu pai. Era por volta das dez da noite, e ele tinha atendido antes que eu desistisse.

Primeiro falamos sobre os planos dele com minha mãe para o Dia dos Namorados e depois sobre meu avô precisar colocar uma prótese do quadril.

— O quê? — Eu me sobressaltei um pouco, espalhando os Post-its por todos os lados.

Em geral, eu os escondia na minha escrivaninha, mas, naquela noite, eu os espalhei pela minha cama. Todos com a letra de Luke; ele sempre escrevia quando vinha ao meu quarto. O que eu estava segurando dizia: *você é meu coração todinho.*

Eu amava como Luke ficava brega quando escrevia.

— Ilhas Turcas e Caicos — disse meu pai. — O Theo nos convidou para as férias de primavera.

— Ah, legal. — Mordi a parte interna da bochecha.

— Sim, estamos pensando em fazer pesca em alto-mar.

— Maneiro. — Minha voz falhou.

Porque no mês passado Luke tinha me chamado para ir em Grosse Pointe nas férias. "Venha comigo", dissera ele depois de abrir um pacote de cookies de chocolate que recebera da mãe. "Quero que conheça minha família."

Mas obviamente aquela não era mais uma opção. Deitei-me no travesseiro. Eu estava com tanta saudade dele que chegava a doer. Não trocávamos uma palavra havia duas semanas. Toda noite eu dormia segurando a minha própria mão fingindo que era a dele.

— Ah — disse meu pai. — Tenho que correr agora. Sua mãe quer ver *Top Chef*. Quer que eu dê algum recado para ela?

Senti um aperto no peito. *Quero sim, pai. Eu não posso ir pescar porque quero conhecer a família do meu namorado. E não, você não ouviu errado, namorado. Porque eu sou...*

— Não, nada — respondi antes que meus ouvidos começassem a zumbir.

Meu corpo estava tenso quando acordei na manhã do Dia dos Namorados. Meu celular marcava 5:15. *Por que eu não consigo fazer isso?* Eu me revirei na cama. *Por que não consigo?*

Então, talvez porque eu soubesse que ele ainda estava dormindo, ou talvez porque eu estivesse morrendo de saudade, eu mandei uma mensagem para o Luke: Não sou tão forte quanto você.

Dez segundos depois que enviei, meu celular vibrou.

É, sim.

TRINTA E SEIS
SAGE

— Então, como foi? — perguntei ao Nick enquanto dançávamos.

Era oficialmente o Dia dos Namorados, e a Mortimer tinha reservado o salão de festas para o baile dos namorados. Para ser sincera, a decoração e os balões não eram muito elegantes (os garotos tinham decorado tudo sozinhos), mas estava bonito de um jeito meio caótico, com as luzes fracas, e sempre dava para contar com Ed Sheeran para criar o clima ideal. De qualquer forma, eu não me importava de verdade com nada daquilo... Eu estava dançando com o meu namorado. *Ele está tão lindo*, pensei, passando a mão pelo cabelo ruivo de Nick enquanto ele se concentrava muito para não pisar nos meus pés. *Ele é lindo de dia e adorável de noite.*

Eu não conseguia parar de sorrir.

Nick fingiu soltar um resmungo.

— A gente tem mesmo que falar sobre o Charlie?

Fiquei na ponta dos pés para dar um beijo nele.

— Temos.

Ele assentiu, porque sabia que era necessário. Naquela tarde, ele tinha arrastado o gêmeo de coração partido para fora da Daggett para lanchar no Humpty Dumplings. Nas últimas duas semanas, Charlie vinha agindo como se o tivéssemos banido do reino, e agora só saía com os caras do time de hóquei e se trancava no quarto à noite. "O que aconteceu?", perguntaram as meninas, mas, quando Luke e eu não dissemos nada, elas desistiram. A única vez que eu tinha visto Charlie hoje foi naquela manhã, quando ele estava a caminho da Knowles para a aula de francês. Ele estava de fone de ouvido, o que dizia tudo. Charlie quase nunca se fechava para a Bexley.

Nós vamos te ajudar quando a merda estourar, eu pensava. *Você não precisa enfrentar tudo sozinho.*

Nick soltou um suspiro pesado.

— Ele não está muito bem. Só comeu alguma coisa quando eu o obriguei, e ele mal abriu a boca para falar. Está praticamente catatônico. E então recebemos o e-mail...

— ... dos indicados das categorias extraordinárias — terminei por ele.

Naquele dia, os editores do anuário enviaram um e-mail para os formandos com uma lista das cinquenta categorias extraordinárias, com cinco indicados para cada uma.

— Exatamente — disse Nick. — Isso não ajudou muito.

— Melhor *Bromance* — sussurrei, mal sentindo quando ele pisou no meu pé. CHARLIE CARMICHAEL & LUKE MORRISSEY eram os dois primeiros indicados da categoria.

— Ele precisa ir para casa — disse Nick depois de pedir desculpas pela pisada e apertar mais o abraço. A mão descansando em minhas costas me causava arrepios. — Eu disse que compraria a passagem de trem...

— E? — perguntei quando ele parou de falar.

Mas Nick não respondeu e seus olhos estavam arregalados. Eu me virei e vi Charlie atravessando a pista de dança.

— Puta merda — sussurrei.

Ele chamava mais atenção do que de costume graças à roupa semiformal que estava usando: cabelo louro-avermelhado extremamente bagunçado, mocassins da L.L.Bean e a blusa de moletom da Adidas que ele se *recusara* a devolver para Luke. Tentei fazer com que olhasse para mim, mas ele só tinha olhos para o irmão gêmeo, e estava com uma expressão mais determinada do que nunca.

— O das 15:08 da tarde — disse quando se aproximou.

— Tá legal — respondeu Nick. — Vou reservar.

Charlie assentiu e foi embora.

Nick me acompanhou até o alojamento depois da festa.

— Diga que vai dar tudo certo — pediu ele quando chegamos à porta dos fundos da Simmons. — Diga que ele vai ficar bem.

— Vai ficar tudo bem — afirmei. — E ele vai ficar *mais* do que bem.

Nick assentiu algumas vezes. Em vez de uma mãe preocupada, ele parecia um daqueles pais superprotetores. De repente, eu me dei conta de que não existia no mundo alguém que amasse mais o próprio irmão do que o Nick amava o Charlie.

— Você está certa, ele vai ficar bem. — Ele suspirou. — Mas você não acha...

— Não. Você não pode ir com ele.

Nick riu e colocou a mão na minha cintura.

— Eu me diverti muito esta noite — falou. — E você?

— Claro — respondi. — Eu me diverti muito. Obrigada por me convidar.

— Não precisa agradecer — respondeu, me fazendo girar.

Eu ri.

— Eu te amo, Nicholas Carmichael.

Nick sorriu ao ouvir isso, e a covinha logo apareceu.

— Também te amo, Sage Morgan — murmurou, inclinando-se para mim. Nossos lábios roçaram. — E agora eu vou te dar um beijo de boa noite.

TRINTA E SETE
CHARLIE

Nick tentou dizer algumas palavras de incentivo antes da minha partida.

— Vai ficar tudo *bem* — assegurou, só para depois se corrigir: — Ou melhor, vai ficar tudo *ótimo*. Você vai contar tudo e vai voltar aqui e resolver as coisas com Luke e tudo vai ficar bem de novo.

Segurei as alças da mochila com força e só olhei para ele. *Vem comigo.* Ele balançou a cabeça em negativa. *Não posso.*

— É, eu sei. — Fechei os olhos e assenti.

— Mas eu estou ao seu lado — disse Nick, dando-me um abraço antes de praticamente me empurrar para dentro do trem. — Eu *sempre* estou ao seu lado.

Fiquei me perguntando se minha mãe e meu pai sabiam que alguma coisa estava errada.

— Como assim, você está vindo para casa? — perguntaram quando liguei para eles. — Você não tem que estudar para as provas?

Tive que usar todas as minhas forças para manter a voz neutra.

— Tenho — respondi. — Mas não é um problema, eu só quero... — tentei encontrar a melhor forma de explicar — ... passar uma noite em casa.

Olhei para o e-mail do anuário de novo durante a viagem. Todo mundo adorava as categorias extraordinárias e eu *soube* que tinha chegado a hora quando vi os indicados. Porque no meio de toda aquela idiotice de Quem venceria uma briga de rua (meu voto era em Val Palacios) e Primeira pessoa a se casar com um milionário (Jack Healy, obviamente), lá estavam eles: o meu nome e o de Luke, juntos ao lado de Melhor Bromance. Eu odiei aquilo. *O maior erro de digitação*, pensei. Não tínhamos apenas um bromance, e todo mundo precisava saber disso. Eu *queria* que todos soubessem. Aquele B precisava ser cortado. *Mas isso fica para depois*, eu me lembrei antes de sentir um aperto no peito. *Minha mãe e meu pai são os primeiros. Não pense em Bexley agora.*

Exatamente como em outubro, minha mãe estava esperando no fim da plataforma quando o trem parou. Estava quase na hora do jantar.

— Oi, querido. — Ela me deu um abraço. — Como você está?

— Morrendo de fome — respondi.

Ela tocou o meu rosto.

— Também estou. Vamos jantar no clube? Seu pai e eu ainda não atingimos o consumo mínimo este mês.

Mas, em vez de roncar, meu estômago começou a queimar. Todo mundo no Darien Country Club conhecia a minha família. Nós nunca conseguiríamos jantar em paz sem alguém parando na nossa mesa. Senti um nó na garganta e engoli em seco.

— Na verdade... podemos comer em casa?

— Claro. — Minha mãe concordou.

Deixamos a estação de trem e seguimos para o estacionamento. O Jeep apitou em resposta à chave da minha mãe. Joguei as minhas coisas no banco de trás e me sentei ao lado dela, encostando a cabeça na janela enquanto ela dava a partida. Fechei os olhos quando a ouvi dizer:

— Seu pai está animado para ver você.

Olhei para ela.

— Oi?

Ela sorriu.

— Ele está feliz por você ter ligado e ter vindo passar a noite. — Ela riu. — Ele sente muita saudade de você. Nós dois sentimos.

— Eu também — disse eu, e ficamos em silêncio pelo restante do caminho.

Quando chegamos em casa, meu pai me deu um tapa forte nas minhas costas antes de eu subir para guardar as minhas coisas. Depois, eu me deitei na minha cama, tentando organizar os pensamentos enquanto meus pais resolviam o que íamos comer.

Minha mãe acabou decidindo requentar o *chili* que tinha sobrado, mas era difícil comer com o nó na minha garganta, e meu pai perguntou:

— Quer começar?

Fiz que não com a cabeça. Fazíamos isso toda noite quando Nick e eu não estávamos na escola: todo mundo falava alguma coisa que queria "tirar do peito". A do meu pai era sempre reclamar de que a vovó ligava para ele umas dez vezes por semana para chamar o suporte técnico da TV.

— Eu amo minha mãe — dizia ele —, mas às vezes me irrita. Ela simplesmente não consegue entender que só precisa pressionar o botão da casinha!

Agora, minha mãe começou a desabafar sobre o imóvel que estava negociando.

— Está sendo um verdadeiro pesadelo — disse ela. — O negócio depende de os compradores conseguirem vender a casa deles, e eles acabaram de descobrir um vazamento... — Ela parou de falar e franziu as sobrancelhas. — Charlie, tá tudo bem?

Não respondi. Só conseguia ouvir o zumbido nos meus ouvidos e sentir o suor brotando na testa. E não era porque o *chili* estava muito apimentado.

— Charlie...

— Eu sou gay — declarei de repente.

Ela arregalou os olhos.

— Quê?

— Eu sou gay — repeti, enquanto meus pulmões ameaçavam explodir se eu não soltasse logo o ar. — É isso que preciso tirar do meu peito.

Minha mãe piscou, uma vez, duas vezes, três vezes, antes de assentir devagar. Ela abriu a boca para dizer alguma coisa, mas meus olhos estavam fixos na expressão vazia do meu pai. Só olhando para mim.

— Eu não estou brincando — disse eu.

— Não — murmurou ele, empalidecendo. — Não achei que estivesse. — Ele pigarreou e empurrou a cadeira para trás. — Vocês me dão licença um minuto?

— Jay — chamou minha mãe enquanto ele saía da cozinha, sem olhar para trás. Os meus ouvidos zumbiam e os olhos ardiam. — Jay...

Nenhum de nós dois disse nada por alguns segundos, mas, então, ela pegou uma das minhas mãos e começou a massagear a palma. Foi quando a ardência deu lugar a lágrimas quentes prontas para escorrer pelo meu rosto.

— Você sabia? — perguntei baixinho.

Minha mãe balançou a cabeça em negativa.

— Não, mas isso responde muitas perguntas. — Ela apertou minha mão. — A gente estava preocupado com você. Não tem sido o nosso Charlie nos últimos cinco meses... sempre preocupado e tão *magrinho* na festa de Ação de Graças.

Ela me abraçou e eu deitei a cabeça em seu ombro.

— Eu não sou a pessoa que todo mundo acha que eu sou — sussurrei.

Ela me abraçou ainda mais apertado.

— Claro que é. Essa é apenas uma parte de quem você é, e não vai mudar como nos sentimos em relação a você. Nós te amamos. *Sempre* vamos te amar.

Eu estremeci.

— Você não faz ideia de como sou na escola.

Esperei que ela perguntasse, mas ela não fez isso. Só ficou fazendo cafuné.

— O Nicky sabe?

— Sabe — admiti. — A Sage também.

— Tudo bem. — Ela respirou fundo. — Tudo bem.

Ficamos em silêncio de novo. Minha mãe continuou fazendo cafuné exatamente como fazia quando eu era pequeno, mas, por fim, ela sussurrou:

— Seu pai só está surpreso.

Mais lágrimas escorreram.

— Eu nem tinha notado — murmurei, sem conseguir parar de tremer. Ele tinha saído... *saído*. Ele nem me deixou explicar, nem tentou entender.

— Dê um tempo para ele. — Ela deu um beijo na minha testa. — Ele está surpreso, mas acho que logo vai perceber um alívio. Acredite você ou não, ele sempre fica muito magoado quando você não convida nenhuma garota para jantar ou passar o fim de semana aqui em casa. Ele acha que você tem vergonha da gente.

Dei de ombros.

— Nenhuma delas é ele.

Minha mãe inclinou a cabeça.

— Você está com alguém?

— Estou — respondi. — Ele não está muito feliz comigo agora, mas, sim. Estou com alguém.

— E esse alguém tem nome?

— Luke.

— Luke? Luke Morrissey? O vizinho dos Hoppers?

Assenti.

— A gente o conheceu — disse minha mãe. — Ele estava com Sage no segundo jogo contra a Ames. Foi rapidinho, mas o seu pai elogiou o aperto de mão dele, e eu gostei de como ele é articulado e como não se importava de estar com o cabelo bagunçado. — Ela sorriu. — Ele é lindo.

— É mesmo. — Eu meio que retribuí o sorriso. — Mas ele também é sagaz e inteligente. — Meu coração estremeceu e depois ficou quentinho. Respirei fundo. — Eu amo o Luke.

Ela sorriu e enxugou suas lágrimas.

— Seu pai deve estar no escritório.

Meu pai permaneceu em silêncio por um tempo depois que eu tive a coragem de abrir a porta do escritório. Não adiantava bater, já que as portas eram de vidro. Ele me veria do lado de fora. Meu corpo estava todo tenso enquanto eu me juntava a ele perto da lareira, sentando-me em uma das poltronas de couro. Nenhum de nós disse nada.

— Tem certeza? — A pergunta dele acabou dando início à conversa.

— Tenho — respondi e quase acrescentei: *você saberia se tivesse ficado na mesa*.

Ele assentiu, levantou-se e atravessou o cômodo até o carrinho de bebidas. Observei enquanto ele pegava a garrafa de uísque e dois copos antes de pegar dois charutos. Os que ele e o tio Theo guardavam para ocasiões especiais.

— Sua mãe não vai deixar a gente fumar em casa — disse ele. — Então, vamos sair para o deque mais tarde. — Meu pai serviu dois dedos de bebida para cada um, me entregou um copo e ergueu o dele. — A você —

disse ele. — A você, meu filho. Você é um homem mais forte do que eu jamais vou ser.

Fizemos um brinde.

— Eu te amo, Charlie — falou. — Eu te amo muito.

～

Meu trem no domingo saía absurdamente cedo, mas eu precisava voltar para Bexley. Meus pais me abraçaram apertado antes de minha mãe me entregar um envelope.

— Encontrei em um dos álbuns ontem à noite.

Esperei me sentar antes de ver a foto misteriosa. Mas tudo ficou branco quando eu olhei... porque na letra perfeita da minha mãe, a legenda no verso dizia: *Charlie (10) e um novo amigo (sonolento!) na festa de batizado de Banks na casa dos primos!*

E lá estávamos Luke e eu. *A gente já se conhecia*, eu repetia para mim mesmo enquanto eu me maravilhava com a foto. *A gente se conheceu antes.* Estávamos tão novos na fotografia, mas era inegável e indubitavelmente *nós*. Eu estava com uma calça azul-marinho com jacarezinhos verdes bordados, e Luke usava um colete azul e branco e óculos. Estávamos sentados no grande sofá vermelho dos Hoppers, e embora meus braços estivessem cruzados no peito e eu estivesse com um sorrisão, Luke nem sabia que a foto estava sendo tirada porque estava dormindo com a cabeça encostada no meu ombro. Peguei meu celular e abri a galeria de fotos.

Logo senti os olhos arderem. Sem nem saber, nós refizemos essa foto mil vezes, e Sage tinha documentado todas elas: eu sorrindo com Luke cochilando no meu ombro. A minha favorita tinha sido tirada um tempo atrás, Luke e eu na *chaise* do quarto da Sage. Eu não estava olhando para a câmera; em vez disso, eu sorria para o Luke adormecido. Nossas pernas estavam entrelaçadas, e ele segurava minha mão.

Eu me recostei no banco e fechei os olhos.

Eu queria estar de mãos dadas com ele agora.

Sage não tinha dito nada, mas eu sabia que ela e Nick estariam esperando por mim na estação. Que horas você chega?, tinha escrito ela ontem à noite, então, quando o condutor anunciou que estávamos atrasados, avisei: Acho que vou chegar alguns minutos atrasado.

E ela logo respondeu: Ok!

Soltei o ar devagar, já imaginando-os na plataforma, de mãos dadas, com Sage acenando e usando o casaco tribal do Nick, e meu irmão radiante ao lado dela. *Hércules*, pensei com os meus botões. *Ele vai estar igual ao Hércules.*

O que era uma coisa boa, eu meio que precisava deles ali. Eu precisava que Sage me desse um abraço, e que Nick sugerisse que fôssemos comer alguma coisa no Pandora's. Eles iam me fazer rir e relaxar antes de voltar para Daggett e pensar no que dizer ao Luke. Em como contar para ele sobre o fim de semana em casa e me desculpar e mostrar a nossa foto. *Olhe só isso*, eu diria. *Somos nós.*

O trem acabou chegando dez minutos depois do esperado e, como era domingo de manhã, não havia muita gente a bordo. Coloquei a mochila nas costas e tirei o gorro do casaco de moletom do Luke antes de me levantar e ir até a saída na frente do vagão.

— Tenha um bom dia, meu jovem — disse o condutor quando desci para a plataforma.

Meu coração disparou quando não vi o agasalho horrendo do meu irmão nem o rabo de cavalo de Sage. Eles não estavam me esperando nem na plataforma, nem nos bancos. *Não*, eu me senti como um filho abandonado. *Onde vocês estão?*

Mas então alguém tocou o meu ombro e eu ouvi:

— Oi.

Eu me virei e vi Luke com um casaco de moletom desbotado e calça xadrez do pijama e o boné de beisebol da UVA. Atrás dos óculos havia olheiras arroxeadas em forma de meia-lua. Luke estava sonolento.

Eu sou completamente apaixonado por ele, pensei.

— Sage me mandou uma mensagem antes de o dia clarear — explicou ele enquanto meu coração disparava. — E me disse para estar aqui, como algum tipo de pegadinha...

Mas eu não o deixei terminar. Em vez disso, eu o abracei, afundando meu rosto em seu pescoço quente e me jogando contra ele. Era o mesmo tipo de abraço que eu tinha dado nele em novembro, na noite que decidimos namorar e, mais tarde, o mesmo tipo de abraço que eu dava nele depois de um dia longo. "Um Charlie desmoronando", era como Luke o descrevia, e agora eu me ouvi gemendo quando ele apertou o abraço.

— Eu também — murmurou ele.

— Eu tenho uma coisa para você — afirmei assim que nos desvencilhamos.

Meus dedos se atrapalharam para abrir o zíper da mochila, mas, de alguma forma, consegui pegar a foto que minha mãe me dera e entreguei para ele. Depois, fiquei segurando o punho da blusa de moletom e me mantive em silêncio enquanto ele olhava para o retrato.

— Sim. — Luke ergueu o olhar depois de alguns segundos, seu sorriso demonstrava um misto de emoções. — Eu me lembro bem desse dia.

— E por que você não disse nada? — perguntei com a voz falhando.

— Eu não disse?

Ele inclinou a cabeça e, de repente, aquela noite em Charlottesville voltou à minha mente. Falamos sobre o primeiro cara de quem ficamos a fim. Ele *tinha* falado sobre isso. Eu só não tinha acreditado.

— Mas — acrescentou ele agora, enquanto pegava a minha mão e entrelaçava os dedos nos meus — existem coisas que você precisa descobrir sozinho.

Com os olhos ardendo, concordei com a cabeça.

— Eu sei.

Luke apertou a minha mão.

Eu retribuí o gesto.

— Estou orgulhoso de você, C — sussurrou ele. — Muito orgulhoso mesmo.

— Obrigado.

— Como você se sente?

— Mais relaxado. — Apontei para o meu peito. — Mas ainda estou nervoso. — Soltei o ar devagar. — Você sabe, sobre a Bexley e tudo.

— Vai ficar tudo bem — garantiu Luke. — Tudo vai ficar bem.

Assenti de novo.

Alguns segundos depois, ele perguntou:

— Então, o que vamos fazer agora?

— Ser nós mesmos — respondi.

— Bom, acho que isso estava implícito. — Seus olhos brilharam, e eu senti um aperto no peito quando ele riu. — Mas eu queria saber se vamos tomar café da manhã.

Tudo que consegui foi responder com outro Charlie Desmoronando.

— Estou tão cansado, Luke — falei, sentindo o cheiro que era totalmente dele: menta, sabonete e *ele*. — Eu preciso muito dormir um pouco.

Porque, para dizer a verdade, fazia séculos que eu não dormia. Nem mesmo ontem à noite. Eu tinha ficado encarando o teto enquanto ouvia os sons ininteligíveis da conversa dos meus pais na sala.

Luke levantou uma das sobrancelhas.

— Comigo?

— É, com você — respondi, sorrindo. — Sou todo seu, Luke.

— Isso é muito bom, porque é recíproco. — Ele sorriu. — Você é meu, C.

— E todo mundo vai saber — disse eu.

E eu o beijei com toda a minha energia.

TRINTA E OITO
SAGE

TRÊS MESES DEPOIS

Nicholas Lawrence Carmichael foi a primeira pessoa que eu vi quando as meninas e eu chegamos à Praça Central, as quatro vestidas com modelos diferentes do clássico vestido branco. Antes da cerimônia, era uma tradição que todos os formandos se reunissem diante da Knowles para irem juntos ao bosque.

— Parecemos uma longa fila de crianças do jardim de infância. — Foi a avaliação de Luke durante o ensaio às sete horas daquela manhã.

— Ai, meu Deus. — Nina suspirou. — Eles estão de *sacanagem*.

Nick estava sob um dos bordos com o nosso orador, e eles usavam a "cartada dos gêmeos". Sim, a maioria dos garotos estava combinando, usando blazer azul, camisa branca de botão e a gravata listrada da Bexley, mas os Carmichael nunca estiveram mais idênticos. Os dois estavam de óculos Wayfarer e com a calça mais espalhafatosa do universo. Sorri, sem acreditar que eles realmente estavam fazendo aquilo.

— São da Lilly Pulitzer — explicara Nick logo que eles me mostraram a calça de patchwork de tecido fluorescente verde, azul e amarelo. — Diretamente dos anos 1980. Meu pai e o tio Theo usaram na formatura deles, então, Charlie e eu vamos fazer o mesmo. Elas são épicas, né?

Eu me lembrava de ter implorado para ele fazer uma para mim, mas Nick tinha ficado vermelho e feito que não com a cabeça.

— Você tem que ser paciente, Morgan.

— Esses dois... — começou Jennie, bem na hora que alguém disse:

— Bom dia, meninas.

Eu me virei e vi Luke se aproximando, todo lindo e arrumado. Nós nos abraçamos, e Reese beijou o rosto dele, deixando uma marca de batom.

— Fala sério, Reese — reclamou ele, tentando limpar o rosto. — Já basta minha mãe, né?

A gente começou a rir.

— Suas irmãs vieram? — perguntou Jennie.

Luke assentiu.

— Claro. Esta é a minha...

— Volta da vitória! — completamos por ele.

Luke riu.

— Exatamente.

O sol brilhava no céu azul sem nuvens, mas não batia em nós porque estávamos na sombra, todas as cadeiras dobráveis estavam ocupadas. O reverendo Chambers deu as boas-vindas para todo mundo, e quando ele comentou que "dia sensacional" era aquele, eu cochichei para o Luke:

— Ele diz isso todos os anos. Até mesmo para os alunos do segundo ano, quando o céu estava encoberto e trovões rugiam!

O reitor Wheaton foi o próximo a falar, fazendo um discurso sobre nossa turma antes de convidar Jennie ao palco. Ela passaria a tocha para o presidente do conselho estudantil do ano seguinte.

— Esse cara vai ter que se esforçar muito para chegar aos pés de Jennie — comentou Luke baixinho enquanto assistimos à nossa amiga passar a capa cerimonial para os ombros do seu sucessor.

Depois disso, foi a vez do diretor Griswold, ainda com seu bigodinho antiquado, subir ao palco. Respirei fundo e peguei a mão de Luke.

O diretor apresentou meu melhor amigo falando sobre as muitas realizações de Charlie, desde suas apresentações "efervescentes", como voar de um lado para o outro no gelo ou durante um musical, até seu boletim "exemplar". Ele não tinha tirado menos de dez em nenhum trabalho, e eu vi algumas pessoas revirarem os olhos diante disso... e também vi Luke se empertigar. *Vocês não fazem ideia*, li os pensamentos dele. *Vocês não fazem ideia de como ele se esforça, porque ele faz tudo parecer tão fácil.*

Quando nosso diretor começou a falar sobre a "personalidade solar" de Charlie, apertei a mão de Luke e senti uma explosão de alguma coisa dentro de mim.

— Ele é incrível — cochichei.

— Ele é meu — respondeu Luke.

— Somos todos muito gratos pelo grande entusiasmo e diversos talentos que Charlie dividiu com a gente — continuou o diretor. — E não tenho dúvidas de que ele vai levar esse mesmo entusiasmo pela vida e pelo aprendizado para a Universidade da Virgínia no ano que vem. — Ele riu. — Na verdade, não sei se eles sabem *o que* espera por eles... — Então pigarreou. — É com muito orgulho e admiração que parabenizo Charlie Carmichael por ter sido escolhido o orador da turma de formandos da Bexley.

Os aplausos foram retumbantes. Metade do público se levantou, e Luke e eu começamos a esticar o pescoço para ver Charlie subindo no palco.

— É o meu namorado — comentou Luke, radiante enquanto Charlie subia a escada daquele jeito charmoso.

— Obrigado, diretor Griswold, por esta gentil apresentação — disse Charlie assim que se colocou atrás do púlpito. — Agradeço também aos pais, familiares, professores e colegas da Bexley, por me dar a honra de falar com vocês neste dia *sensacional*. — Ele abriu um sorrisinho com a sua primeira piadinha.

Todos os outros alunos riram, pegando a referência, mas eu fui ficando cada vez mais próxima das lágrimas à medida que o discurso seguia. Primeiro de tanto rir, depois de tanta emoção. Porque Charlie tinha escrito um agradecimento para Bexley... ou, para ser mais exata, vários agradecimentos para Bexley, já que o discurso dele foi todo baseado no *Tonight Show*, com ênfase nos "Agradecimentos de sexta-feira". Todo mundo riu quando ele disse:

— Muito obrigado à plataforma de Envio de Trabalhos, por se esforçar ao máximo para me ensinar que a procrastinação nunca é o melhor curso de ação, sempre caindo quando eu tentava submeter o trabalho três minutos antes do prazo. Essa abordagem foi tanto eficaz quanto catártica. — Mais risos. — Agradeço também a você, sra. Collings, e à segurança do campus, por me ajudar a entender como é ser um fugitivo da lei. Eu agora me sinto bem-preparado para quando eu realmente for um.

Eu fiquei arrepiada naquela hora.

— Mas e a sua blusa?! — gritara eu na outra noite, quando a sra. Collings e seu cachorro corriam atrás de mim e de Nick.

Ele acabou abandonado a camiseta com a estampa Murdick's Fudge no sexto buraco do campo de golfe.

— Deixa para lá! — respondera ele, pegando-me no colo. — A gente tem que ir!

Agora Charlie continuava os agradecimentos:

— Obrigado a você, sr. Magnusson, pela sabedoria e pelo conhecimento. Espero, um dia, aprender o que metade disso significa. — Charlie fez uma pausa, como se tivesse perdido o fio da meada.

— Por fim — de longe, Luke tentou incentivá-lo —, um muitíssimo obrigado aos meus colegas formandos, por permitirem que eu passasse os últimos quatro anos com vocês...

Charlie levantou a cabeça e olhou para o público, dando um sorriso antes de continuar:

— Agradeço àquela pessoa que esteve comigo desde antes do que consigo me lembrar. O seu apoio constante e suas reviradas de olhos significam mais para mim do que consigo dizer, e eu me considero sortudo por ter te conhecido.

Quando ele seguiu para as falas finais, senti os olhares... *muitos* olhares, mas eu sabia que não estavam fixos em mim.

— Você ouviu isso? — perguntei para Luke.

— Ouvi. — Ele assentiu, sem conseguir segurar um sorriso enquanto cruzava os braços. — E não estava na versão original.

O bosque ficou um verdadeiro DNA depois disso (o jeito de Luke dizer um "Deus Nos Acuda"). Segurei firme a mão de Luke enquanto eu basicamente fui abrindo caminho com os cotovelos no meio da loucura daquela multidão. As pessoas estavam rindo e tirando fotos, e algumas gritavam o meu nome, mas eu só diminuí o passo quando ouvi a voz de Nick.

— Morgan!

Ele estava perto da parede de tijolos e heras, entregando alguns charutos comemorativos e segurando a Taça Prescott de ouro, o prêmio para o melhor atleta formando, como se aquela fosse a taça Stanley Cup. E, quando dei por mim, soltei a mão de Luke e corri para os braços de Nick. Ele riu e me girou no ar.

— Você está linda — sussurrou, puxando meu rabo de cavalo.

Sorri e ajeitei a gravata dele.

— Você também está lindo.

Jack e Reese nos encontraram alguns minutos depois, assim como os outros. Os charutos eram uma tradição da Bexley da época que o colégio era exclusivo para garotos, mas eu acendi um junto deles.

— Ah, Sage. — Reese suspirou e meneou a cabeça.

— O quê? — respondi, sentindo Nick começar a brincar com o meu cabelo de novo. — Eu ganhei esse charuto de forma justa! — Dei mais uma tragada e olhei para Luke.

— Cadê o Charmoso?

Porque Charlie ainda não tinha aparecido.

— Provavelmente está falando com os fãs — disse Luke ao mesmo tempo que ouvimos:

— Foi mal, galera, mas o trânsito está intenso.

Charlie passou por mim e apoiou o braço no ombro de Luke, que sorriu e se apoiou nele enquanto entrelaçavam os dedos. Eu ri e pedi para Nina tirar uma foto. *A pose* era como as meninas e eu chamávamos a forma como Luke e Charlie se posicionavam quando estavam juntos.

"Aqui está a prova!", dissera Reese outro dia, quando estávamos revelando as fotos do baile de formatura. Tinha umas dos dois de smoking na varanda: a foto perfeita. Pisca-pisca decorava o guarda-corpo do barco e uma bandeira dos Estados Unidos tremulava ao fundo. Nenhum deles olhava para a câmera. Charlie estava abraçando Luke pelo pescoço e cochichava algo no ouvido dele, enquanto Luke olhava para baixo, sorrindo. ("O que ele estava dizendo?", eu perguntara depois, mas Luke deu de ombros e respondeu: "Isso é confidencial.")

— Você saiu do roteiro — disse Luke assim que Nina voltou a atenção para Reese e Jack, que foram nomeados o casal mais fofo da Bexley. Sempre que via Charlie assinar o anuário naquela semana, a primeira coisa que ele fazia era abrir na página dos indicados para as categorias extraordinárias e tirar o *B* para que todo mundo lesse: MELHOR ROMANCE.

Charlie riu.

— Achei que foi bem sutil.

Luke meneou a cabeça.

— Nem tão sutil assim.

E eu fiquei sem reação quando Charlie o beijou. Eles nunca se beijavam em público; aquilo era um grande salto de andarem muito juntos no início, que depois virou andar de mãos dadas e agora a pose.

— Tá legal, Chluke, melhor parar — disse Paddy enquanto Nick assoviava, se aproximando com o charuto na mão.

Chluke era o apelido dos meninos. Luke alegava que odiava, mas a expressão de Charlie se iluminava mais do que o sol quando ouvia Paddy dizer, abrindo um sorriso tão grande que causava ruguinhas no canto dos olhos.

— Clarke. — Charlie o saudou, antes de pegar a mão de Luke de novo.

Paddy o saudou de volta. O nó da gravata dele estava desfeito e o roxo do olho já tinha melhorado. Em fevereiro, Charlie ainda não tinha dito nada, ele só dera a jaqueta dele de hóquei para Luke usar e muita gente havia juntado dois e dois. Não tinha dado nenhuma grande merda. Ninguém dissera nada, na verdade, e eu não ficara muito surpresa... porque ninguém ia contra Charlie Carmichael. Mas Paddy tinha nos interceptado na biblioteca naquele primeiro dia, preparando-se para as provas. Chluke e eu estivéramos guardando uma sala de estudos, enquanto Nick estivera do lado de fora pagando a comida chinesa que tínhamos pedido.

— Bem, acho que isso faz sentido. — Paddy rira, fazendo um gesto para Charlie e Luke de mãos dadas. — Considerando que não tem mais garotas para você escolher, Carmichael...

Então Charlie tinha se levantado e literalmente arrastado o Paddy para fora da sala em direção às estantes próximas. Ele voltara um minuto depois, com a mão direita tremendo.

— Gelo — ele havia dito para nós. — Preciso de gelo.

Ficou tudo bem depois, e Paddy começou a brincar que seria ele a celebrar o casamento de Luke e Charlie algum dia.

Reese chamou o grupo para uma foto antes de todos nós começarmos a nos espalhar para procurar nossos pais ou ir para a Praça Central para o almoço de formatura (supostamente quando a Bexley servia comida boa).

— Foto do esquadrão — declarou Nick mais tarde, depois que encontramos nossas famílias. Porque dentro do bando, havia agora *o esquadrão*, nós quatro. Charlie e Luke e Nick e Sage.

— Eu vou sentir muita saudade de você — cochichei para Luke quando estávamos nos abraçando. — Ainda falta muito para julho.

— Já comecei a contagem regressiva — respondeu ele em um sussurro, e eu sorri.

Íamos passar três semanas do verão em Vineyard com os Carmichael. "Vai ser épico", Nick sempre falava para o Luke. "Você não viveu a vida se não saiu para andar de caiaque à noite."

Pensando nisso, eu rapidamente virei e dei um beijo no rosto de Nick antes de o flash disparar.

— Nicky, aqui! — chamou a sra. Carmichael depois de alguns cliques. — Olhe para a câmera.

Todo mundo riu, mas o meu coração disparou.

Porque eu sentia o olhar dele em mim.

Nós nos despedimos na cobertura do centro de atletismo.

— Não tô acreditando — disse Nick enquanto apreciávamos a vista ampla e azul e linda. — Por que você nunca contou sobre este lugar? — Ele olhou para Luke. — Achei que fôssemos manos, Q.

Eu ri. Nick vinha chamando Luke de Q desde que fomos para casa em Darien em um fim de semana de abril. Estávamos assistindo ao filme *Operação Skyfall* no porão dos Carmichael. "Puta merda", Nick apertara o pause no filme e apontara o controle remoto para a tela, na direção do armeiro do Agente 007 na tela: "É *você*, Luke."

— Se o Luke é o Q — disse Charlie agora —, isso significa que eu sou o Bond.

Luke e eu reviramos os olhos sentados nas nossas cadeiras de praia; ele e Charlie tinham trazido no início da primavera. Talvez houvesse vários X no mapa secreto deles no campus, mas eu desconfiava de que aquele era o verdadeiro lugar deles. Eles não tinham se esquecido de deixar a marca deles: $CCC + LGM$ escrito com muito bom gosto na claraboia (enquanto Nick e eu roubamos a bandeirinha do sexto buraco do campo de golfe).

— Claro que não. — Nick empurrou o irmão gêmeo. — Bond e Q não são um casal.

Charlie revidou o empurrão.

— Claro que são.

— Quem disse?

— Algumas pessoas na internet. Você deveria ver os GIFs.

— Até parece — respondeu Nick, prendendo Charlie em um mata-leão.

Ouvi o suspiro de Luke enquanto os irmãos lutavam.

— Sabe, Sage — disse ele. — Eu descobri uma coisa.

— É? — Com a sobrancelha levantada, eu me virei para olhar para ele.

— O quê?

Luke Morrissey sorriu para mim e, com aquele seu jeito direto, declarou:

— Nós temos um gosto horrível para namorados.

AGRADECIMENTOS

Minhas mãos estão trêmulas, e eu estou sorrindo e com o coração disparado. São tantas pessoas que ajudaram este livro a se tornar realidade, e estou muito feliz por poder agradecê-las do jeito que merecem. Espero que ninguém aumente o volume da música para me tirar do palco.

Agradeço a minha agente extraordinária, Eva Scalzo. Sei que sempre brincamos sobre nossa parceria ser destino (geralmente com GIFs do Harry Styles), mas realmente acredito que estava escrito nas estrelas. Não consigo imaginar ninguém além de você respondendo aos meus e-mails confusos com tanto cuidado, compostura e perspicácia. Sem dúvida, você é a mais incrível. Se Nick ficar solteiro de repente, vou deixá-lo todinho para você.

A Annie Berger, minha editora: depois que enviei este livro para você, cruzei os dedos dos pés e das mãos na esperança de que se apaixonasse por ele. Obrigada por fazer exatamente isso e muito mais. Suas sugestões e comentários cuidadosos me desafiaram como escritora e tornaram esta história ainda melhor.

Agradeço também ao restante da equipe da Sourcebooks, especialmente Sarah Kasman, Cassie Gutman, Jackie Douglass, Beth Oleniczak, Christa Désir, Ashley Holstrom, Nicole Hower e a designer de capa Kat Goodloe. Vocês só podem ter entrado nos meus sonhos para criar conceitos tão bonitos para este livro. É tudo o que eu esperava, e ainda estou maravilhada.

Sou muito grata a Liz Denton, cujo escritório faz eu me sentir abraçada, e a Sydney Blair: nunca vou esquecer a tarde em que você me segurou depois da aula para dizer que eu seria capaz de escrever um livro, e como você sorriu e disse "Muito bem" quando revelei que já estava escrevendo. Sempre penso em você e sinto sua falta.

Minhas meninas, minhas leitoras beta! Madeline Fouts, Emily Kovalenko, Erica Brandbergh, Stacy Brandbergh, Kelly Townsend, Hannah Latham e Margaret Rawls. Obrigada por lerem e se encantarem. Um agradecimento especial a Mikayla Woodley, minha companheira de estudo na biblioteca. "Como foi o ensaio sobre *Hamlet*?", perguntou-me você no final da noite, e riu quando respondi: "*Hamlet*? Quem se importa com *Hamlet*? Eu acabei de escrever o primeiro beijo de Luke e Charlie!"

Michael Atkins, será que eu cheguei a te dizer sobre o que era este livro enquanto o escrevia? Acho que não, mas sua amizade e suas "premonições" me ajudaram a chegar até aqui. Você passou no exame da ordem, eu passei no meu.

Obrigada à Casa Schenker por me deixar acampar em sua cozinha no verão passado. A mudança de cenário e um suprimento interminável de água com gás fizeram maravilhas para o meu bloqueio de escrita. Vou regar os gerânios a qualquer hora. Delaney, eu amo o quanto você ama o humor e o coração dos meus personagens. Madison, eu amo que você sempre queira ouvir meus pensamentos vomitados em palavras e não ameniza suas opiniões bem articuladas depois. Se tenho um problema, você e Oishi têm a resposta.

Meus agradecimentos a Trip Stowell, o padrinho mais épico da galáxia. Sarah DePietro, confio mais no seu olhar criativo do que no meu e não consigo imaginar onde este livro estaria sem a sua contribuição. Kathleen Webber, obrigada por escrever sobre mim quando sou muito modesta para escrever sobre mim mesma. Josh Walther, agradeço por me apoiar quando eu mais precisava. Meus queridos avós, vocês são incríveis. Obrigada por todo o entusiasmo e incentivo!

Tiro agora meu chapéu para os meus irmãos. Hardy, não importa se você acha que divulgar seu nome é um risco à segurança. Você contribuiu para esta história, e eu acho que você é incrível. Emily, sei que falo muito sobre a Bexley (tipo, muito), mas obrigada por ter paciência comigo e ler cada palavra. Sua luz é tão brilhante, e adoro vê-la brilhar. Você me inspira todos os dias.

Mãe e pai, obrigada. Obrigada por construir aquela casa de bonecas para mim, por amarrar meus patins e por me deixar ficar acordada até tarde para ler mais um capítulo. Obrigada por preencher tantos álbuns de fotos, por todos os jogos dos Rangers e por me levantar quando eu caí. Pelo amor e apoio incondicionais. Sei que escrevi muitas cartas para vocês ao longo dos anos, mas quero dizer que sou muito abençoada por fazer parte dessa família, por chamá-los de meus pais. Amo muito vocês dois.

E finalmente, para minha *alma mater* do ensino médio. Este livro não é sobre você, mas você está em cada detalhe dessa história. Você me fez rir, me fez chorar e me deu uma coleção de memórias que durarão a vida toda. A Bexley pode ser azul-cobalto, mas meu coração vai ser sempre vermelho e branco.

Impressão e Acabamento:
GRÁFICA E EDITORA CRUZADO